suhrkamp taschenbuch 372

Ernst Penzoldt wurde am 14. 6. 1892 in Erlangen geboren und starb am 27. 1. 1955 in München. Nach einem Studium an den Kunstakademien von Weimar und Kassel arbeitete er zunächst als Bildhauer, Maler und Graphiker. Nach dem Ersten Weltkrieg begann er auch zu schreiben, was ihm allmählich zum eigentlichen Beruf wurde. Er lebte als freier Schriftsteller und dramaturgischer Berater in München.

Ernst Penzoldts bekanntester satirischer Roman *Die Powenzbande* ist erstmals 1930 erschienen und von der Kritik als der einzige Schelmenroman in deutscher Sprache begrüßt worden. »Furchtlos, fröhlich und fruchtbar« ist die Devise des Familienoberhauptes Baltus Powenz, der mit seiner sinnlichen heidnischen Sippschaft die Kleinstadthierarchie des scheinheiligen Provinzstädtchens Mössel an der Maar einer tragikomischen Reihe von Kraftproben aussetzt, die auf ebenso drollige wie entlarvende Weise die Rolle eines unverbildeten Originals inmitten von Angepaßten und die Hilflosigkeit der Angepaßten einer solchen Existenz gegenüber zutage fördern.

»Dieses Buch möchte ich gerne geschrieben haben. Es ist herrlich in seiner stofflichen Fülle und Farbigkeit. Es bringt bezaubernde Gestalten, eine Welt voll Gelächter, echten runden Humor.«

Carl Zuckmayer

»Till Eulenspiegel hat Junge gekriegt, und deren Chronik heißt ›Die Powenzbande‹. Die Powenze haben Phantasie und keinen Sinn für geordnete Arbeit. Man will sie fortekeln; doch sie haben das dickere Fell, und wenn man sie schlägt, ist das Gefährliche, daß sie zurückschlagen. Ihre Phantasie trifft besser als die gröbste Faust.« *Erich Kästner*

Unter seinem Zeichnerpseudonym Fritz Fliege hat der Autor selbst dieses Buch illustriert. Seine Illustrationen werden hier erstmals in einer Taschenbuchausgabe der *Powenzbande* wiedergegeben.

Die Powenzbande

Zoologie einer Familie

Ausgabe letzter Hand
unter Zugrundelegung der neuesten Forschungsergebnisse
und der nachgelassenen Dokumente
mit einem Geleitwort
des Altbürgermeisters der Stadt Mössel
Dr. h. c. Max Dattel
gemeinverständlich dargestellt
von

Ernst Penzoldt
Kustos

Suhrkamp

Umschlagfoto: Insel Verlag

suhrkamp taschenbuch 372
Erste Auflage 1977

Suhrkamp Taschenbuch Verlag
Druck: Nomos Verlagsgesellschaft, Baden-Baden
Printed in Germany
Umschlag nach Entwürfen von
Willy Fleckhaus und Rolf Staudt

6 7 8 9 10 11 – 96 95 94 93 92 91

Für Peter Jäger

Baltus Powenz
Letzte Aufnahme nach dem Leben

Geleitwort

„Alles verstehen heißt alles begreifen."
Baltus Powenz (Pädagogische Schriften)

In meiner Eigenschaft als Altbürgermeister der sagenumwobenen Powenzstadt Mössel an der Maar, deren Bewohner sich eben anschicken, das 88. Wiegenfest ihres größten Sohnes Baltus Powenz feierlich zu begehen, gereicht es mir zur hohen Ehre, der aus Anlaß desselben erscheinenden Jubiläumsausgabe der Biographie unseres leider verewigten Mitbürgers ein paar stille Worte des Gedenkens voranzuschicken.

Schreiber dieser Zeilen hatte das Glück, dem allzu früh von uns Gegangenen im Leben nahegestanden zu sein. Er darf für sich das bescheidene Verdienst in Anspruch nehmen, die Anregung zur Gründung der Powenzgesellschaft sowohl als zur Errichtung eines Baltus-Powenz-Monumentes gegeben zu haben, das für ewige Zeiten eine hübsche Zierde unserer Stadt bilden wird. Unsere Philatelisten wird die Sonderausgabe einer Briefmarke mit dem Antlitz des Gefeierten erfreuen. Treue um Treue!

Kleine Mißverständnisse, durch die Ignoranz und Impowenz gewissenloser Hetzer aufgebauscht, vermochten die guten Beziehungen zwischen der Bevölkerung und der hochachtbaren Familie Powenz glücklicherweise nur kurze Zeit zu trüben. Heute aber dürfen wir von Baltus Powenz, dessen Wirken allein (nächst der Vorsehung) unser liebes altes Mössel seinen stündlich wachsenden Fremdenverkehr verdankt, mit Stolz sagen: er war unser einer.

Was die vorliegende, unter meiner tatkräftigen

Förderung erschienene Ausgabe der „Powenzbande" (so pflegt man nun einmal hierzulande scherzhaft und ohne kränkende Absicht die Familie zu nennen) betrifft, so lag es dem Gremium der Herausgeber, unter denen sich die namhaftesten Powenzhistoriker befinden, besonders am Herzen, den Text auf den neuesten Stand der Forschung gebracht zu wissen, ohne dabei die lebensbejahenden, herzerfrischenden Taten, die längst der Geschichte angehören und unverrückbar ins Gedächtnis der Mösseler eingegraben sind, wesentlich zu verändern, selbst wenn sie historisch nicht gesichert sein sollten. Solche legendäre Nachrichten haben oft mehr historische Wahrheit in sich als nüchterne Tatsachen. Dagegen zwang uns die Rücksicht auf das Zartgefühl der Hinterbliebenen, besonders der hochbetagten Witwe des Heimgegangenen, und mancher Leser zu einigen Milderungen und Weglassungen. Lediglich für den Fachmann wichtige Anmerkungen und Zusätze mag der Laie überfliegen.

Oberbürgermeister i. R.
Präsident der Powenzgesellschaft
Schirmherr des Denkmalvereins und Vorstandsmitglied
des Aufsichtsrates der Bad Heinrichsbrunn A.-G.

Gesammelte Vorworte

Vorwort zur ersten Auflage

„Furchtlos, Fröhlich und Fruchtbar!"
Baltus Powenz aus: Gesammelte Reden

Da die zum Teil höchst abenteuerlichen und, wie ich gleich bemerken will, meist recht abgeschmackten Gerüchte über Charakter und Lebensführung der sogenannten Powenzbande noch immer nicht verstummen wollen, hat mich der derzeitige Familienälteste mit der Aufgabe betraut, auf Grund des reichen vorhandenen Materials wissenschaftlich einwandfrei sine ira et studio die Ergebnisse meiner biographischen Forschungen niederzulegen[1].

Da ich der Familie seit langem nahestehe, war es für mich, wie man verstehen wird, manchmal wahrhaftig nicht ganz leicht, die ungeschminkte Wahrheit zu sagen. Wenn ich es nun doch versuchte, so bitte ich empfindliche Leser um Nachsicht. Ich hielt bei meiner Arbeit weder mit schärfstem Tadel noch auch, wo es mir angebracht schien, mit einigem Lob zurück.

In der vorliegenden Arbeit konnte ich nicht viel mehr als den tatsächlichen Stoff bieten. Vielleicht regt er den einen oder anderen Schriftsteller an, den noch ungeschriebenen Powenzroman zu schaffen!

Mössel an der Maar, Februar 19..

D. Verf.

[1] Ursprünglich als Inauguraldissertation zur Erlangung der Doktorwürde vorgelegt. D. Verf.

Vorwort zur dritten Auflage

Schon nach wenigen Wochen ist zu meiner nicht geringen Verwunderung und Freude eine zweite und bald darauf sogar die dritte Auflage notwendig geworden, für die eine Reihe recht dankenswerter Ratschläge nützlich verwertet werden konnte. Auch die Anbringung einiger Fußnoten wird sicher vielen willkommen sein. Im Einvernehmen mit Herrn Kaspar Powenz, dem ich für neue, sehr bedeutsame Fingerzeige an dieser Stelle herzlich danken möchte (wenn ich mich auch mit seiner sehr gut gemeinten „handgreiflichen" Erwiderung mancher freilich ungerechtfertigter Angriffe gegen mein Buch nicht ganz einverstanden erklären kann), habe ich einige Stellen, die als anstößig empfunden wurden, gemildert oder ganz weggelassen, ohne, wie ich hoffe, damit das Gesamtbild wesentlich gestört zu haben. Auch einige leidige Druckfehler wurden bei dieser Gelegenheit ausgemerzt.

Palermo, Sommer 19 . .

D. Verf.

Zur fünften Auflage

Nachdem das Vertrauen des Staates mich als Kustos an das Powenzmuseum berufen hat, konnte ich zu meiner Freude eine Reihe Neuerwerbungen für die neue Sammlung machen, sehr wichtige Dokumente und Erinnerungsstücke[1], darunter einen rührenden Briefwechsel und vor allem die höchst aufschlußreiche Bibliothek der Familie, die leider in Zeiten der Kriegsnot auf das Leihhaus hatte wandern müssen. Einige unwesentliche Stücke fehlen. Bedauerlicherweise sind viele der Bücher, so vor allem der Lederstrumpf, in einem geradezu erbarmungswürdigen Zustand der Zerlesenheit.

Ich konnte meine vorliegende Arbeit an vielen Stellen infolge neuer Zeugnisse wesentlich ergänzen. Auf ein kürzlich erschienenes Buch, den Antipowenz, dessen Verfasser mein Werk geißeln zu müssen glaubt, habe ich an anderer Stelle, wie ich glaube, überzeugend erwidert. Den Vorwurf unvaterländischer Gesinnung, versteckter Freimaurerei und „gehässiger persönlicher Anspielungen" aber weise ich mit aller Entschiedenheit zurück.

Einige unwesentliche Irrtümer, auf die mich in liebenswürdiger Weise ein nicht genannt sein wollender junger Gelehrter hinwies, konnte ich richtigstellen. Ich benütze die Gelegenheit, verschiedenen meiner Freunde, so vor allem Herrn Dr. Georg August Weltz, für bereitwillig zur Verfügung gestelltes Material und sonstige Vorschläge meist fachwissenschaftlicher Natur (Medizin, Autotechnik und anderes) an dieser Stelle herzlichen Dank zu sagen.

Bad Heinrichsbrunn bei Kyps, im November 19..

Der Verfasser

[1] Vergleiche: Katalog des Powenzmuseums, herausgegeben vom Verf., mit vielen zum Teil farbigen Abbildungen und einer Einleitung von Dr. Ernst Heimeran, 133 S. 8°, siebente vermehrte Auflage. Verlag des Powenzmuseums.

Buch der Hoffnung

Σκιᾶς ὄναρ ἄνθρωπος
Eines Schattens Traum ist der Mensch
Pindar

Erstes Kapitel

Darin ein Stern vom Himmel fällt und den Helden der vorliegenden Geschichte verschlingt

Von einem niederfallenden Meteor erschlagen zu werden, von einem aus der Ewigkeit herabgeschleuderten Stein also, das gehört, denke ich, mit zu den absonderlichsten Todesarten, und es ist begreiflich, wenn sich die Sage gerne eines davon Betroffenen bemächtigt, sein Erdenabenteuer besingt und ihn verzaubert im Gedächtnis der Nachkommen, wie dies mit Baltus Powenz geschah, jetzt in unseren Tagen und vor meinen Augen.

Ich war gegen Abend noch ein wenig vor die Stadt hinausgeritten und dabei wie so oft dem wunderlichen alten Mann begegnet, der, laut mit sich selber (oder Gott) redend, mit seinen Händen heftig vor sich her gestikulierte. Er trug noch immer seinen alten, braun und grau karierten Havelock und war wie gewöhnlich berauscht. Er torkelte ein wenig, jedoch mit Würde. Und ich sah eine Flamme mit Donnergetöse aus der Sternennacht herniederfahren auf den ahnungslos barhäuptig wandelnden Greis, und das Feuer verschlang ihn ganz.

Als ich, nachdem ich mein Pferd beruhigt, in ernster Besorgnis näher ritt, zog nur noch der blaue Rauch seiner Asche friedlich durch den Wald davon und rings um den schwarzen Krater, das Gras glühte und glimmte noch lange fort.

Das wunderbare Unglück ereignete sich unweit des denkwürdigen Hauses, das der alte Powenz dicht an der

Stadtgrenze von Mössel[1] in gesetzlich vorgeschriebenem Abstand, man kann sagen, mit seinen eigenen Händen erbaut hatte, den Bürgern zu Hohn und Spott, die ihn vertrieben. Denn er lebte von je in Zwietracht mit der Stadt[2].

Solch plötzlicher Tod, der sichtbar von oben herab gekommen war, auf das Haupt des trunkenen alten Sünders, erschien den einen selbstverständlich als göttliches Gericht und als wohlverdiente Strafe für viel Übermut und angetanen Schimpf, andern aber fast als ein Zeichen der Gnade wegen so augenscheinlicher Bemühung höherer Mächte um dieses armen Sterblichen willen. Alle waren jedenfalls tief erschrocken und nachdenklich geworden über den sinnvollen Zufall. Spät erst erloschen die Lichter der Stadt in jener Nacht. –

Die Söhne des Entschwundenen gruben andern Tags feierlich und in Gegenwart vieler Neugieriger den fast mannsgroßen schwarzen Kometen, der noch heiß war, aus der Erde, damit dem Vater gleich an Ort und Stelle ein würdiges Denkmal zu setzen. Zweifellos ein absonderliches Symbol, dieser erloschene nächtliche Schwärmer!

Des Steines echt meteorische Herkunft, die von übelwollender Seite öffentlich angezweifelt worden war, wurde auf Wunsch der Hinterbliebenen zu deren vollster Genugtuung wissenschaftlich einwandfrei bestätigt. Dabei erwies sich, daß der Stein, probeweise angeschliffen

[1] Mössel a. d. Maar, nicht zu verwechseln mit dem gleichnamigen Mössel am Wald.

[2] Der Plan, jenes eigenartige Haus unter dem Namen Powenzmuseum der Nachwelt zu erhalten, ist erfreulicherweise bereits verwirklicht worden. Mit Ausnahme des Montag täglich geöffnet von 9–6 Uhr. Eintritt 50 Pfg. Sonn- und Feiertage frei.

Siehe hierzu Bericht über das tragische Ende
von Baltus Powenz

und geätzt, inwendig rätselhafte Zeichen, Ziffern und Figuren zeigte, wie einer geheimen Schrift.

Die Söhne des Alten umgaben das Naturwunder mit einem Bretterverschlag und ließen es gegen Geld sehen. Der stumme Violand Powenz verfaßte eine gruselige kleine Schrift darüber, die Zephirin mit hübschen Bildern schmückte. Sie wurde gerne gekauft. –

Baltus Powenz war, als ihn der himmlische Steinwurf traf, siebenundsiebzig Jahre alt. Er hatte in seinem langen bewegten Leben niemals Kopfweh gehabt und nur einmal den Schnupfen, obgleich er doch ein so unordentliches, vielen anstößiges, ja gottloses Leben führte und unmäßig trank. Er hinterließ allein an ehelichen Nachkommen sieben starke Söhne unterschiedlichen Charakters und eine wunderschöne Tochter. Dazu eine Frau, die noch immer aussah wie ihrer eigenen Kinder ältere Schwester. Und es war verwunderlich, wie sehr das arme Weib sich um ihn härmte, obgleich Powenz sie von der ersten Nacht an zeitlebens beinahe täglich geschlagen hatte mit seinen großen schmerzhaften Händen.

Auch die Söhne und Lilith, die Tochter, trauerten aufrichtig, wenn auch nicht so sehr. Es mochte sie trösten, daß der ihnen und ihrem Vater nie ganz ernstlich zürnende Gott den Greis so reinlich in die Natur zurückverwandelt hatte, nicht ohne ihm dabei die Gebräuche einer Beerdigung zu ersparen, die ihm von je ein Greuel gewesen.

Der Wald, in dem des Alten Gesang und Gelächter erschallt war, darin er geliebt und, plötzlich mit wildem Gebrüll hervorbrechend, friedlich wandelnde Bürger erschreckt hatte, aß sein bißchen Asche und atmete den blauen Rauch, ihn völlig nutzend: Es blieb nichts Irdisches von Powenz, kein Knöchelchen oder ein Zahn, nichts als eine Strähne seines Haars, aber des vierjährigen Knaben, einst von der Mutter bewahrt und überliefert, ganz unschuldig blond und wie unvergänglich in engelhaft seidenem Glanze.

Zweites Kapitel

Wie Baltus Powenz nach Mössel kam und warum. Seine Beharrlichkeit

Meine früheste Erinnerung an den Vollendeten ist die, daß er auf einem selbstgebauten Hochrad gefährlich durch die Straßen von Mössel fuhr, viel bestaunt, weil er der erste war. Die braunen Schöße seines altmodisch feierlichen Rockes blähten sich im Wind, gleich den Flügeldecken eines Maikäfers, was seiner Erscheinung etwas Fliegendes verlieh, und seine Haltung war steif und hochfahrend aus Gründen des Gleichgewichts. Im Gegensatz zu dem festlichen Rock trug er weder Kragen noch Krawatte, sondern nur ein beinernes Hemdknöpfchen.

Er gründete damals eine Radfahrschule, Velodrom genannt, und hatte eine Zeitlang viel Spaß daran, wie die guten Mösseler nach den Klängen seines Harfenspiels, darin er Meister war, den neumodischen Sport erlernten, wie sie purzelten und Angst ausstanden. Er aber saß inmitten der Bahn und rief schallend: „Treten! Treten! Treten!", während er „Mein Herz, das ist ein

Bienenhaus"[1] harfte. Das ging so lange, bis sich der dicke Herr Schurigl den Hals brach. Da wurde der Sport polizeilich geregelt. Powenz selbst war natürlich nie etwas dabei passiert. Seine Söhne aber kamen sozusagen mit dem Fahrrad zwischen den Beinen auf die Welt.

Baltus Powenz soll Anfang der neunziger Jahre nach Mössel eingewandert sein und, so sagt man, ganz zufällig, fast aus Versehen. Er hatte nämlich damals eigentlich nur einen Zug überspringen wollen und blieb dann ganze vierzig Jahre dort, bis an sein jähes seliges Ende[2].

Unweit des Bahnhofs in Adams kleiner brauner Weinstube habe der Durchreisende Zug auf Zug versäumt, bei stillem Trunke. Er soll an jenem ersten Abend schon auf dem gleichen Platz gesessen sein, wie er es nun fast allabendlich tat, bis kurz vor seinem Hintritt. Er sei da ganz allein gesessen, in sein Weinglas lächelnd, stumm und freundlich. Drei Tage lang, mit Ausnahme weniger Stunden, die er im Wartesaal des Bahnhofs verschlief, trank er, immer noch entschlossen, nun aber ganz bestimmt mit dem nächsten Zuge abzureisen.

Er wurde anfänglich für einen Ausländer gehalten (wenn er nicht am Ende taubstumm war), denn er bestellte Essen und Trinken lediglich mit dem Finger auf der Speisekarte und nickte aufmunternd dazu. Oder er klopfte ans Glas, wollte er einen neuen Schoppen. Er

[1] Ein damals beliebter Gassenhauer.

[2] Nach den neuesten Ergebnissen der Powenzfamilienforschung nimmt man jetzt allgemein den 14. Juni 1892 als den Tag an, an dem Powenz nach Mössel kam und somit in die Geschichte der Stadt eintrat. Damit sind auch die lächerlichen Versuche, die Gestalt des Powenz für die Ausgeburt einer überhitzten Phantasie zu erklären, endgültig widerlegt.

redete kein Wort bis zum dritten Tage. Da aber gegen Mitternacht soll er mehrmals und mit Inbrunst ein Wort gesagt haben, auf deutsch und so, daß es alle hören konnten, immer nur wieder das eine Wort: „Herrlich, herrlich!"

Es ist uns aber nicht überliefert, was der Fremdling damals mit jenem Ausruf meinte, ob den Wein, ob die Stadt etwa, sein Leben oder überhaupt die Welt, die er innig liebte. Wahrscheinlich ist, daß er in jenem Augenblick den Entschluß gefaßt hat, sich zunächst oder dauernd in Mössel niederzulassen, und daß gerade dieser Augenblick wohl als der eigentliche Beginn zahlloser Ärgernisse und schmerzlicher Heimsuchungen für die ahnungslose Stadt Mössel anzusehen ist.

Baltus Powenz fand es herrlich in Adams Weinkneipe und blieb.

Er saß, noch unbärtig damals, aber mit einem Überschwang sehr gesunden, gleichsam hänfenen Haupthaares bewachsen, so als sei es bei ihm wie bei Simson mit göttlichen Kräften geladen, saß da, mit riesenhaften Händen und einem großen, offenherzigen Angesicht, mit fast nie versagender, animalischer Sympathie begnadet – manche behaupten, beinahe schön zu nennen –, saß drei Tage stumm und trank, ein rätselhafter Gast, Neugierde und Anteil erweckend, wer er wohl sei, woher des Weges, welchen Standes endlich.

Er blieb, heiratete, ward fruchtbar und vermehrte sich prächtig.

Alle Angaben über seine Herkunft, vor allem die aus seinem eigenen Munde, sind mit äußerster Vorsicht aufzunehmen. Ob er nun wirklich, wie verlautet, ein verbummelter Student war, aus gutem Hause stammend, aber von der Familie auf ewig verstoßen (manche verblüffenden Kenntnisse in der Heilkunde und Jurisprudenz, aber auch in den alten Sprachen deuten darauf hin), oder ob er eines Schäfers Sohn aus der Lüneburger Heide und daher in so vertrautem Einvernehmen mit der Natur, ob er endlich gar von Scharfrichtern abstamme, wie von gewisser Seite vermutet wird, vermag ich nicht zu entscheiden[1].

Denn alle Powenze logen von Herzen gern, kunstreich und gewissenhaft.

Wenn er vielleicht damals aus Apolda oder aus Pasewalk oder Krimmitschau kam, vermutlich wegen eines ärgerlichen Liebeshandels flüchtig, so war es ihm ein leichtes, zu berichten, er komme geradeswegs aus Paramaribo oder aus Haiderabad. Er taufte jenes sicher ungewöhnlich gewöhnliche Mädchen, eine Sächsin etwa, die womöglich Emma hieß, aufs anmutigste in eine Zaïde um und ließ das Erlebnis in einer volkreichen Hafenstadt in Indien spielen, wo sein Schiff, „der schmucke englische Dampfer Abukir" – wegen eines tödlichen Pestfalles an Bord – „wochenlang in Quarantäne" liegen mußte, bei einer höllischen Hitze natürlich, in Pondichery zum Beispiel, wo er gewiß nie in seinem Leben war. Kannte wirklich einmal einer der Zuhörer jene fernen Orte aus eigener Anschauung, so reiste Powenz schleunigst mit dem nächsten Dampfer seiner Phantasie ab und konnte sich von da an infolge stürmischer Überfahrt leider nur noch ganz dunkel und ungefähr erinnern. Dabei warf er gern mit seemännischen

[1] Vgl. hierzu seine eigenen Äußerungen S. 101 f. Der Name Powenz ist vermutlich germanischen Ursprungs, vielleicht gleichbedeutend mit Popanz (vermummte Schreckgestalt).

Ausdrücken nur so um sich, sprach von Luv und Lee, einer Mütze voll Wind, von Davits und Besanmast und priemte dazu, den goldbraunen Saft kunstgerecht in die Gegend spuckend.

Es sind Photographien vorhanden (und im Powenzmuseum wohl in Bälde allgemein zugänglich), auf denen Baltus Powenz, vor einem primitiven Zelte sitzend, mit dem Tropenhelm auf dem Kopf, die Büchse über den Knien, zu sehen ist, eine eben erlegte Gazelle neben sich im Steppengras. Solche exotischen Aufnahmen, in deren Herstellung vor allem sein lieber Sohn Zephirin ganz unübertrefflich war, entstanden meist in nächster Nähe von Mössel, auf der alten öden Schlachtheide[1] etwa, und die Gazelle war eine tote Ziege oder auch nur ein Bettvorleger.

Es ist erwiesen, daß Powenz, ohne daß der Betrug bemerkt wurde, in benachbarten Städten öffentliche Vorträge über seine Reisen in Afrika oder Asien gehalten hat mit solchen Lichtbildern und daß er von Publikum und Presse mit überaus herzlichem Beifall für seine spannenden Ausführungen bedankt wurde.

Powenz war der Ansicht, daß nur diejenigen Lügen Berechtigung hätten, die nie aufkamen. Das Sündhafte bei der Lüge war für ihn lediglich die Enttäuschung und der Schimpf des Belogenwordenseins. Die wahre Lüge aber mußte Geheimnis des Urhebers bleiben. Powenz war daher stets von einer großartigen Unnachgiebigkeit allen kleinen Zweiflern gegenüber. Er war jederzeit bereit, für die Wahrhaftigkeit seiner Lügen sogar mit dem Leben einzutreten.

[1] Schlacht bei Mössel am 3. August 1633 zwischen den Schweden und Kaiserlichen.

So ließ er es einst allen Ernstes bis zu einem Duell kommen, als ein zufälliger Gast in Adams Weinstube Powenzens bescheidenen Bericht über seine Erlebnisse mit Walrossen im Nördlichen Eismeer oder die Wahrheit jener blutrünstigen Erzählung „Mein erster Königstiger“ aus eigenster Anschauung mit Fug und Recht anzuzweifeln begann.

Bei dem Zweikampf (die Pistolenforderung war durch das Ehrengericht in eine schwere Säbelpartie umgewandelt worden) richtete der riesenhafte Lügenbeutel den wahrheitsliebenden Vorwitz aufs jämmerlichste zu. Diese Ehrenrettung festigte Powenz' Kredit auf lange Zeit.

Am Orte des Duells, einer idyllisch gelegenen Waldwiese, wohin viele Jahre später der tapfere Vater seine zahlreich heranwachsenden Söhne führte und sehr anschaulich den ganzen Vorgang ihnen vorstellte, errichteten die wackeren Knaben ein sehenswertes Marterl. Darauf ist abgebildet, wie der gewaltige Powenz im Ausfall seinem ziemlich kümmerlich fechtenden Gegner die entscheidende Gesichtsquart versetzt. Der Unparteiische trägt einen Zylinder, bebrillte Ärzte hantieren bereits im Vordergrund mit Verbandmaterial und Instrumenten, während im Hintergrund eine schwarze Droschke wartet. Auch dieses Bild war des kunstreichen Zephirin Werk. Es war dauerhaft auf Kupfer gemalt, und das Ganze glich von weitem einem frommen Bildstock[1].

Powenz muß, als er nach Mössel kam, vom ersten

[1] Welch ein verwunderlicher Sinn für Pietät und Traditionsgründung lebte doch in diesen Leuten, denen sonst nichts auf Erden heilig schien. D. V.

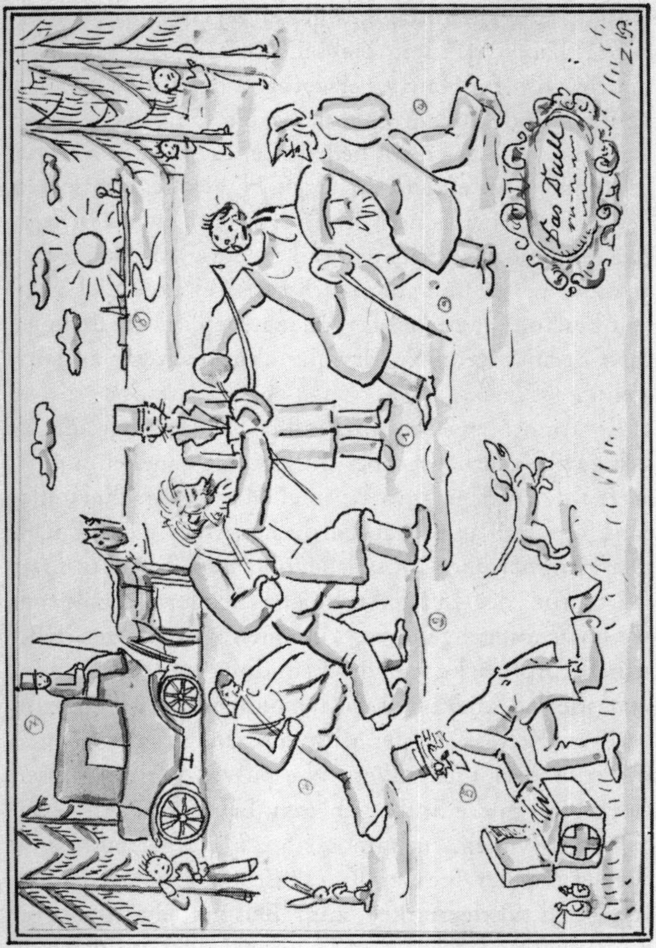

Aus der Erinnerung gezeichnet.
(1) Der Unparteiische (2) Vater (3) Sein Gegner (4) Die Sekundanten (5) Dr. Flaum (7) Droschke (8) Die Stadt Mössel

Anfang an, ganz offen und heiter gegen jedermann geäußert haben, daß sein Ziel sei, sich hier dauernd anzusiedeln: also ein Haus zu erwerben oder eines zu bauen, obgleich er doch kein Geld hatte, ein Umstand, der ihn aber ganz und gar nicht bedrückte. Er war ohne Koffer gekommen, in einem karierten Havelock, demselben, den er noch bei seinem Ende trug und den der Stern mit ihm völlig verschlang, und er lebte wohl lange Zeit armselig genug und auf mancherlei Weise seinen Unterhalt bestreitend; denn das ganze Leben immer den gleichen Beruf auszuüben, erschien ihm doch gar zu langweilig.

Er konnte zweifellos unendlich viele Dinge, die an sich gewiß allerliebst, aber im Grunde gänzlich unnütz waren. So war er zum Beispiel Meister im Herstellen ganz famoser Papierdrachen, die herbstens gleich Engeln den Himmel über Mössel bevölkerten. Er lebte sozusagen von der Luft. Auch jene plissierten goldenen Weihnachtsengel gehörten zu seinen Spezialitäten. Doch seine Hauptstärke war die Erfindung und Herstellung von allerlei Scherzartikeln, ersonnen zur Erheiterung und Verdrießlichkeit der Mitmenschen, vor allem Feuerwerkskörper, Juckpulver, Niespulver („eine Messerspitze voll in die Stube geblasen, bringt alle Anwesenden zum Niesen, ein famoser Spaß"). Aber auch sonst allerlei, treuherzige Gemüter täuschende, hochoriginelle Jux- und Vexierartikel, zum Beispiel jene beliebten Radauplatten („wirft man sie unvermerkt auf den Fußboden, so entsteht ein ohrenbetäubendes Geklirr. Besonders zum Ärgern von Hausfrauen geeignet"). Eine Spezialität waren die prächtigen Feuerwerkszigaretten und sogenannten Stinkbomben.

Baltus Powenz
auf verschiedenen Lebensstufen

Von ihm stammt auch die geniale Erfindung einer Sicherung der Fahrräder gegen Diebstahl. Unter dem Schlitz des Sattels war sehr sinnreich eine Nadel angebracht, die emporschnellte, wenn ein Unbefugter sich aufs Rad schwang. Leider vergaß Powenz einmal, den heimtückischen Apparat abzustellen, und erfuhr so aufs schmerzlichste die unstreitigen Vorzüge seiner Erfindung[1].

Drittes Kapitel

Handelt über das erste Automobil in Mössel, über eine Badeanstalt und ein lebendiges Bilderbuch

Powenz besaß den Ehrgeiz, obgleich er wohl der ärmste Schlucker in Mössel war, doch als erster ein wirkliches Automobil zu besitzen, kein fabrikneues natürlich, sondern ein selbstgefertigtes.

Es gelang ihm, aus allerlei unnützen Teilen altmodischer Gefährte und Maschinen mit einer Engelsgeduld und vorbildlichem Fleiß wenigstens so eine Art Automobil zu bauen. Es war von Ansehen nicht sehr schön, keineswegs elegant und schnittig in der Form, aber es war rot und gelb lackiert, mehr einem jener Wagen auf einem Karussell ähnlich, darin die ganz Kleinen zu fahren pflegen, die noch nicht Pferdchen reiten können. Der Powenzsche Kraftwagen sah altertümlicher aus als irgendein Pferdewagen damals, er vollführte einen ungeheuren Lärm und machte unerträglich viel Gestank. Es erweckte den Eindruck, als lebe er von dauernden

[1] Zum Patent angemeldet.

Explosionen, die paffend und dampfend ihm unter dem Leib hervorstoben, als niese es beständig. Dabei konnte er nur entweder sehr schnell oder schneckenmäßig langsam fahren. Die Pferde und Kühe scheuten vor ihm wie vor einem höllischen Gott.

Dennoch neidete man ihm den Ruhm des Fortschritts. Es wurden Schritte unternommen, ihm den Unfug behördlicherseits zu verbieten. Aber da hatte er das Glück, den Bezirksarzt, dessen Doktorspferd auf offener Landstraße gefallen war, mit seinem Auto gerade noch rechtzeitig zu einer schwierigen Entbindung zu bringen und so zwei Menschenleben retten zu helfen. Also ließ man es ihm. Er verpfändete das sagenhafte Gefährt bald darauf. Lange stand es gänzlich unverkäuflich in einer Remise, so erhielt es sich und konnte später für das Powenzmuseum erworben werden, in dem es eine ganz besondere Zierde bildet.

Sommers aber betrieb er jene kleine silbergraue Badeanstalt, unweit der Stadt auf der schon früher nach ihm benannten anmutigen Powenzinsel gelegen. Das war ein gemächlicher Beruf, der ihm lag und erlaubte, gegen geringe Pacht den ganzen Sommer über nackig, nur mit einer rotweiß gestreiften Badehose und mit einem riesigen Binsenhut herumzulaufen, nichts zu tun und dabei sehr billig zu leben.

Er führte das Leben eines Indianers, aß Fische (die er selbst angelte und an Stecken briet), dazu Salate, wie sie die liebe Natur wachsen ließ, Sauerampfer und Kresse vor allem. Er schlief auf einer Kokosmatte in einer der sehr bescheidenen Kabinen.

Schon damals soll er im Hinblick auf das zukünftige Haus, das er unter allen Umständen zu besitzen gesonnen war, mit der Sammlung nicht immer herrenlosen Baumaterials begonnen haben. Man konnte ihn oft, einen Ziegelstein gleich einem Brotlaib unterm Arm, verklärten Angesichts zwischen den Wiesen wandeln sehen, oder auch mit einem brauchbaren Brett, und von ihm rührt der seitdem viel zitierte Ausruf beim Anblick eines Baumaterialienlagers: „Ach, welch wunderschöne Backsteine!"

In jener Zeit aber war er noch wohlgelitten, man lächelte über seinen Körper, der fabelhafte Tätowierungen aufwies, womit er, besonders wenn er, von der Sonne braun, durch seine Badeanstalt schritt, gleich einem wandelnden Bilderbuch die Jugend ergötzte, die sich nicht satt sehen konnte an der Vielfältigkeit dieser Kunstwerke: Um sein rechtes Bein ringelte sich beispielsweise eine dicke karierte Schlange empor, auf seinem Leib war das Paradies dargestellt mit Adam, Eva und dem ganzen Getier, Giraffen, Elefanten, Löwen, Krokodilen und Fledermäusen. Den breiten Rücken zierte ein Gruppenbild der kaiserlichen Familie mit der Unterschrift: Lerne leiden, ohne zu klagen, darunter die beiden Hemisphären, umgeben von Sonne, Mond und Sternen. An den Längsseiten waren die wichtigsten Daten aus seinem Leben eingeritzt wie bei einem Kalenderbaum. Wie um einen Baumstamm liefen, ums linke Bein sich haschend, zwei Eichhörnchen einander nach. Am rechten Handgelenk trug er eingraviert eine Armbanduhr[1], auf der es immer halb sechs war, zwei

[1] Auf gedachte Uhr pflegte er zuweilen zu sehen, indem er mit unnachahmlicher Großartigkeit den Ärmel zurückschob. Eine wirkliche Uhr besaßen die Powenze überhaupt nicht. „Wer keine Uhr hat, hat immer Zeit." (Baltus Powenz: Maximen.)

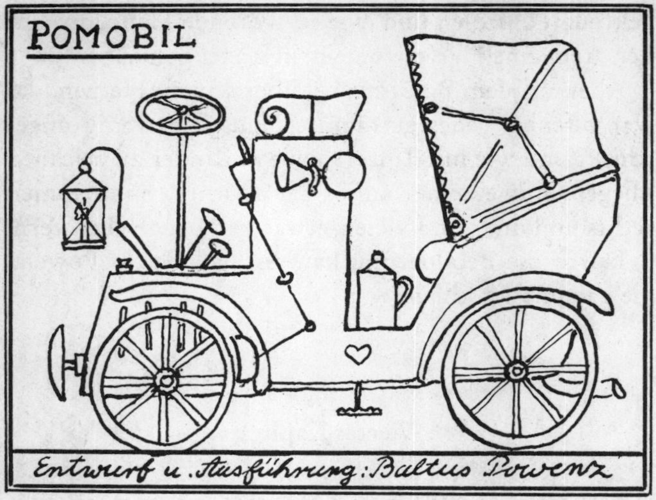
POMOBIL
Entwurf u. Ausführung: Baltus Powenz

gekreuzte Pistolen und eine schwörende Hand, am linken Arm eine Harfe, von einem Engel gespielt.

Aber auf dem Brustmuskel über seinem Herzen, das war offenbar jenes geträumte Haus, ein wenig ungeschickt und wie mit Tinte, so wie es Kinder zu zeichnen pflegen, mit einem Kamin, der rauchte, mit Bäumen rechts und links und vielen, etwas verzogenen Fenstern.

Durch die Bebilderung kam es, daß Baltus Powenz nie ganz nackt schien.

Viertes Kapitel

Berichtet von ehelicher Liebe, von der Fruchtbarkeit und von der Gerechtigkeit

Ein Ereignis von einiger Wildheit fällt in jene Zeit. Zwei sträflich neugierigen Gymnasiasten, die Powenz, da er mit einem Mädchen im sommerlichen Walde koste, inmitten seines heiteren Liebesspieles störten, soll dieser unbändige, bläulich illustrierte Mann, faunisch aus dem Gebüsch brechend, unsanft ins engelgleiche Lockenhaar gegriffen haben, um dann die vorwitzigen Störenfriede durch mehrmaliges heftiges Gegeneinanderstoßen ihrer Köpfe „mehr Respekt vor der Liebe“ zu lehren. Relata refero!

Hinter den so Bestraften drein schallte Powenz' gewaltiges Hahaha-Gelächter durch den wunderschönen deutschen Wald.

Der Vorfall rief in Mössel mit Recht allgemeine Entrüstung hervor, die sich in der Folge immer mehr steigern sollte. Powenz nämlich mietete jetzt eine kleine Dachwohnung in einem unfreundlichen, rußgeschwärzten Haus nahe der Bahn und heiratete eine selten liebevolle Jungfer aus Kyps, die von ihm bereits einen fast dreijährigen Jungen, Kaspar mit Namen, hatte und nun wieder ein Kind unter ihrem zärtlichen Herzen trug.

Die Hochzeit fand daher in aller Stille statt. Der kleine Kaspar streute Blumen, Powenz betrank sich und schlug seine Frau, weil sie vor Rührung flennte. Er benahm sich aber ganz furchtbar im Rausch, und so geschah es in jener Nacht, daß er die neuen Federbetten und Kopfkissen, fast das einzige, was seine Frau mit in die Ehe gebracht, in seiner Tollheit sich auf Haupt und Schultern lud, die schwankende Last aufs Dach schleppte, um, nachdem er das Inlett aufgeschlitzt, rittlings auf dem Firste sitzend, die Federn herabschneien zu lassen aus lauer Sommernacht, einen falschen Winter vorspiegelnd. Dazu sang er mit tieftrauriger Stimme das alte Lied vom bucklichten Männlein.

Die Aufregung mochte mit schuld sein, daß die junge Frau gegen Morgen dieser ersten Ehenacht niederkam, wieder mit einem Knäblein, das der Vater Fabian nannte (das bedeutet „der mit Bohnenbau sich Beschäftigende").

Innerhalb von zehn Jahren brachte sie so im ganzen sieben lebendige Kinder zur Welt, darunter auch eine Tochter. Das dritte war aber ein Sohn, der etwas melancholische Heinrich. Ihm half Powenz sogar eigenhändig zur Welt[1], ohne Hebamme und Arzt.

[1] Ich halte es nicht für ausgeschlossen, daß dieses Jungen spätere seltsame Charaktereigenschaften auf seines Vaters sträfliche Eigenmächtigkeit anläßlich der Geburt zurückzuführen sein mögen.

Wirklich machte Powenz von jeher alles selbst, und er mußte es ja wohl. Das spärliche Heiratsgut der Frau war in schlimmen Tagen bald versetzt und nicht mehr eingelöst worden. Ersatz war nötig, wollte nicht die hartgeprüfte Familie weiterhin zwischen leeren Wänden wie im Freien kampieren, in malerischer Armut.

Es erscheint unbegreiflich, und die Mösseler begriffen es, glaube ich, nie ganz, daß ein Mensch mit solch unverwüstlicher Gesundheit und Lebenslust, mit ungewöhnlichen praktischen Fähigkeiten für Schreinerei, Spenglerei, Heilkunde, Elektrotechnik, Juristerei und dergleichen, nicht einfach einen seiner hundert Berufe rechtschaffen pflegte und ausübte als ein würdiges Mitglied unserer braven Bürgerschaft. Aber Powenz wollte nicht. Er besaß nun einmal eine so eigenwillige Art von Freiheitsliebe.

Es ist klar, daß er bei seinen vielen kleinen Rechtsstreitigkeiten auch sein eigener Anwalt war: in jener denkwürdigen Verhandlung zum Beispiel, da sein Nachbar Gockeley, ein ihm mißgünstiger Mensch, ihn wegen widerrechtlicher Führung des Doktortitels verklagt hatte, erschien Powenz, während sein Gegner zwei bekannte Rechtsbeistände aufgeboten hatte, lediglich mit einem blauen Mäppchen, einem Schulheft ähnlich, und er obsiegte.

Herr Adam, der Inhaber jener braunen kleinen Weinstube, ist nachweislich[1] daran schuld gewesen, daß Powenz in Mössel nie anders als Doktor Powenz genannt wurde, beinahe von Anfang an. Vielleicht titulierte ihn Adam so, weil damals der Fremde nebenbei von „sich

[1] Vgl. meine kleine kulturhistorische Studie: Powenz und die Ethik des Weines. Privatdruck.

niederlassen“ gesprochen hatte. Ob nun auch Powenz bescheiden abwehrte, eindeutig, wie er meinte: „Keinen Titel, bitte, nein!“, der „Doktor“ blieb ihm, unverschuldet, unangemaßt zwar, blieb ihm, obgleich er von seinen Widersachern in der Folge wiederholt angefochten wurde, trotz erwirkter einstweiliger Verfügung, die ihm die Führung des Titels bei Strafe verbot.

Ja, aus Versehen (und das mochte ihm nachher ärgerlich genug sein) redete in jener Verhandlung der Herr Vorsitzende aus lauter Gedankenlosigkeit den Beklagten sogar mit diesem doch eben juristisch angezweifelten Titel als Herr Doktor an, was sich Powenz aber sofort mit schlauer Entrüstung in aller Form verbat. Damit konnte er demonstrativ und sehr eindrucksvoll seine Unschuld öffentlich dokumentieren. Er sprach, augenscheinlich tief verletzt, von Verhöhnung und führte zur allgemeinen Überraschung aus dem Kopf die Paragraphen an, die ihn „vor Kränkung schützten in den Schranken des Gerichts“.

Die Powenzbuben klatschten ihrem Vater begeistert Beifall und mußten den Saal verlassen. Sie taten es grinsend.

Nach dem sanften Kinde Heinrich kam Lilith zur Welt, das Mädchen mit den großen braunen Augen in einem anfangs bläulich weißen, feuchten Angesicht, das, weil zu früh geboren, noch nicht ganz ausgebacken schien. Es war ein selten häßliches, ein unausstehliches Kind, früh schon zum Beißen, Spucken und Kreischen aufgelegt, eine kleine Teufelin schon damals.

Violand, mit diesem von Powenz selbst erfundenen Namen, ward der nächste Sohn gerufen. Seine Geburt geschah auf seltsame Weise. Powenz nämlich, gut gelaunt, hatte mit seiner Frau noch den Abend über gescherzt, bis sie so herzlich lachen mußte, daß infolge der heiteren Erschütterung die Geburt eingeleitet wurde.

Violand und die folgenden ließ der Vater, der leider mit der Kirche zerfallen war, nicht mehr taufen, weder ihn, den Vielgewandten, mit dem schönen beredten Mund (wenn man so sagen will, seines Vaters Liebling), noch den lustigen, kunstsinnigen Zephirin. Auf lange Zeit der Jüngste blieb der Knabe mit dem ebenfalls heidnischen Namen Jadup, eigentlich ein Zwilling, der aber seine zartere Schwester schon am dritten Tage in der Wiege erstickte, was unschuldig geschah, aber für seine Lieblosigkeit Mitmenschen gegenüber zukunftsymbolisch bedeutsam wurde. Er war ein Wesen voll heiterer Grausamkeit, aber besonders anziehend.

Übrigens taufte die um der armen Seelen willen besorgte Frau Powenz ihre Kleinen insgeheim selbst, nach selbsterdachter Zeremonie verfahrend, indem sie ein wenig Wein, aber auch Erde auf die unschuldigen Häuptlein träufte und mit einer Blume die winzigen Münder berührte.

Die Powenzische Fruchtbarkeit erregte begreiflicherweise in der Stadt[1] öffentliches Ärgernis. Die Stadt war

[1] An dieser Stelle sei ein kurzer Hinweis auf die geographische Lage usw. der Stadt erlaubt: Mössel, das römische Castellum moselinum, ahd. mûzzelaha, an der fischreichen Maar gelegen (14 692 E., 297 Meter üb. d. M.), einst reichsunmittelbar, ist heute ein ruhiges Landstädtchen mit lieblicher Umgebung. Für die Besichtigung genügt ein halber Tag. Hotels und Gasthäuser: „Zum Walfisch" (hier übernachtete Napoleon im Jahre 1806), schattiger Garten, Zimmer von 1 R-Mark an. „Goldener Handschuh", bürgerliche Küche, gelobt, „Zum Maulwurf" (ordentlich), „Rote Kuh" (einfach). Wein: bei Adam am Bahnhofsplatz. Geschichtliches: Der Sage nach von Karl dem Dicken gegründet (s. o.), wurde M. von den Hunnen im Jahre

in erster Linie in einer Frau Quiebus verkörpert. Diese riesenhafte Dame, der Powenzbande Erzfeindin, von der noch öfters die Rede sein wird, äußerte freimütig gegen jedermann, man müsse diesem unanständigen, ja frevelhaften Treiben doch endlich polizeilich Einhalt gebieten.

955 völlig zerstört und erholte sich nur langsam. Nach einer kurzen Blüte im Mittelalter, vor allem unter dem kunstsinnigen Herzog Kasimir dem Dreizehnten, fiel im Dreißigjährigen Krieg der größte Teil einer verheerenden Feuersbrunst zum Opfer. 1770-1783 Witwensitz der Herzogin-Mutter Anna. Seinen heutigen Wohlstand verdankt M. dem regen Gewerbefleiß der Einwohner (bedeutende Spielwaren-, Klöppelspitzen- und Ansichtspostkartenindustrie, Weinbau). Rundgang: Vom Bahnhof (nüchterner Backsteinbau), an der Post vorbei, gelangt man geradeaus zum ehemaligen herzoglichen Lustschloß (jetzt Leihhaus). Davor hübsches Marmordenkmal der unglücklichen Königin Luise (von Bernauer). Links davon das Rathaus, im spätgotischen Stil erbaut in den Jahren 1899-1901 von Knipfel. Dahinter Stadtgarten mit uralten Bäumen. Wasserkünste. Sehenswert die protestantische Moritzkirche mit altertümlichen Grabsteinen. Vom Turm bei gutem Wetter lohnende Aussicht, Schlüssel beim Kirchner gegenüber (Trinkgeld). Von dort zur Volksschule und zum Marktplatz. Haus Nummer 7 (unten ein Strumpfwarengeschäft) Bronzetafel zur Erinnerung an den heute zu Unrecht vergessenen Heimatdichter Karl Butter, der hier geboren wurde (1802-1873). Ausflüge: Über den Weinberg (rote Markierung) nach Schneppers (dreiviertel Stunde, Aussichtswirtschaft). Empfehlenswert auch Spaziergang durch das idyllische Pulverwäldchen zur Maar (im Sommer viele Schnaken!). Dortselbst Bade-Insel, Kahnfahrt.

Fünftes Kapitel

Sehet, wie feinslieblich es ist, wenn Brüder einträchtig beieinander wohnen

Die Powenzische Wohnung war klein und enthielt lediglich Schlafkammern. Zweistöckige Betten waren bald notwendig geworden. Die Anzüge der Kinder, von der Mutter selbst geschneidert, erbten sich fort von Kaspar bis Jadup, Stiefel und Strümpfe gab es nur im Winter. Denn sommers liefen alle Powenze barfuß umher, nur mit Hemd und kurzer Hose bekleidet, und wurden braun bis auf die zahlreichen weißen Narben; denn fast immer blutete einer. Obgleich sie sich nur selten wuschen und wohl kaum ihre Zähne putzten[1], machten sie, wie ich mich erinnere, doch den Eindruck von naturhafter Sauberkeit. Ihr Haar war wild und wie aus Bindfaden oder Sauerkraut gemacht. Den Friseur zu sparen, schnitt es ihnen Powenz eigenhändig, indem er jeweils einen passenden Kochtopf seinen Knaben aufs Haupt stülpte und einfach wegschnitt, was darunter vorguckte.

Im Sommer lebten sie, so schien es, fast ausschließlich von Schwarzbeeren, alle Welt mit blauen Zähnen anlachend.

Es kam nie vor, daß die Powenze, solange sie unmün-

[1] Trotzdem geht auf sie die Erfindung der elektrischen Frisier-, Wasch- und Zähneputzmaschine Friwazäpuma zurück. Der Apparat besitzt runde Öffnungen für die Köpfe und für die Hände. In Betrieb, ertönt ein heftiges Bürstengeräusch und Wassergeplätscher. Sie wird für ein, zwei (kinderlose Ehepaare) und sechs Personen geliefert. Auch eine Mundharmonika mit Zahnbürste gekoppelt gedachten sie auf den Markt zu bringen, eine umwälzende Neuheit, besonders für Kinder geeignet.

dige Kindlein waren, jemals Ringele-Ringele-Reihe spielten oder gar Häschen in der Grube. In ihrer sehr luftigen Kleidung, oder vielmehr in jener Art Hose, die an den Schultern zugeknöpft war, kugelten sie den ganzen Tag in der Gosse herum, den Pflanzen ähnlich durch die Haut die Nahrung der Erde aufnehmend, der Erde, des Sandes und auch des Schlammes, denn sie liebten unsäglich das Wasser. Wasser, Feuer, Luft und Erde waren ihre liebsten Spielzeuge.

Von Jadup, dem Wißbegierigen, wird erzählt, daß er die Erde aß, ja er ließ überhaupt nichts unversucht. Er mußte alles einmal geschmeckt haben, was irgend Natur war.

„Sie sind tierisch", sagte Frau Quiebus von den schmutzigen Powenzrackern. Aber sie waren die gesuchtesten Kegelbuben in Mössel und als Balljungen beim Tennisspiel in Fixigkeit unübertroffen[1]. Das Drachensteigen, Stelzenlaufen, Schussern beherrschten sie vollkommen. Unerreichte Meister waren sie im Indianerspielen. Zephirin aber bemalte, offenbar nach Vaters Vorbild, ihre nackten Körper und am schönsten den des schläfrigen Fabian, weil er am stillsten hielt.

Es wurde ihnen jedoch übel vermerkt, daß sie auch kleine unschuldige Mädchen, so Frau Quiebus' Töchterlein, ohne weiteres entkleideten und von oben bis unten bunt bemalten mit allerlei Getier und Waffensymbolen.

Betrüblicherweise wurden die kecken Jungens auch bei ganz unverblümter Bettelei ertappt. Sie wußten sich dabei entsetzlich anzustellen und aufs bemitleidens-

[1] Es wird erzählt, Jadup habe einmal eine Billardkugel ins Spiel geschmuggelt, was naturgemäß schreckliche Folgen hatte.

werteste den Eindruck von Krüppelhaftigkeit zu erwecken. Besonders Jadup verschaffte sich gern auf diese Art sein Zigarettengeld. Denn sehr jung schon, als Sechsjährige, begannen die Powenzbuben Zigaretten zu rauchen. Zunächst natürlich selbstbereitete aus Buchenblättern, entsetzlich stinkende und schwer bekömmliche.

Sie waren schon eine schreckliche Bande, untereinander sich ewig hauend, nach außen aber stets einig und eine Partei für sich, raubritterlich, streitliebend und gefürchtet. Eines ihrer Lieblingsworte war: pfundig[1].

Ich sah sie oft, wenn sie heimkamen von einer Schlacht, hungrig und erhitzt, atmend mit ihren offenen nassen Mündern und geblähten Nüstern, das braune Nackte weißsamten bestaubt, blutend. Immer trugen sie Akazienruten, jene beliebte, dornenbewehrte Wurf- und Hiebwaffe, oder Katapulte, aus einer Astgabel gefertigt, am besten von Haselholz, das fest und zugleich biegsam ist. An den Enden wird mit Schnüren das Schleuderleder befestigt, wozu ein Stück Handschuh gut geeignet ist. Natürlich muß man stramme, zügige Gummischläuche dazwischen schalten. Kleineres Vogelwild (Spatzen, Amseln, Tauben) war mit dieser Waffe leicht zu erlegen. Kaspar, der Älteste, will damit sogar einmal einen Hasen geschossen haben, der, mit Hussa in einen Steinbruch gehetzt, nicht mehr zu entrinnen vermochte, verzweifelt gegen die steilen roten Sandsteinwände anspringend.

Dieser Kaspar, von seinen Brüdern oft über Gebühr

[1] Pfundig, auch pfundsam oder (verstümmelt) pfunz — von dem nicht mehr gebräuchlichen Wort Pfund (=1/2 Kilo) — ist ein typischer Powenzialismus, der neuerdings in die Umgangssprache einzudringen droht.

gehänselt wegen seiner außerehelichen Geburt, worauf er sehr zornig werden konnte, hielt unter seinen jüngeren Brüdern auf eine rauhe, aber wirksame Art Zucht. Denn er war stark und rücksichtslos. Die Kleinen hängte er ohne weiteres am Hosenbund an einen Haken an die Stubendecke und ließ sie so oft stundenlang zappeln.

Als Sechzehnjähriger bereits Vater eines kleinen Knaben (es kostete den alten Powenz, der dem leichtfertigen Sohn nun aber doch ernstlich ins Gewissen redete, einige Mühe, sich und Kaspar allen geldlichen Verpflichtungen zu entziehen), galt er frühzeitig als der verwegenste Liebeskünstler der Stadt.

Die Powenzbande wohnte nicht, sie hauste. Sie wuchs sozusagen wild inmitten dieser sonst fast nur von friedlichen Pfarrerswitwen und braven Pensionisten bewohnten Stadt.

Eine sehr große Kiste, auf der in schwarz schablonierten Lettern noch zu lesen war: Eilgut. Vorsicht! Nicht stürzen!, diente als Tisch, kleinere Kisten als Stühle. Die große Kiste war gleichzeitig so eingerichtet, daß man den jeweils Ungezogensten vermittelst einer Art Falltüre darin einsperren konnte, der dann aber dafür seinerseits die darum Herumsitzenden in die Beine zwikken und kitzeln konnte. Die zweistöckigen Betten waren zum Teil aus alten Leitern gebaut, den Heuraufen in einem Stall nicht unähnlich. Immer hing Wäsche wimpelhaft in einer Art Dauerbeflaggung quer durch die Stuben, und gleich Gehängten baumelten an Haken offen die Kleider von der Decke herab. Denn es mangelte ein Schrank.

Eine Folge solch tierischen Zusammenhausens war, daß den Keuchhusten alle Powenzkinder fast gleichzeitig hatten, und ihr hemmungsloses Draufloshusten, was bekanntlich die Krankheit krampfhaft verschlimmert, klang wirklich beängstigend, besonders in der Nacht. Dann saßen sie auf in ihren Leiterbetten, fast blau im Gesicht, krächzend, bellend, keuchend, bis endlich Powenz ihnen das Husten einfach verbot, widrigenfalls er sie barbarisch durchpeitschen werde, was er gewiß auch ohne weiteres wahr machte. Dieses russische Heilmittel, den Keuchhusten mit der Peitsche auszutreiben, wirkte ganz ausgezeichnet. Es half nichts, wenn Jadupchen jammerte: „Ich huste ja gar nicht, es hustet aus mir!" Wer hustete, bekam Hiebe, also husteten sie nicht mehr. Damit man sie aber als gemeingefährlich und ansteckend gleich von weitem erkenne und meide, trugen sie kleine Schildchen an einer Schnur um den Hals gehängt, mit der Inschrift: „Ich habe Keuchhusten[1]!" Wenn sie gurgelten, geschah es aufs musikalischste, koloraturhaft.

In den Fuß getretene Nägel oder Spreißel ließ man einfach herausschwären, und Blut stillte man durch Auflegen von Schnupftabak.

Sechstes Kapitel

Handelt in Kürze von Leibesnahrung und Notdurft der Powenzbande

Indessen solcher Art seine Knaben heranwuchsen, verlor Powenz sein großes Ziel nie aus den Augen: das Haus!

[1] Zur Beherzigung für unsere jungen Mütter!

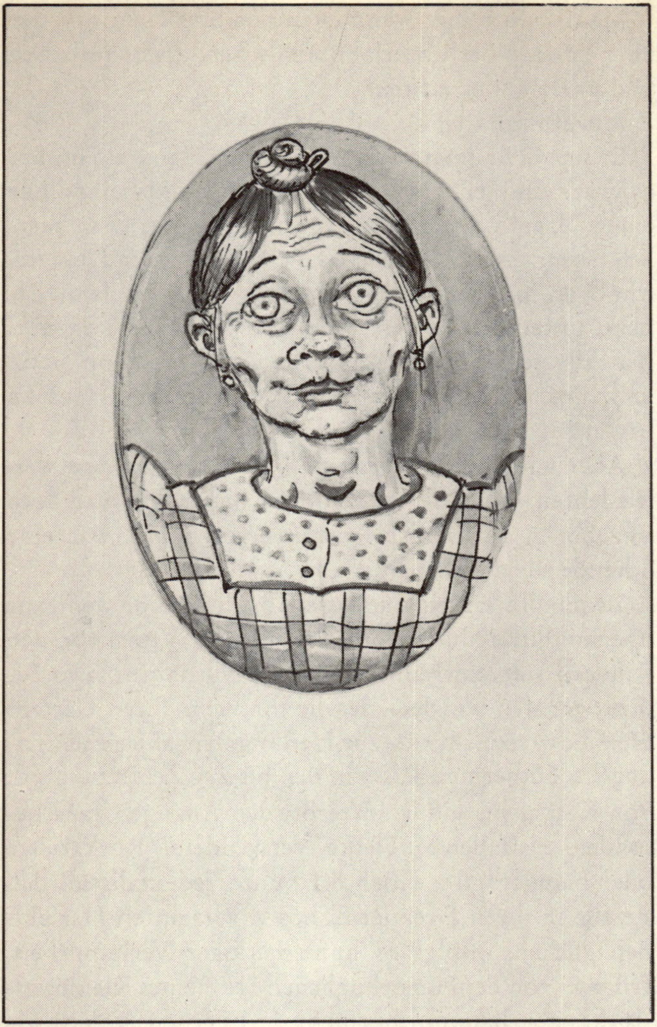

Frau Sabine Powenz

Man konnte ihn, wenn er in den Straßen ging oder über Land, plötzlich sich bücken sehen, etwas aufheben und prüfend betrachten.

Powenz sammelte.

Er suchte Baumaterial fürs künftige Haus, wo immer er war, und er fand immer etwas, und sei es nur einen Nagel oder ein Schräubchen; aber es war herrlich, wenn es ein Ziegelstein war. Was irgend taugte, schob er in seine Tasche und verstaute es dann daheim unter den Betten. Wenn, so kalkulierte er, einmal alle seine Buben sammelten wie er, dann hatte er bald das Nötige beisammen, davon sein Haus zu bauen.

Aber wie dieser Powenz und seine Familie einstweilen lebten, das ging eben einfach nicht. Das war doch ungehörig, das mußte Anstoß erregen, das war eine Schande für die ehrbare Stadt.

Zweifellos lag eine gewisse Absicht darin, wenn die unermüdliche Mutter, die (wie auch der Vater) von den Kindern stets zutraulich mit dem Vornamen, also Sabina, gerufen wurde – sie, die ihrerseits ihren Gatten: Herr Powenz nannte – zur Heilung der zahlreichen Triangeln, Löcher und Risse in den bis zur Zersetzung sich von Kaspar bis Jadup forterbenden Anzügen ganz besonders auffallende Flecke verwendete. Rotkarierte oder blaugetupfte, möglichst bunte, jedenfalls so, daß sie alle in ihren Dreiviertelshosen verarmten Harlekinen glichen, infolge so buntscheckiger Verlumptheit. Oft war von dem ursprünglichen Stoff eines Kleidungsstückes überhaupt nichts mehr da. Es erneuerte sich wie ein Mensch.

Wenn sie winters ein Loch im Strumpf hatten,

genügte es ja, die Haut darunter etwas mit Tinte zu schwärzen[1].

Das hartnäckige, nicht unwidersprochene Gerücht, die Powenzbande lebe hauptsächlich von Krähenfleisch, sollte wohl Ekel erregen, und man traute es ihnen ohne weiteres zu, daß sie Mäuse, Frösche, Schlangen und Regenwürmer verzehrten, wie andere Menschen etwa Austern, Krebse oder Kaviar. Daß sie zuweilen Katzenbraten aßen, ist ihnen mit ziemlicher Sicherheit nachgewiesen.

Siebentes Kapitel

Wieso man bei so guten Anlagen seine liebe Not mit der Powenzbande hat

Das ging ja eigentlich niemanden etwas an.

Warum aber sproßten in dem benachbarten schönen Garten, der dem angesehenen und dem Powenz nicht mit Unrecht übel gesinnten Magistratsrat Gockeley gehörte, statt der erwarteten Gemüse und Blumen Brennnesseln, Kuhblumen, Disteln und anderes Unkraut, schön ordentlich in Reihen gesetzt, daß Gockeley erst gar nicht merkte, was ihm da blühte! Und es wurde so, als sollte damit bewiesen sein, wie schön zierlich diese so verachteten Pflanzen in Reih und Glied sich ausnahmen: wie es ihnen gefiel, wie sie sich entwickelten in den schwarzen, fetten Beeten des reichen Nachbarn!

[1] Dies Verfahren soll, wie ich höre, noch heute in den Schulen zuweilen mit recht gutem Erfolg angewendet werden. Inwieweit, entzieht sich jedoch meiner Kenntnis. D. V.

Das hatte ihm gewiß diese geflickte Powenzbande angetan. Jedermann wußte es, niemand konnte es nachweisen.

Was aber mußte das Gelingen eines solch niederträchtigen Streiches für sorgfältige Mühe gemacht haben? Wie beständig mußte der Haß sein und wie geduldig über ein ganzes Jahr hin, denn es waren doch die Samen zu sammeln und in sorgsam beschrifteten Tütchen aufzubewahren. Die eigentliche Tat kostete die Nachtruhe und bedurfte, wollte der Schein gewahrt werden, einer fast zärtlichen Behutsamkeit. Eine bewunderungswürdige botanische Schulung half den Knaben, die schlichten Pflänzchen fast im Keime auszutauschen, als die Saat eben aufgegangen war. Der Feind merkte es erst, als es zu spät war.

Wer, frage ich, waren aber die Verwegenen, die dringend verdächtig schienen, in das Frommsche Töchterpensionat eingestiegen zu sein, um Brausepulver in die Nachtgeschirre zu tun, demzufolge die armen Mädchen natürlich dann heftig erschraken?

Wer bestellte eines Tages sämtliche alten Jungfern Mössels (und es gab dort gegen zweihundert) durch zarte Briefe voll Maienwohlgeruchs zum Stelldichein an ein und denselben Platz und photographierte dann die Versammlung heimlich?

Wer ist verantwortlich zu machen für so manche wohlgelungene Gespenstererscheinung in der abergläubischen Stadt?

Und wer endlich ersann jene lästerlichen Spitznamen, jene schonungslosen, aber auch von den Braven im stillen bestätigten Charakteristiken, nach denen zum Beispiel der gute, etwas quelläugige Pfarrer Z. allgemein der Gottesfrosch hieß? Oh, der Powenzereien waren viele.

Trotzdem gelang es einigen von ihnen, das Mösseler Gymnasium für kurz oder lang mit Erfolg zu besuchen: Kaspar, Fabian, Violand und Jadup, eine Geißel ihrer beklagenswerten Lehrer, aber als Schulkameraden ebenso beliebt wie gefürchtet. Sie waren Meister im Spicken und betrieben einen kleinen einträglichen Buchhandel mit Eselsbrücken („Von einem Schulmann") sowie den handlichen und fleischfarben eingebundenen Miniaturlexika. Viel dankten sie darin auch ihrem guten Vater: wenn nämlich Powenz gut gelaunt war, pflegte er seinen Söhnen allerlei Intimes aus seiner Jugend zu erzählen. Wie gern hörten das die Knaben! Sie lernten daraus zunächst, wie man sich in der Schule verhalten müsse, denn er zeigte ihnen die köstlichen Schliche und „Unterschleife", dank deren sie mit geringstem Aufwand an Zeit ohne Mühe das Ziel der Klasse erreichen würden. Er lehrte sie die heitere Furchtlosigkeit vor andern Menschen, die sie sich ja nur stets nackt vorzustellen brauchten oder liebend: zum Beispiel den so gestrengen Herrn Rektor. Auch bezüglich ihres Verhaltens den Mädchen gegenüber gab er ihnen erprobte Ratschläge.

Sie hielten leider nicht viel von menschlicher Würde!

Achtes Kapitel

Der Vielseitigkeit der Familie gewidmet

Es wurde schon erwähnt, daß der „Doktor“ Powenz meisterlich die Harfe schlug. Er besaß ein schönes Instrument, vergoldet und mit einem lieblichen Engelskopf geziert.

Diese Harfe versetzte er nie, lieber hungerte er.

Auch seine Söhne trieben Musik: Kaspar blies mit viel Ausdruck die Posaune, Fabian, der musikalischste, aber zugleich faulste, bediente die Pauke, Heinrich hörte zu, Cello spielte das wilde Mädchen, Zephirin die Flöte. Violand begnügte sich mit Mundharmonika, die er allerdings virtuos beherrschte. Jadup endlich sang schon als Knabe bezaubernd mit einer reinen Engelsstimme und geigte recht hübsch.

Wenn nun die Powenzbande musizierte mit diesem Klangkörper ganz besonderer Art, dann grauste freilich den Nachbarn, und das Haus erzitterte davon. Man schalt mit vollem Recht ihr Konzert eine höllische Musik und einen nichtswürdigen Kunstfrevel, weil sie sich doch erfrechten, selbst Bach, Mozart und Beethoven für ihr Orchester[1] zu bearbeiten. Besonders Fabian instrumentierte kühn. Man zieh sie groben Unfugs und nächtlicher Ruhestörung.

Der sündhafte Powenz aber, von seiner Harfe aus mit Riesenhänden dirigierend, weinte nie, so sagte man,

[1] Die Instrumente hingen infolge des beengten Lebensraumes der Familie an der Decke, von wo sie bei Beginn des Konzertes herabgelassen und wohin sie am Schluß wieder emporgehißt wurden.

es sei denn bei ganz schöner Musik, zum Beispiel bei Schuberts B-dur-Trio.

Die verschiedensten Berufe, in denen Powenz sich erging, sind unter anderem abzulesen von einer Sammlung selbstgefertigter Firmenschilder, die sich alle einmal an seiner Tür befanden und häufig wechselten. Sie sind glücklicherweise größtenteils erhalten geblieben. Es befinden sich darunter, um nur einige aus der großen Zahl zu nennen: „Technisches Büro Modern", dann „Powenz, Tonkünstler, Ausbildung bis zur Konzertreife" (denn er gab zuweilen Unterricht im Harfenspiel), ferner „Onkel Baltus' Puppenklinik", „Radfahrschule Allheil" und, großartig aufgemacht: „Fabrikation feiner Scherzartikel und Galanteriewaren, ältestes Haus am Platze" und ähnliches mehr.

Später, als Powenz an seinen bösen Buben bereits eine rechte Hilfe hatte, entwickelte sich aus kleinen Anfängen doch so etwas wie ein Geschäft. Doktor Powenz nannte diese Abteilung seiner Fähigkeiten „Pyrotechnisches Laboratorium", und er verfertigte dort, ein rechter Spielzeugdeutscher, mit viel Geschick und knabenhaftem Erfindungsgeist prachtvolle Feuerräder, Schwärmbüchsen, Sternpyramiden, Komet- und Zwillingsraketen, kurzum alles, was zu fröhlicher Lustfeuerwerkerei dienlich war. Nichts Dauerndes also schuf Powenz, aber fraglos etwas Schönes und Freies, zum Himmel empor sich Schwingendes, wenn es auch im Ergötzen schon verpuffte.

Wahrhaftig, Powenz schien doch vom Teufel gesandt, da er so herrlich mit dem Feuer zu spielen verstand und es so liebte, und da am Ende immer etwas Gestank übrigblieb!

Frühzeitig darauf angewiesen, selbst zu verdienen, lebten die Powenzbuben am liebsten von den Festen der andern. Alle konnten ebenso sicher auf den Händen gehen wie auf den Füßen.

Der kleine Jadup konnte mit seinen bezaubernd gesungenen Moritaten zu blutrünstigen Bildern von Zephirins Hand bei den sommerlichen Lustbarkeiten in Mössel sich wohl hören lassen.

Lilith, frech und doch so unnahbar, sammelte ein, nebenher den Herrn Intimes aus den Händen weissagend.

Der lügnerische Violand konnte etwas zaubern, und der starke Kaspar trat mit einem Lukas auf, jenem beliebten, einem riesenhaften Thermometer ähnlichen volkstümlichen Apparat zur Prüfung der Muskelkraft.

Frau Powenz freilich hatte trotzdem ihre liebe Not mit „ihren sieben Plagen", und ich sah sie nie die Hände im Schoß, sondern immer regsam, stopfend, flickend, waschend für ihre Buben, und sie alterte nicht. Sie legte ihre Kleinen kurzerhand über den Schoß und flickte die Triangel gleichsam bei lebendigem Leib, manchmal auch die Haut dabei erwischend.

Jeden Morgen, das war stadtbekannt, pflegte Powenz zunächst einmal seine Kinder sämtlich tüchtig durchzuhauen, auf Vorschuß und zum Abverdienen.

Da habe er sie immer alle so hübsch beisammen, gestand Powenz selbst gutmütig ein, und sie könnten sich zudem mit ihren von Schlaftrunkenheit noch kraftlosen Händen nur wenig wehren. Es gab da oft schon schreckliche Szenen, und Frau Powenz, gänzlich unschuldig mit in den Kampf verwickelt, jammerte laut mit aufgehobenen Armen. Das Recht, ihm das spanische Röhrchen zu reichen, hatte Lilith, falls es die Brüder nicht geraucht hatten; denn das taten sie. Es würde ihnen, wie sie gestanden, so wunderbar schlecht davon. Wenn es, was selten vorkam, der gute Vater einmal vergaß, erinnerten ihn seine Söhne daran. Es hätte ihnen sonst etwas zu ihrem Wohlbefinden gefehlt.

Powenz jedoch wurde der verbündeten Knaben stets Herr, obwohl sie den Gewaltigen von allen Seiten schneidig angriffen mit Kratzen, Fußstoßen, Bartraufen oder durch Wurfgeschosse aus der Ferne, wie Kochtöpfe, Bücher, Pan- und Kartoffeln. Und der herrliche Mann war wirklich wunderbar anzusehen, wie er so mit seinem eigenen Fleisch und Blut, den Früchten seiner Lenden, kämpfte und am Ende stets triumphierte mit den Worten: er werde es ihnen lehren, die Hand gegen den leiblichen Vater zu erheben.

Es kam aber oft so, daß mitten in dem blutigen Handgemenge irgendeinem der Streiter, dem behenden Violand etwa, dem geschmeidigen Jadup, dem starken Kaspar oder dem Vater selbst, eine besonders gelungene Abwehr gelang, ein neuer Griff, eine Finte oder irgendeine turnerische Bravourleistung, und dann hielten die andern bewundernd inne, klatschten in die Hände und lobten laut, ließen es sich willig zeigen und lernten davon. Sie waren stolz, wenn Vater ihnen dann anerkennend auf die Schulter klopfte, ja es kam sogar vor, daß er sie küßte. Selbst die gramvolle Mutter lächelte dann mitten im Weinen, aber lebhaft darauf bestehend: wenn sie auch lache, sie weine doch!

Einmal, da Powenz die Gattin schlug, legte sich jene Frau Quiebus ins Mittel, die eben dazukam. Frau Powenz aber stemmte die Arme in die Seite und sprach die klassischen Worte: „Was geht das Sie an, wenn mir mein guter Mann haut!“ Das ist Powenzsche Art! Frau Quiebus ging beschämt ihrer Wege.

Es mag den Leser nun wundern, wie es unter solchen Umständen möglich war, daß derart unbequeme Mieter überhaupt in einem Hause geduldet wurden, und tatsächlich gab es Jahre, in denen die Familie Powenz leider drei- bis siebenmal ihre Wohnung zu wechseln gezwungen war[1].

Daraus wurde dann immer ein höchst festlicher Umzug durch die ganze Stadt. Voran der liebliche Jadup mit Gänseflügeln, den Liebesgott Amor darstellend (wie er denn auch als Liebesbote oder postillon d'amour seiner Brüder gut zu brauchen war). Er blies lockere Weisen auf der Mundharmonika. Hinter ihm Zephirin, die Powenzfahne schwingend (weißes Haus auf rotem Grund), dann Lilith, gleichsam als Ehrenjungfrau, Blümlein streuend. Hierauf kamen die vier Ältesten, die gleich einem Baldachin ein Bett an den vier Pfosten über ihren Häuptern trugen, darunter Baltus mit einer Krone aus Papier, wie ein König anzusehen, als Reichsapfel einen Ziegelstein, als Zepter eine Rotweinflasche tragend, aus der er ab und zu einen guten Zug tat. Hinterdrein wuselte Frau Powenz mit der Petroleumlampe. Besonderes Aufsehen erregte stets des sanften Heinrich kleine Menagerie, bestehend aus einem Igel, zwei Eichhörnchen, unzähligen Meerschweinchen, Schildkröten, Nattern, Molchen und dem überaus klugen Raben Wugg, dem die unnützen Knaben mit unendlicher Geduld allerlei häßliche und unschickliche Schimpfworte beigebracht hatten, etwa: „O du Rindvieh!“ oder: „Geh

[1] Ging es dem großen Beethoven anders?

Die Witwe Quiebus
Nach einem zeitgenössischen Porträt

weg, dummer Kerl!" Der Vogel sprach sie mit verschmitztem Blinzeln, ein klein wenig mit der Zunge anstoßend, wie Heinrich es tat.

Am schwierigsten gestaltete sich natürlich jedesmal der Transport des Baumaterials für Powenz' geträumtes Haus, der wunderschönen Backsteine vor allem. Sie waren alle sorgfältig numeriert, und ihre Menge wuchs langsam, aber sicher. Powenz wußte stets die jeweilige Zahl genau aus dem Kopf zu nennen. Sie wurden in einer Art Ballspiel durch die ganze Stadt gehantelt, desgleichen auch kleinere Gegenstände, wie Stiefel, Geschirr. Es geschah mit tänzerischer Anmut. Bei solchen Umzügen konnte man Powenz auch geheimnisvoll gewaltige Papierrollen tragen sehen, die genauen Pläne für das Haus.

Neuntes Kapitel

Die Verstocktheit und höchst bedenklichen Unarten der Powenze. Ihre natürlichen Feinde

Der öffentliche Nutzen der Familie Powenz war gering, sie hatte viele Feinde. Wenn man in Betracht zieht, daß fast zwei Drittel der Bevölkerung aus Pensionisten und Pfarrerswitwen nebst Töchtern bestand, dann wird man den Widerstand verstehen, den man den laxen Ansichten, dem lockeren Lebenswandel und vor allem der empörenden Sinnenfreudigkeit der Familie Powenz notwendig entgegenbringen mußte. Konnte man denn noch ruhigen Herzens ein anständiges Mädchen über die Straße gehen lassen (geschweige denn über Land), solange diese wildbehaarten Unholde, diese „lüsternen Bösewichte“ frei umherliefen? War es nicht ekelhaft, wenn sich Powenz öffentlich damit brüstete, er sei ein Kind der Liebe? Für das hundertäugige Mössel[1] war das ein Greuel. Mußte nicht sogar die sittenlose Frau von S. dank seltener Einmütigkeit aller Mösseler zu Kreuze kriechen? (Sie hatte die Frivolität besessen, die Kugel, mit der der betrogene Ehegemahl ihren Liebhaber erschossen, öffentlich am Armband zu tragen.) Warum also nicht auch Powenz?

Es gab damals in Mössel rund siebentausend Witwen und unversorgte Töchter. Sie waren alle schwarz gekleidet, wodurch sich das Stadtbild nicht sehr freundlich gestaltete. Über alle aber herrschte jene reiche Witwe Quiebus, eine rosige, sehr korpulente Riesendame. Sie liebte die Wohltätigkeit, aber sie haßte die Powenzbande. Sie verabscheute sie, vielleicht weil ihr dreimal der wohlgemeinte Versuch mißlungen war, diese so schrecklich verwahrloste Familie „zu retten“; denn es ist eine alte Erfahrung, daß man anderer Leute Kinder besser erziehen kann als die eigenen. Nichts aber konnte wahrhaftig die verstockten Powenze mehr kränken, als wenn jemand sie „auf den rechten Weg zurückführen“ wollte.

Es kann aber auch sein, daß Frau Quiebus erriet, wer die unbekannten Absender der eine Zeitlang alltäglich mit der Morgenpost eintreffenden Mittelchen gegen Fettleibigkeit und Riesenwuchs waren, kleine Gratisproben, auf Wunsch gesandt, kann sein, daß sie die zahl-

[1] So nannte es Powenz mit feinem Spott in einer seiner Reden, wohl auf jene Fensterspiegel anspielend, die man dortzulande „Spione“ nennt.

reichen Karikaturen auf sich bezog, von Zephirins frecher Hand an sichtbaren Wänden überall in der Stadt, zum Teil farbig, angebracht. Da war eine unverschämt schnurrbärtige, dicke Dame dargestellt, die ihren ungeheuren Bauch auf einem Wägelchen vor sich herzurollen gezwungen war, während rings die Häuser einstürzten unter der Erschütterung ihrer Schritte, oder (dies abscheuliche Bild fand sich an der Hauptpost!) die gleiche Dame hatte zur Erleichterung ihrer Fortbewegung ein Bündel bunter Luftballons an ihrer Leibesfülle befestigt. Oder anderswo half ein Knabe, dem kleinen Jadup ähnlich, mittels einer Kraxe die Last vor ihr hertragen. Die Bilder in stets wechselnden Erfindungen (einmal war es ein Eselchen, das trug) wurden viel belacht und der Powenzbande zugeschrieben, die aber die Urheberschaft natürlich hartnäckig ableugnete.

Dennoch vergaß es die zutiefst Getroffene den Übeltätern nie. Sie wurde deren giftigste Feindin, und sie war es, die es fertigbrachte, die Bande von nun an ohne weiteres für jede Missetat in Mössel verantwortlich zu machen. Für jeden Diebstahl, für jede Brandstiftung. Selbst eines Mordes hielt sie die Halunken für fähig.

Wenn man große Lust hat, seine Mitmenschen zu ärgern, so ist damit nicht gesagt, daß man sie dazu auch hassen müsse. Die Powenz ärgerten die Dame Quiebus gewiß mit Begeisterung, aber sie mochten sie im Grunde eigentlich ganz gern.

Frau Thusnelda Quiebus war eine Germania von Gestalt, blond, rotwangig und, wie gesagt, „kolossal". Sie war es, weil sie zuviel aß, obgleich sie es natürlich rundweg leugnete. Fast alle Dicken behaupten, daß sie doch fast nichts äßen und nicht wüßten, warum sie ständig zunähmen. Auch Frau Quiebus sagte das von sich. Das bißchen Suppe, die paar Kartöffelchen, die kleine Schnitte Schlagrahmtorte, das konnte es doch unmöglich machen. Es mußte also die Veranlagung (Drüsen?) daran schuld sein oder aber die Schneiderin, deren Kleider so schrecklich dick machten. Ihrer Gestalt nach konnte die Quiebus ohne weiteres als Mösseler Stadtgöttin gelten (im antiken Sinne). Symbolisch ausgedrückt, mag man sich diese unvergeßliche Frau gleich ihrem großen Gegner Baltus Powenz über und über tätowiert vorstellen, mit dem Stadtplan von Mössel etwa, aus der Vogelschau, mit Kirche, Post und Bahnhof, um so anzuzeigen, daß alles, was da geschah, an ihr geschah und sie körperlich und seelisch bewegte. Denn jedes Kind, das in der Stadt geboren wurde, gebar sie im Geiste mit, jeden Tod starb sie und beweinte ihn zugleich, an jeder Liebe, und das vor allem, nahm sie wärmsten Anteil. Sie duldete kein Geheimnis in der Stadt, die bebte unter ihrem Soldatenschritt. „Kunibert“, soll sie einmal zu ihrem seligen Gatten gesagt haben, „die Stadt bin ich!“

Panzere dein Herz mit faustdicken Stahlplatten, wenn du insgeheim lieben solltest, du zum Beispiel, arme Anna Fehling. Niemand weiß es noch, daß du liebst, du bleiches Mädchen aus gutem Hause, dir selbst ist es noch kaum bewußt. Frau Quiebus aber hat es längst geahnt. Nimm dich in acht, sie wird dir begegnen, gerade in dem Augenblick, wo dein liebender Blick dich verrät: ein Hauch nur von einem Blick, aber schon bist du ertappt. Frau Quiebus kennt diesen verräterischen Schimmer, du kannst ihr nichts vormachen, kleines Fräulein. Denn, ach, sie selbst hat einst geliebt. Sie weiß gar nicht, warum alle jungen Mädchen von Mössel zu ihr aus eigenem Antrieb kommen, um ihr ihre Herzen auszuschütten. Sie schütten, und Frau Quiebus betastet alles und riecht daran, sie kehrt das Herz um wie eine Brieftasche, bis nichts mehr darin ist, und manchmal gerät der Inhalt unter ihren riesengroßen rosa Händen ein wenig durcheinander.

„Kind", sagt Frau Quiebus endlich und küßt das verdutzte Mädchen, „ich rate dir eines, binde dich nicht zu früh."

Frau Quiebus hat ein mitfühlendes Herz. In ihrer Trauer weint sie mit jedermann, mit dem Briefträger, mit der Putzfrau, sogar mit dem Steuerboten. Sie hat für alles ein großes menschliches Verständnis. Oh, sie versteht den Fehltritt Frau Uhlenkamps, von dem sie längst weiß, sie verurteilt auch die hübsche Frau Jorkum nicht. Sie kennt sogar die galante Ursache des Rückenmarkleidens von Direktor L., und sie hat Gewißheit in bezug auf die Kinderlosigkeit bei O.s. Sie ist über alles orientiert. Sie kennt alle Ehen ganz genau.

Dies alles zu wissen, macht freilich Mühe, und sie war den ganzen Tag unterwegs. Die Stadt bebte unter ihren Schritten, und viele zitterten vor ihr.

Der Gatte Frau Quiebus', ein lustiger, sehr kleiner Mann, war Apotheker gewesen. Er hatte ein probates Mittel gegen Schwindsucht gefunden, angenehm in Pillenform zu nehmen, dreimal täglich, eine Viertelstunde vor dem Essen, weiß Gott von welchem Arzte glänzend begutachtet und keineswegs billig. Ein Mittel also gegen diese grausame Krankheit, der er selbst vor ein paar Jahren erlag. Er ließ seine Frau untröstlich, aber sehr vermögend zurück. „Alles", pflegte sie zu sagen, „alles geben eben die Götter ihren Lieblingen ganz, alle

Freuden, die unendlichen, alle Schmerzen, die unendlichen, ganz.“ Ich kann mich gut erinnern, wie diese starke Frau ihr Männchen einmal über eine Pfütze trug, als wäre es eine Puppe.

Sie hatte zwei Kinder. Sie hatte ihren Edwin, dessen Gesundheit ihre ständige Sorge war, und Carola, ihren Sonnenschein, abgesehen von den Powenzleuten übrigens das einzige Wesen in Mössel, dessen Geheimnisse Frau Quiebus nicht kannte.

„Carola sagt mir alles, sie ist ja auch noch ein solches Kind in derlei Dingen“, äußerte Frau Quiebus überall und meinte damit die Liebe.

Carola war übrigens ein großes, hübsches Mädchen, russisch blond, mit einer Haut wie gepudert, unschuldigen Augen und den schönsten Beinen, für die sie sogar einmal, ohne Wissen der Mutter natürlich, einen nicht unbedeutenden Preis bei einem Reklamewettbewerb für Damenstrümpfe trotz starker internationaler Konkurrenz davongetragen hatte. Diese Carola besaß überhaupt, Frau Quiebus machte kein Hehl daraus, einen ganz wundervollen Körper – ähnlich dem ihren, als sie noch jung war.

Edwin aber war ein guter Junge und sehr fügsam. Er hätte von Natur eigentlich ganz gesund sein können, wäre nicht ständig Frau Quiebus so besorgt um ihn gewesen. Sie rühmte sich nämlich ihres Scharfblickes im Erkennen von Krankheiten und ganz besonders bei Edwin.

„Ich seh es dir an, mein Junge, du fieberst, sei so gut und miß dich“, sagte Frau Quiebus. Gehorsam tat es der Sohn, obgleich er sich sehr wohl fühlte. Er mußte sich sogar ein Klistier gefallen lassen. Denn alle Übel, wie Bauchweh, Kopfschmerz, Grippe, Gliederreißen, aber auch Traurigkeit, Zorn, ja Liebe, hatten nach ihrer Überzeugung ihren Ursprung zweifellos in schlechter Verdauung. Fortwährend sah der arme Edwin „einmal wieder miserabel aus". Da mußte etwas geschehen.

Der Hausarzt Doktor Flaum, von dem Frau Quiebus geschämig sagte, sie ließe sich um keinen Preis der Welt von ihm untersuchen, „denn sie fände ihn dazu doch gar zu hübsch", riet, da zweifellos etwas Hartleibigkeit bei dem Jungen vorläge, zu einer allmorgendlichen Massage, und zwar mittels einer faustgroßen, gußeisernen Kugel, die, weil sonst zu kalt, gleich einem Ball mit rotkariertem Flanell überzogen war. „Fleißig kugeln", verordnete der Arzt, und Edwin, damals dreizehnjährig, kugelte. Jeden Morgen nach dem Aufwachen, nüchtern, wie ihm anbefohlen, ließ von nun an der Knabe mit schläfrigen Händen die Kugel auf seinem weißen Leibe hin und her gleiten, anfangs ungern, später mit Lust und Liebe, eines befremdlich wohligen Gefühls dabei innewerdend, dem er immer mehr nachgab.

Doktor Flaum war wirklich ein schöner Mann, blaß wie die Furcht, edle Hoffnungslosigkeit in den Zügen, ein Arzt, der eine Krankheit, wie etwa Krebs (Frau Quiebus sagte Kreebs), und einen Schnupfen gleich ernst nahm, vorausgesetzt, daß der Kranke überhaupt so recht dazu kam, von seinen Beschwerden zu erzählen. Denn alsbald sah sich der Patient unterbrochen. „Seltsam", sagte Doktor Flaum, „genau dasselbe habe ich auch." Ein wenig schlimmer sei es bei ihm, ja es sei sogar unerträglich. Kaum auszuhalten, dieser ständige Schmerz in der Kreuzgegend, ausstrahlend bis in die Schultern, furchtbar diese Müdigkeit und Unlust, so

Dr. Flaum
prakt. Arzt

klagte er ausführlich mit bewegten Worten. Bis endlich der mitleidige Patient, ein todkranker Mann vielleicht wie weiland der lustige Quiebus, anfing, den Arzt zu bedauern, ihm zu raten, ob er es doch einmal vielleicht mit einem Absud von Stechpalmenblättern nebst ein paar Wacholderbeeren, heiß getrunken, vor dem Schlafengehen versuchen wolle oder mit den vielfach erprobten heißen Lehmpackungen über den Leib. Wie dankbar war dann Doktor Flaum, wie getröstet ging er von dannen. Voll Mitleid für den armen Kerl und ganz zufrieden starb der Patient.

Wohltätigkeit, Sittenstrenge, Patriotismus, Frömmigkeit waren Frau Quiebus' hervorragendste Eigenschaften. Ihre Armenbälle waren so berühmt wie ihr Takt in Herzensangelegenheiten. Sie gestand, daß sie, wie sie sich launig äußerte, eine schon fast nicht mehr tugendhafte Schwärmerei für den deutschen Kaiser empfinde. „Ist er nicht schön, ist er nicht wunderschön!" rief sie aus, wenn sie ihre interessante Sammlung von Kaiserbildern einem Besuch zeigte. „Denken Sie", gestand sie unter Tränen, „ich träumte kürzlich von ihm, er habe mich auf die Stirn geküßt in voller Uniform!" Sie hielt auch (wie er) gerne kleine Gottesdienste ab mit ihren Dienstboten.

Dagegen die Powenze: Schmarotzertum, Liederlichkeit, Mißachtung der Obrigkeit, Gottlosigkeit! Das waren Gegensätze, die es begreiflich erscheinen lassen, warum Frau Quiebus entrüstet sagte: „Schmutz und Powenz, dies sind zwei Dinge, die mich tieftraurig zu stimmen vermögen."

Es war nun freilich behördlich nachgewiesen worden, daß die Powenze seit langer Zeit von fremdem elektrischem Strom lebten. Sie hatten irgendwo heimlich eine Leitung angezapft und brannten also umsonst Licht auf Kosten der Stadtgemeinde. Aber was sollte man nun bei ihnen pfänden? Ihre Bedürftigkeit war erwiesen.

Der Argwohn der Stadt, von den Feinden Quiebus und Gockeley ständig wachgehalten, brachte den Powenz begreiflicherweise mancherlei Unannehmlichkeiten als: polizeiliche Verhöre, Haussuchung und Beaufsichtigung. Die Powenzbande aber, besorgt nur, wenn sie ganz unschuldig war, ging mit wahrer Leidenschaft auf solche polizeilichen Besuche ein, und es gelang ihnen, selbst die harmloseste Angelegenheit in eine große Szene zu verwandeln. Ihr angeborener Sinn für wirksam gestellte lebende Bilder, überhaupt für Theater, ermöglichte ihnen, jederzeit eine kleine Stegreifkomödie aufzuführen.

In Gegenwart des Polizeibeamten warfen sich die Kleinen aufschluchzend der Mutter an den Hals, während der Vater stieren Blicks am Tische saß mit hängenden Armen, ganz gebrochener Mann. Jadup spielte den Ahnungslosen und sagte mit lieblicher Stimme: „Mütterlein, was wollen denn die bösen Männer, sie werden uns doch kein Leids tun?“ So riefen sie einander Stichworte zu, im Herzen entzückt, wenn ihnen etwas besonders gut gelang. Bald taten sie stolz, bald gaben sie sich zum Schein Blößen, kurz, sie spielten mit vollendeter Meisterschaft und waren schließlich unangreifbar.

Bedenklich war überhaupt die Frühreife der Knaben. Sie machten sich doch einen Spaß daraus, durch gewisse diskrete Einkäufe den braven Friseur zum Erröten zu bringen oder den Apotheker. Das war nicht schön von ihnen.

Vor allem der in bezug auf Liebe und Tod stets wißbegierige Jadup hatte seine Freude an solch kindischen Schamlosigkeiten. Er lauerte gern abends den verliebten Dienstmädchen und ihren Schätzen auf, um zuzusehen, und er kannte bald alle zärtlichen Liebschaften in Mössel, ihre Leistung und ihre Schwächen. Sonntags, wenn die Rekruten Hand in Hand durch den Wald spazierten, folgte er ihnen heimlich nach, und er war bald der Schrecken aller naturliebenden Liebespärchen. Es war ein lasterhafter Knabe, schön und verwegen, sehr grausam und von vielen Schulkameraden unsäglich geliebt wegen seines unnatürlich-übernatürlichen Zaubers.

Es wurde gemunkelt, und ich halte es sehr wohl für möglich, daß einer, den er verschmäht, sich seinetwegen ertränkt habe. Jadup aber habe, schaudernd und lächelnd zugleich, den Abschiedsbrief verbrannt, der die traurige Ursache enthüllt hätte. Niemand ahnte, daß der heillose Knabe nachts in die Leichenkammer eingestiegen war, um mittels einer Taschenlampe das Gesicht des unglücklichen Liebestoten zu betrachten, wie es nun aussehe. So furchtlos war er. Ihm ward aber später von allen Powenz vielleicht das grausamste Geschick verhängt.

Übrigens standen sie mit der Polizei auf gutem Fuß. In ihrer Nähe fühlten sie sich besonders sicher.

Zehntes Kapitel

Darin von einer Mißbildung und dem tollen Lebenswandel des starken Kaspar die Rede ist

Daß der Leumund der Familie aber ein so häßlicher war, ist vor allen Dingen Kaspars zweifelhaftes Verdienst.

Von ihm wissen wir ja, daß er schon als Junge höchst Erstaunliches in der Liebe vollbrachte. Das Gerücht, daß ihm kurioserweise von der Natur zwiefältig männliche Kraft verliehen worden sei, hat nie völlig verstummen mögen, vielleicht, daß es wirklich so war, vielleicht, daß diese Sage in Violands lockerer Phantasie entstand und er es für gut hielt, auch ein wenig aus brüderlicher Protzerei sie für wahr den zutiefst erstaunenden Schulkameraden anzuvertrauen, genug, Kaspars Frauenglück war beneidet und verwünscht von allen Liebesknechten zu Mössel.

Nach jenem Mädchen aus bestem Hause, jener törichten Anna Fehling nämlich, die Frau Quiebus ihr Herz ausgeschüttet hatte, liebte Kaspar die von den Schülern vielbegehrte, rassige Tochter des Gymnasialpedells, Elsa Kapf. Danach die zartschöne Akelei, ein Mädchen aus Stralsund und nur vorübergehend auf Besuch in Mössel. Dann aber liebte er zwei Schwestern, Zwillingsschwestern, Renata und Regina Zobel, zwei überaus fleißige und zärtliche Spitzenklöpplerinnen im nahen Reihersham, und dieses Erlebnis konnte er nie vergessen über den tausend andern. Denn diese beiden Fräulein schienen von einem liebenden Gotte persönlich belehrt in der anmutigsten Leidenschaft. Kaspar kehrte darum auch immer wieder einmal zu ihnen beiden zurück. Dennoch verließ er sie, um der finsteren und unstillbaren Abigail willen, eines Schaustellers Tochter, und sie wiederum wegen deren Freundin, übrigens auch einer Anna, dem eifersüchtigsten Wesen, das ihm je begegnete. Das hielt er nicht sehr lange aus, besonders, als er anläßlich eines Arrestes in der Wohnung seines Schönschreiblehrers Jorkum dessen sehr junger Frau begegnete. Sie lachte ihn erst aus und verfiel ihm dann fast für ein Jahr völlig. Es war eine Zeit voller Gefahren, Unvorsichtigkeiten und absonderlicher Stelldicheins hinter dem Rücken seines sehr strengen Lehrers und blieb nicht ohne Folgen. Hermine Kirchner war die nächste, sie liebte eigentlich Kaspars Bruder Fabian unglücklich, und Kaspar durfte nur zu ihr gleichsam in Fabians Gestalt kommen, und der wunderte sich dann, warum der starke Bruder sich zuweilen seiner Kleider bediente, wenn er ausging. Dann liebte Kaspar Melanie, die erste, die ihn hinterging, ehe er sie betrog. Das belustigte ihn sehr. Dann liebte er, soviel ich weiß, ein Bauernmädchen, namens Barbara oder Babette aus Rothenbühl, nicht ohne Gefahr, denn die erbosten Burschen des Dorfes lauerten ihm auf. Nach ihr die feine und gelehrte Frau Katharina von Uhlenkamp[1], deren Gatte damals wissenschaftlich höchst bedeutungsvolle Ausgrabungen in Nordafrika leitete. Sie alle liebte er und viele andere mehr, und kaum eine blieb ihm gram, manche rief ihn trotz der anderen immer wieder zu sich[2].

[1] Man beachte, wie Kaspar versucht, auf diese Weise das Powenzblut in die alteingesessenen und einflußreichen Familien zu tragen. Ich komme vielleicht später noch darauf zurück.

[2] Ein von Kaspar sorgfältig geführtes Liebesregister ist im geheimen Archiv des Powenzmuseums vorhanden, zum Teil mit den Bildern der Mädchen. Einsichtnahme ist jedoch nur zu wissenschaftlichen Zwecken gestattet.

Folgendes schauderhafte Geschehnis aber ist als die Ausgeburt einer überhitzten und höchst schlüpfrigen Phantasie (wie sie leider mancher Mösseler sein eigen nennt) in das Gebiet der Fabel zu verweisen.

Jenes wilde Intermezzo nämlich, da Kaspar unwissentlich und aus Versehen mit einer heimlichen Liebschaft seines Vaters spielte, ernstlich verliebt in sie, nämlich mit der falschen Juliane, einem weißhäutigen Geschöpf mit betörendem Mund und höchst bösartig. Nun soll angeblich, da sie einst im Walde den liebeskranken Kaspar narrte, der Vater dazugekommen sein, sie aufspürend und auch findend. Er habe den Knaben beim Genick gepackt wie einen Kater, ihn der Schönen entrissen und an die nächste Föhre gebunden, ihn nun aber zusehen lassen zu qualvoller Pein und Belehrung.

Kaspar habe nie so gewaltig urwüchsiges Lieben, so bärig brüllende Zärtlichkeit gesehen, halb bewundernd, halb fluchend. Er soll klüglich nicht mehr gewagt haben, fürderhin Julianen sich zu nahen. Ich erwähne dieses abscheuliche Gerücht ausdrücklich unter Vorbehalt.

Kaspars galante Abenteuer konnten in Mössel nicht verborgen bleiben. Er war daher gezwungen, kurz vor dem sogenannten Einjährigen das Gymnasium zu verlassen. Das Material gegen ihn war erdrückend. Vor allem hatte er sich nicht entblödet, seines Rektors Töchterlein[1] anzutasten, ein bis dahin unbescholtenes und frommes Kind, das aber nun bitterlich weinte, als man sie, wie sich's versteht, sofort von Kaspar trennte. Frau

[1] Heute eine bekannte Filmschauspielerin und noch immer Kaspars eingedenk.

Quiebus hatte es sich nicht verdrießen lassen, diesen „Schmutz anzurühren“, damit künftig die Jugend Mössels nicht mehr durch diesen Lüstling vergiftet werden könne. Sie machte der kleinen Frau Powenz heftige Vorwürfe. Diese aber sagte nur: „Hüten Sie Ihre Kücken, ich laß meine Gecker laufen!“

Elftes Kapitel

Von frommer Nächstenliebe

Eine leichtfertige Gefährdung der Hauseinwohner durch eine nicht unerhebliche Explosion von Feuerwerkskörpern, wobei Heinrichs rote Haare in Flammen aufgingen und er häßliche Brandwunden davontrug, hatte zur Folge, daß man Vater Powenz wieder einmal kündigte.

Besonders festlich gestaltete sich wieder der Umzug, und zwar diesmal in das sogenannte Elefantenhaus Kasimirstraße 44. Dieses zweistöckige Gebäude aus roten Backsteinen mit einem kunstvoll gedeckten Schieferdach, darauf mit weißen Platten groß die Jahreszahl und die Initialen des Erbauers zu lesen waren, sah aus wie ein übriggebliebenes Stück Kuchen, auf beiden Seiten angeschnitten. So stand es anspruchsvoll zwischen bescheidenen Nachbarn. Die beiden Seitenflächen waren fensterlos. Man benutzte die leeren Flächen zu Reklamezwecken, und von dem Elefanten, der schmunzelnd ein Veloziped mit seinem Rüssel in die Höhe stemmt, hat das Haus seinen Namen. Auf der anderen

Seite trinkt ein rosa Riesenbaby unaufhörlich lachend Van Houtens Kakao.

Damals wohnte in dem Hause ein Sonderling namens Knust, dessen treuherziges Gemüt die Powenzbande oft genug zu allerlei schlimmem Schabernack mißbrauchte. Denn Knust dichtete. Es gibt von ihm eine Geschichte der Stadt Mössel in launigen Versen, die im Selbstverlag erschienen ist, und mehrere große Festspiele aus dem heimatlichen Sagenkreis in fünffüßigen Jamben.

Powenz, der Böse, hatte ihm dringend dazu geraten, diese, wie er sich ausdrückte, dichterisch hochwertigen Arbeiten doch ja herauszugeben, und sich anheischig gemacht, dem über solches Lob glückseligen Verfasser die leidige und zeitraubende Druckbesorgung abzunehmen, gegen ein geringes Entgelt natürlich. Auch war es Powenz, der dafür sorgte, daß trotz peinlich gelesener Korrektur durch den Autor sich im letzten Augenblick doch noch einige recht lächerliche Druckfehler einschlichen.

Knust also bewohnte den zweiten Stock des Elefantenhauses, im ersten Stock aber lebten die drei hornalten Fräulein Geist, Katharina, Ernestina und Babettchen, zugleich als die Hausbesitzer. Sie waren berüchtigt durch ihre Schwarzseherei und erschreckten die ängstlichen Mösseler durch düstere Todesprophezeiungen, die dann auch wirklich eintrafen. Sie sagten es ungefragt jedermann auf den Kopf zu: Du stirbst am soundsovielten um soundsoviel Uhr, und es gab Leute, denen es gar nicht sehr angenehm war, dies zu wissen.

Ganz Mössel wunderte sich, daß diese unheimlichen Greisinnen mit den wunden Augen und kalten Händen, mit ihren schlaffen, bösen Affenmäulern und immerdar feuchten Nasen, daß diese gelbsüchtigen Unheilsvögel gerade der Powenzbande das Erdgeschoß vermieteten. Sie taten es aber mit Fleiß gerade, weil sie die Powenze aus ganzem Herzen haßten. Sie lockten sie eben gleichsam in ihr Haus, sie dann um so sicherer zu verderben, und wirklich merkten selbst die so gewitzten Powenze erst nach geraumer Zeit, daß die Stubendecken an mehreren Stellen durchbohrt waren und daß die Hexen mit Ohr und Auge die Ahnungslosen, wann es ihnen einfiel, beguckten und behorchten. Es gelang aber dem fixen Violand, einen Augenblick abzupassen, in dem sich die uralte, triefäugige Katharina über das Guckloch beugen wollte, um mittels einer Spritze unverwaschbare deutsche Reichstinte mit starkem Erfolg ihr ins Gesicht zu blasen, während Jadup seinerseits der alten Jungfer Babettchen, die sich stets auf jugendlich herrichtete, sich puderte, schminkte und neckisch lachte, wobei sie mit ihren toten grauen Zähnen ganz abscheulich aussah, Wespen in das lauschend angelegte Ohr trieb. Fabian aber bot der neugierigen Ernestine einen so unanständigen Anblick, daß sie es doch künftighin vorzog, nicht mehr zu spionieren.

Zwölftes Kapitel

Beschreibt einen Familienrat mit Musik

Ein Jahr vor dem Weltkrieg trat ein Ereignis ein, das für gewöhnlich harmlos und ohne Wichtigkeit für die öffentliche Meinung zu sein pflegt, hier aber in seinen Folgen jahrelang nachwirken sollte.

Die drei Fräulein Geist

Powenz legte beim Stadtbauamt Mössel ein, was die Form betraf, in jeder Beziehung tadelloses, ja vorbildliches Gesuch vor, betreffs Villenneubau auf einem Grundstück in der Luisenstraße, also im besten Viertel der Stadt, Frau Quiebus' Haus gerade gegenüber. Die Vorgeschichte des Schriftstückes, das von einer Reihe ausführlicher Pläne mit Gesamtansicht, Grundriß, Aufriß begleitet war, ist dem Leser ja in großen Zügen bekannt.

Powenz' Backsteinsammlung war prächtig gediehen, seine wackeren Jungens verdienten, er konnte ernstlich daran denken, nicht sogleich, aber in Bälde, den ersten Spatenstich zu tun. Das Vorkaufsrecht auf das Grundstück hatte er sich gesichert, und daß es gerade Frau Quiebus' Hause gegenüberlag, gab dem Plan erst seinen höheren Sinn.

Ehe Powenz aber den entscheidenden Schritt tat, hatte er feierlich sein Weib, seine lieben Söhne und seine schöne Tochter zu einem Familienrat gebeten, von dessen Ausgang er seine Entschlüsse abhängig machen wollte.

Powenz' Einladung, die eines Morgens vor der alltäglichen Prügelei erging, wurde von der ganzen Familie mit lautem Beifallsgejohle aufgenommen.

Es war ein regnerischer[1] Sonntag und noch dazu Vaters Geburtsfest. Sofort wurde der Gemeinschaftsraum der Söhne mittels der Kisten behelfsmäßig in eine Art Sitzungssaal oder Parlament verwandelt. Der Feierlichkeit wegen beschloß man, in Hemden zu bleiben, in jenen langen, fast priesterlichen Nachttalaren, die

[1] Laut Bericht der amtlichen Landeswetterwarte.

sofort für eine gewisse Vertraulichkeit der Stimmung bürgten. Powenz, den fröhlichen Eifer seiner Söhne lobend, verteilte Zigaretten, Brezeln, Würste und Wein, denn der war nun einmal seine Schwäche.

Die Sitzung wurde bei geschlossenen Läden, also streng geheim, abgehalten, es leuchtete nur jene öligstaubige Milchglas-Petroleumlampe, die einer starkgeschnürten Dame mit weißem Sonnenschirm zu vergleichen war, ein Gegenstand, der seltsamerweise nie zerbrach, ein Ding mit Glück. Es gibt solche.

Um die Lampe nun saßen sie und frühstückten erst mal tüchtig.

Die Kauwerkzeuge der Powenzbande waren anatomisch außerordentlich kräftig entwickelt und sehr abgehärtet. Den zimperlichen Heinrich vielleicht ausgenommen, der kein Fleisch aß, waren die Knaben keineswegs heikel. Als ich späterhin, und offen gestanden nur Lilith zuliebe, jedoch von allen Powenzen zu wiederholten Malen rauh, aber herzlich eingeladen, manchmal zu Tisch blieb, war ich Zeuge jener unvergeßlichen Mahlzeiten, wie sie dort abgehalten zu werden pflegten.

Ich will nun keineswegs behaupten, daß das Essen bei den Powenz etwa schlecht gewesen sei, gewiß nicht. Aber es war stets ein wenig derb. Mein Magen wenigstens konnte es nie recht vertragen. Vielleicht deshalb, weil ein solcher Überschwang genießerischen Behagens, eine solche Wollust des Kostens, des Verspeisens und Hinabschlürfens, wie es vor allem bei dem von mir noch heute sonst hochverehrten Vater Powenz, dem starken Kaspar und dem gefräßigen, aber dünnen Zephirin der Fall war, mir, der ich mehr als „lyrischer" Esser gelten konnte, den Geschmack wenn nicht verdarb, so doch wesentlich beeinträchtigte. Die Powenz aßen nicht, sie schmausten. Ihre großen Münder, beim Plaudern, Lachen oder Schlafen nicht unhübsch anzusehen, ihre Münder faßten erstaunlich viel auf einmal. Sie kauten mit vollen Backen, krachend zerbrach das gebratene Geflügel zwischen ihren Kiefern – denn es kam hin und wieder vor, daß einem der Brüder „ein Huhn ins Rad lief" –, gleich vereisten Bärten hingen ihnen die Nudeln übers Kinn, das von Fett troff, die Gesichtsmuskeln gingen rhythmisch schwellend mit, ganz gaben sie sich hin der für die Nahrungsaufnahme so wichtigen, gründlichen Zerkleinerung.

Sie schlürften mit ah! und hm!, und wenn sie dazwischen redeten, dann nur mit vollem Munde und vom Essen, es von Herzen lobend. Brotbrocken warfen sie sich in den weitgeöffneten Mund, sie fingen sie gleichsam. Sie schmatzten geräuschvoll in allen Tonarten, und das war mir, ich gestehe es, doch ein wenig zu arg. Wenn so ein Powenz sein Butterbrot strich, daß es nur so spritzte, so konnte das aber fast eine kultische Handlung sein, wenn auch in einem noch etwas rohen Zustand. Ja das Antlitz des Essers glich dem eines frommen Malers bei der Arbeit, eines, der ganz bei der Sache war. Er aß innig, mit einem Wort. Er gedachte dabei, so schien es, der gelben, wogenden Frucht auf dem Felde, er vergaß dabei nicht der Milchkuh, der heiligen, und nicht der butternden Magd, schöner, erbaulicher Dinge, so schien es, gedachte er dabei.

Jetzt also um die trauliche Lampe her versammelt, saßen sie, zu Gottes Lobe aus ganzem Herzen schmausend, trinkend, rauchend, ungekämmt.

Als erster, und so war es recht, erhob sich endlich der

Vater, die tätowierte Brust ein wenig geöffnet, so daß man das Haus sah, das er sich träumte. Es waren die blauen Bäume fast natürlich mit rötlichem Brusthaar belaubt, und darüber wolkte der Bart um Powenz' heißes, weinverklärtes Gesicht. Er hielt seine dicke Zigarre senkrecht und sprach zuweilen ausschließlich, so schien es, zu deren Rauch, wie zu einem beschworenen Geist. Zuweilen zog er mitten im Reden mit sich blähenden Backen krampfhaft das Kinn an, ein Aufstoßen zu unterdrücken. Er führte etwa folgendes aus:

„Geliebte Familienangehörige, du vor allem, meine liebe tapfere kleine Frau, du unermüdliche Hüterin der zerbrechlichen Lampe unseres häuslichen Glücks, hört mich an. Ich habe euch zusammengebeten, zur Besprechung einer Sache, die uns allen, ich darf sagen, besonders am Herzen liegt. Eine Angelegenheit überdies, die, wie ich glaube, zur Zeit in recht glücklicher Entwicklung sich befindet."

Powenz räusperte sich und fuhr in seiner großangelegten Rede fort.

„Als ihr heute noch in Morpheus' zärtlichen Armen ruhtet, war euer Vater lange schon auf, um ein wenig durch die taufrische Landschaft um Mössel zu ambulieren, vielleicht, so dachte er bei sich, schenkt dir der junge Tag etwas. Und siehe, er tat es!" Bei diesen Worten hielt Powenz einen Ziegelstein vor sich wie ein Buch und betrachtete ihn wohlgefällig. „Was ist das? Ein Ziegelstein. Sonst nichts. Achtlos lag er am Weg, Käfern und Asseln ein Obdach. Ein Ziegelstein, nichts weiter. Mir bedeutet er mehr" (mit erhobener Stimme), „denn er ist ein Teil von jenem großen Ganzen, das uns so sehr am Herzen liegt.

Ich meine das Haus. Ich denke noch mit Rührung daran, daß unser empfindsamer Sohn Heinrich als Kind einen solchen Stein in die Erde legte, wie ein Samenkorn, und die Stelle fleißig begoß, meinend, daß ein Haus daraus wüchse. Aber es kam nichts. Nun, so einfach ist es nicht.

Ich bin ein alter, unsteter Wanderer. Allein, als ich vor nunmehr siebzehn Jahren, es mögen auch achtzehn sein, diese ungastliche Stadt wieder betrat, in der mich einst das Licht der Welt erblickte, da fand ich: hier ist gut sein, hier will ich Wurzeln schlagen. Seitdem sammelte ich Stein um Stein. Dieser trägt die Nummer 999 von meiner Hand geschrieben und datiert. Legt ihn zu den übrigen."

Lilith erhob sich, empfing den Stein und trug ihn feierlich auf flachen Händen an den befohlenen Platz.

„Liege hier bei deinen Brüdern, bis wir dich brauchen. Ein Haus also. Aber, warum hier, werdet ihr mit Recht fragen. Denn es gibt ein Sprichwort hierzulande: Es ist überall schöner als in Mössel. Nun denn" (Powenz' Stimme bekam einen bewegten Klang): „Ich hatte Heimweh nach Mössel, woher ich kam."

„Da muß ich ja weinen", unterbrach ihn Heinrich aufschluchzend.

„Deine edle Gemütswallung", fuhr Powenz, sich Wein einschenkend, fort, „ehrt dich, sie spricht für dein Herz!

Ich hatte es nicht immer leicht im Leben. Ich war nicht gerade auf Rosen gebettet. Und dennoch: das Leben, das mit aller Inbrunst des Leibes und der Seele zu lieben ich meinerseits nicht anstehe, ist, wie drücke ich mich aus – nun, es ist herrlich, ganz herrlich! Nein,

Backsteine (Sammlung Powenz)
No 7
Nach der Natur gezeichnet

Heinrich, schüttle nicht den Kopf, mein Sanfter, schüttle ihn nicht.

Das Leben, so sage ich, ist herrlich, fürwahr! Die Existenz aber, die Existenz ist grauenhaft, elend, unwürdig, trostlos. Ich habe, wie ihr, meine Lieben, wißt, stets an dem Standpunkt festgehalten (ich blieb leider damit ganz allein), an dem Standpunkt, daß die Menschheit zur Zeit in einem ziemlich bedeutenden Irrtum sich befindet, was eben das herrliche Leben betrifft. Lächle nicht so dreist, kleiner Jadup", unterbrach sich hier Powenz, seine Zigarrenasche über des Knaben Haupt abstreifend, „die Menschheit hat unsinnigerweise an die Stelle des Lebens die Existenz gesetzt. Das ist der Irrtum, an dem wir alle, ja alle, kranken, der Irrtum, gegen den ihr, meine Lieben, und ich kämpfen aus ganzer Seele, und zwar, das ist der springende Punkt, mit einigem Erfolg – wenigstens für uns." (Bravo!)

Powenz machte eine kleine Pause, damit die letzten Worte sich auswirken konnten. Nach Studentensitte trampelten und trommelten die Knaben gegen die Kisten, und Powenz verneigte sich verbindlich. Dann Stille gebietend mit seiner großen Rechten, deren Schatten wie eines Riesen Schatten hinter ihm emporstieg, fuhr Powenz leicht plaudernd fort, daß seine alte Idee eines eigenen Hauses nun der Verwirklichung entgegengehe. Zahlreiche wundervolle Backsteine, so scherzte er, warteten sehnsüchtig darauf, von liebevoll bauenden Händen zusammengefügt zu werden.

„Es ist ein großes Ziel, eine Idee, für die mein bißchen lumpiges Leben hinzugeben mir jederzeit eine Wollust wäre."

Nach diesen erschreckenden Worten trank Powenz

einen kräftigen Schluck; darauf dem Weine dankbar zunickend und die feuchten Bartenden aussaugend, obgleich Sabine ihn beschwor, sich ihr und seinen Kindern zu erhalten, wiederholte er das Gesagte, behaglich sich den Mund wischend: „– wie gesagt, eine Wollust wäre! Ich habe die Hand jederzeit auf der Klinke der geheimnisvollen Türe. Ich brauche sie nur zu öffnen."

Powenz nahm ein Messer von der Kiste und setzte es pathetisch auf die Brust.

„Willkommen denn, großes Dunkel, ewige Stille, nimm mich auf!"

Und als Heinrich tief erschrocken rief: „Um's Himmels willen! Er wird sich doch nichts antun!" sagte er fast verbindlich: „O nein, das sei ferne von mir. Zurück zum Haus.

Es fehlt nur", schloß er fast unbesorgt seine Ausführungen, „es fehlt an Geld! Doch Geld spielt keine Rolle, es darf keine Rolle spielen im Leben. Ich ignoriere es! Eisern!" (Na, na, na!)

„Dennoch rufe ich euch auf, mein Fleisch und Blut: So wie wir sind, die Powenzbande, sind wir eine Macht, ein Staat nicht nur, ein Königreich beinahe, wir sind, wenn ihr wollt, souverän. Ja, das sind wir, und wir sind gefürchtet.

Wir sind aber noch etwas. Wir sind ein lebendiges Kapital! Ich stand immer auf dem soliden Standpunkt: Nicht mehr Schulden als unbedingt nötig.

Durch einen kleinen Vorgriff auf die Reserven der Zukunft ist es mir gelungen, bis auf einige kleine Verpflichtungen beim Bäcker, Metzger und, irre ich nicht, Kolonialwarenhändler (auch in Adams Weinstube und anderswo steht vielleicht noch eine Kleinigkeit), unsere

Schulden beinahe fast nahezu zu tilgen. Ich stelle daher den Antrag zur Debatte, das Haus, das in seinen wesentlichen Teilen, ich meine die Backsteine, sozusagen ja schon fertig vorhanden ist, unser Haus wird mit tunlichster Beschleunigung gebaut!"

Powenz hatte zum Schluß mit prophetischer Zuversicht gesprochen, in seinem bebenden Barte hing der Tau seiner Rede. Gesträubten Haupthaars, glühend stand er da. Sein Körper wärmte den Raum.

Seine Frau und seine Kinder aber waren einig in dem Bewußtsein, daß Powenz ein außerordentlicher, daß er ein ganz herrlicher Mann sei.

Als erster zu den bedeutsamen Ausführungen seines Vaters ergriff überraschend der sanfte Heinrich das Wort.

Heinrich war ziemlich anders als seine Brüder. Er war zart von Gemüt und grüblerisch. Seine Vorstellungskraft war nicht so unbekümmert und heiter wie die des sonnigfaulen Fabian etwa, den er beneidete. Aber sie war nicht minder ausschweifend als die aller Powenze, nur war sie unheilvoll. Sein Gesicht war ein wenig klein, oder es sah nur so aus, weil die Ohren so groß waren, scheinbar entsetzt ins Weite horchend, weil er stets so große Augen machte und weil seine melancholische Nase, groß und blaß auch sie, so greifbar vor ihm herragte. Sein Mund aber war, als wolle er ewig Oh sagen. Er errötete stets für die Unarten anderer, bereit, dafür als vermeintlicher Täter wortlos die Strafe zu erleiden. Er machte sich oft Skrupel, ob der Bäcker gegenüber wohl seine Semmeln noch alle verkaufen werde, ehe sie altbacken seien, und die Hökerin ihr Gemüse, bevor es welke. Er glaubte allen Ernstes an die Gerech-

Das Elefantenhaus
Hier wohnte die Powenzbande im ersten Stock
von 1912 bis 1924

tigkeit auf Erden. Er war es aber auch, der gezwungen war, in der Eisenbahn unaufhörlich von Eisenbahnunglücken zu erzählen. Er wurde ganz weiß, wenn irgend jemand das Wort Krieg nur flüsterte, erläuterte dann aber stundenlang eingehend, welche Verletzungen gegebenenfalls jeder Feldsoldat zu gewärtigen habe, und er beschrieb sie genau vom Kopf an bis zu den Füßen, selbst erschauernd vor dem Zwang seiner unheimlichen Vorstellung.

„Oh", sagte er einmal, als vom Heiraten die Rede war, „oh, wenn man nur bestimmt wüßte, welches Mädchen eigentlich von der Vorsehung für einen bestimmt ist. Denn eines kann es doch wohl nur sein letzten Endes. Würde ich aber vielleicht nicht in Afrika oder in Amerika, angenommen ich sei dort, mich ebenso in eines verlieben, meinend, daß sie die einzige sei und . . .

Oder in der Berufswahl, o seht, wie ist es da? Angenommen, ich werde Friseur zum Beispiel, wer sagt mir, ob nicht ein Feldherr aus mir hätte werden sollen und . . ."

Er schloß fast jeden Satz mit einem „und" ohne Fortsetzung. Geradezu schrecklich war es, wenn er einen Brief beginnen sollte, dann grübelte er gequält lächelnd über das erste Wort nach, die Auswahl war ja unendlich.

„Und", begann nun dieser Heinrich mit sanfter Stimme zu reden, und seine weißbewimperten Augen waren groß wie die eines jungen Rindes, rotbraun und dumm, erschrocken aufgetan. „Oh, Vater, oh, Mutter, auch du, schöne Schwester mein, und ihr trauten Brüderchen, bedenkt nur, so ein Haus, viereckig und hart an einer bisher unversehrten Stelle aufgebaut, wo vorher nichts war, ist das nicht ein roher Eingriff in die

Atmosphäre, ist das nicht willkürlich und ... Die Backsteine, sind sie nicht gedörrte Erde, unfruchtbar für immer? Sind Bretter und Balken nicht ermordete Bäume? Vernichtet nicht jeder Spatenstich leichtfertig brüderlich gelagerte Erde, vernichtet nicht jeder Schritt, den wir tun, unachtsam und leichtfertig lang vorbereitetes Leben, kunstvolle Kreatur, einen Wurm, eine Ameise, ein Marienkäferchen zum Beispiel? Oh, es ist ja alles so zufällig, so von ungefähr und ..."

Heinrich stand, als wolle er noch etwas sagen, den Finger warnend erhoben. Er schüttelte langsam, mißbilligend den Kopf.

Betreten schwieg die Familie.

„Er ist aus der Art geschlagen", murmelte Baltus, „oder solltest du am Ende, Sabine ...?"

„Herr Powenz, welch schrecklicher Verdacht!" rief nun die Gute.

„Verzeih, Geliebte", sagte der Alte, und auch die Kinder trösteten sie. Es sei doch nur ein Späßchen gewesen.

Endlich erhob sich Violand, legte dem Heinrich, der eigentlich noch viel zu sagen hatte, die Hände auf die Schulter, sah ihn gewinnend an und setzte ihn nieder. Jetzt sprang er auf seine Sitzkiste und redete forsch und heftig gestikulierend:

„Die Wahrheit zu sagen, meine Herren und Damen, man will uns hier in Mössel nicht. Wir ermangeln, scheint es, der Beliebtheit. Wir sind unerwünscht – mit einem Wort: wir denken selbständig, und das ärgert immer die Leute. Gerade darum aber unterstütze ich Vaters Antrag: Das Haus wird gebaut. Es wird gebaut, gebaut!"

Vater Powenz, der namentlich während Heinrichs

peinlicher Rede heftig getrunken hatte, erhob sich groß und sagte: „Brav, mein Sohn, das nenne ich wohlgesprochen. Das Haus wird gebaut, ja, ja, es wird! Und selbst wenn ich geloben müßte, von diesem feierlichen Augenblick an nie mehr einen Tropfen dieses göttlichen Weines über meine Lippen zu bringen, keinen Tropfen Wein, nie mehr! Ja, ich schwöre ihm ab, wenn anders ihr . . ."

Da nun sprangen die Söhne aber einmütig auf und umringten den Vater:

„Nein, guter Baltus", riefen sie fast zärtlich, „nein, herrlicher Mann, Väterchen, tu das nicht, trinke nur, und wohl bekomm es dir!"

„Was hab ich für Söhne!" sagte Powenz mit Innigkeit.

„Dies ist die schönste Stunde meines Lebens!" flüsterte Sabine.

Es wurde noch viel gesprochen, vor allem über die notwendige Verdienststeigerung zur Finanzierung gedachten Baues, wobei Jadup boshafterweise vorschlug, der Kaspar könne doch leicht bei jedem seiner Mädchen jeweils eine kleine Gebühr erheben[1].

Die Gründung eines Wanderzirkus, bei dem ohne weiteres alle mittun konnten, regte Fabian an. Man einigte sich jedoch schließlich dahin, daß vielleicht mehr zu gewinnen sei, wenn jeder einzeln, scheinbar als Konkurrent des anderen aufträte. Das heißt, man wollte von allen Seiten in die ahnungslosen Dörfer und Marktflecken der Umgebung einziehen, also gleichsam getrennt marschieren und vereint schlagen. Man wollte einen ganzen Jahrmarkt ersetzen, mit Moritat, „Haut

[1] Warum auch nicht?

ihn, den Lukas", mit einer kleinen Menagerie, mit Lilith als Wahrsagerin und dem Vater als Harfenspieler. Violand konnte als Zauberer auftreten, und sogar der faule Fabian erklärte sich bereit, falls man ihm in dem neuen Haus sein eigenes Schlafzimmer einräume, als Rechenkünstler aufzutreten. Zephirin wollte als Silhouettenschneider gehen, während die gute Mutter bescheiden vorschlug, sie könne ja Luftballons verkaufen.

Das wollten sie aber alles tun um des zukünftigen Hauses willen.

Sie tranken und redeten bis zum Abend, und etwa um sechs Uhr, da gewöhnlich Vater Powenz' melancholische Stunde war, begehrte er sehr, daß nun Musik gemacht werde. Sie ließen denn auch gleich ihre geliebten Instrumente von der Decke herab, lehnten die Noten an die Weinflaschen, stimmten melodisch durcheinander und musizierten dann, erloschene, naßgekaute Zigarrenstummel im Munde hin und her bewegend, ganz herrlich.

Powenz zählte laut und stampfte den Takt, er weinte auch einmal ein wenig. Denn sie spielten Beethovens Fünfte in Fabians genialer Spezialbearbeitung für kleines Powenzorchester, die er freilich nur unter strengster Beaufsichtigung, damit er nicht darüber einschlafe, zustande gebracht hatte.

So wäre es noch ein schöner Abend geworden, wenn nicht Jadup beim letzten Satz so entsetzlich gepatzt hätte. Es kam zu einem kleinen Wortwechsel, schließlich zu Tätlichkeiten. Den beiden Frauen gelang es mit knapper Not, die gefährdeten Instrumente hochzuhissen, als schon die Schlacht begann.

Jadup, der kleine Eigensinn, sprang jähzornig den Vater an, der aber hob ihn empor, um den Leib ihn fassend und schrie: er werde sie lehren, die Hand gegen ihren grundgütigen Erzeuger zu erheben. Zephirin schleuderte die festen Seegraskissen von den oberen Betten nach des Vaters wutdampfendem Haupt, und Violand, hinter getürmten Kissen anrückend, riß ihm im raschen Vorstoß das Hemd an der Schulter entzwei, die bläulichen Bilder entblößend. Kaspar rang kunstgerecht im griechisch-römischen Stil mit dem brüllenden Alten, dessen Beine Fabian fest umklammert hielt, lästig mehr als gefährlich und die Faustschläge in sein Gesicht stoisch erduldend. Heinrich kämpfte nicht, sondern er stand abseits und schimpfte mit sanfter klagender Stimme. Er nannte sie alle gemeine Hundskrüppel und Halunken. Die Schatten der Kämpfer geisterten im Raum.

Dem Vater half nur Lilith, für viel durch die Brüder ihr angetane Erniedrigung sich rächend. Sie fuhr jetzt zwischen sie, kratzte, biß, spuckte, furienhaft und lächerlich. Ihr Haar, mahagonifarben und bubisch geschnitten, schlappte um ihr wütendes Gesicht. Sie bleckte die Zähne und machte „Rrrr!" vor Zorn. In diesem Augenblick gelang es dem Vater, zweien Söhnen zugleich, dem Kaspar nämlich und dem Violand, die Hemden wie eine Haut über den Kopf zu ziehen, daß sie nicht mehr sehen konnten und blindlings nun gegeneinander losschlugen. Hellauf lachten da Jadup und Zephirin, und auch die Mutter, die Hüterin der Lampe, lächelte.

Der Kampf war zu Ende.

Lange noch redeten sie dann von dem eigenen Haus, wie groß es sein müsse, sprachen von Autogarage und Tennisplatz, wobei sie allerlei fabelhafte Erfindungen machten.

Baltus Powenz (×) mit dem Autor
anläßlich der Feier seines siebenzigsten Geburtstages

Fabian zum Beispiel beschrieb, wie aus dem Schlafe redend, sein künftiges Idealzimmer, in dem vom Bett aus alles zu erreichen war, und er wußte es so köstlich bequem und faulenzerisch zu schildern, daß alsbald sämtliche Powenze in lächelnden Schlummer fielen.

Eine Weile stand noch Violand inmitten der Schläfer, das symphonische Schnarchkonzert dirigierend, indem er hier dämpfte, dort die Töne mehr hervorlockte.

Buch der Heimsuchung

Des Menschen größter Feind ist der Mensch!

Baltus Powenz (Igelgedanken)

Erstes Kapitel

Worin der Übermut in die gehörigen Schranken verwiesen wird, sich das aber nicht gefallen läßt

Das Baugesuch des Baltus Powenz, als Ergebnis dieses denkwürdigen Familienrates, wäre wahrscheinlich ohne weiteres genehmigt worden, wenn es nicht eben von einem so anrüchigen Mitbürger eingereicht worden wäre.

Herr Gockeley tobte.

„Wo", rief er aus, „wo hat dieser Mensch überhaupt das Geld her, um zu bauen; auf rechtschaffene Weise wohl kaum."

Und er beschloß, seinen ganzen, nicht geringen Einfluß aufzubieten, den unverschämten Antrag zu Fall zu bringen. Zuständig war da vor allem das Stadtbauamt, und die Genehmigung der Pläne hing in erster Linie von Baurat Knipfel ab, einem sehr mächtigen Mann in Mössel.

Knipfel war eigentlich glatzköpfig, doch verstand er es, mit Geschick aus dem Haarkranz seitlich eine Strähne zu züchten, die lange genug war, daß er sie schließlich in Form eines stark pomadisierten Steges über den kahlen Schädel kämmen konnte, seine Blöße zwar nicht völlig deckend, aber wenigstens halbierend. Die spiegelnde Fläche war durch einige Leberflecke und Warzen belebt.

Was Knipfels Gesicht betraf, so hatte es den Ausdruck einer lästigen Eigenschaft angenommen, die er leider besaß. Knipfel war nämlich in der ständigen Sorge, er könnte verhungern. Deshalb pflegte er auch nachts kleine Mahlzeiten zu sich zu nehmen und führte, das ist verbürgt, wie ein Feldsoldat jahraus, jahrein einen sogenannten eisernen Bestand mit sich. Er litt an einer Art Heißhunger, und böswillige Menschen behaupten, er habe einmal einem kleinen Schuljungen, der eben vergnügt in sein schnittlauchbestreutes Butterbrot beißen wollte, dieses mit raschem Griff vom Munde gerissen und vor den Augen des schreienden Kleinen hinabgeschlungen. Von solcher unseligen Leidenschaft hatte sein Gesicht etwas Gieriges bekommen, vor allem seine Lippen waren fettig und beständig in Bewegung. Seine schnuppernde Nase drückte auf die Oberlippe und war so ausgewachsen, daß sie dem Embryo eines Ferkels glich. Dabei war Knipfel keineswegs sehr dick, nur sein Bauch wölbte sich spitz und prall.

Dieses Knipfels Bauten gaben dem neuen Stadtteil das Gepräge, und sein Urteil galt alles in künstlerischen Fragen Mössels. Das Charakteristische seiner Bauweise war, daß er ihr längst bewährte Pläne vergangener Zeiten zugrunde legte. So konnte sich Mössel rühmen, manches weltbekannte Bauwerk in vorzüglicher Nachahmung sein eigen zu nennen. Der Schlacht- und Viehhof war in edler Renaissance, die Irrenanstalt in heiterem Barock, das neue Krematorium byzantinisch gebaut. Dabei hatten diese Gebäude ihren berühmten Mustern gegenüber den großen Vorzug, daß sie alle nagelneu waren. Wenn es ein Vorzug war. Denn was Knipfel betraf, so sah er die Dinge ganz anders an. Ein neues Haus im gotischen Stile etwa, das war erfahrungsgemäß häßlich, ein altes bemoostes aber romantisch schön. Darum ist es seinem Weitblick zu danken, daß er die neuen

Baulichkeiten gleich von vornherein mit einer Art künstlichen Schimmels, das heißt sozusagen schon alt errichtete, und das gefiel allen wohl. Seiner Anregung verdankt Mössel auch das Marmordenkmal der unglücklichen Königin Luise (von Bernauer), obgleich diese edle Frau, wie Herr Valentin Knust in seiner kurzgefaßten Geschichte der Stadt einwandfrei nachgewiesen, niemals in Mössel gewesen war. Bedauerlicherweise mußte das Monument, das der Baedeker erwähnt, von Oktober bis April durch eine schlichte Holzverschalung geschützt werden, damit es nicht unter der Witterung leide.

Auch das neue Rathaus zu Mössel (nach Plänen Knipfels 1899 bis 1901 in spätgotischem Stil erbaut), mit prächtiger Fassade, hatte einen Nachteil. Es mußte in etwa der Hälfte seiner Zimmer sommers wie winters künstliches Licht gebrannt werden, da die Fenster aus stilistischen Gründen etwas zu klein gehalten waren. Nun war es im Innern sehr ungemütlich und düster. Dazu kam, daß die verschlungene Schrift auf den reichgeschnitzten Türschildern der einzelnen Amtsräume, zum Beispiel des Standesamtes, für den Laien gänzlich unleserlich war.

Im sogenannten kleinen Sitzungssaal, einem kalten, sonnenlosen Raum mit sehr harten, scharfkantigen Stühlen aus Eichenholz mit durchbrochenen Lehnen, in deren Ornamenten der Staub sich fing, fand die Sitzung des städtischen Bauausschusses statt, die für die Entwicklung dieser Geschichte von ausschlaggebender Bedeutung werden sollte.

Bürgermeister Dattel, ein gütiger Mensch in den Fünfzigern und ständig beschwichtigend, eröffnete die

Sitzung um dreiviertel elf Uhr und führte etwa folgendes aus[1]:

„Meine Herren, ich werde von nahestehender, ich möchte fast sagen, von befreundeter Seite quisi quasi darauf aufmerksam gemacht, daß unsere Stadt, für deren Wohl und Wehe in weitschauendstem, ja weitblickendstem Maße ich mich verantwortlich halte und auch fühle, daß unser liebes Mössel, das alte Moselinum der Römer, in seinen Mauern eine Persönlichkeit beherbergt, von der ich nicht anstehe – doch bitte ich Sie schon jetzt, das, was ich sagen werde, streng vertraulich zu behandeln –, von der ich nicht anstehen möchte, zu behaupten, daß man sie nicht ohne einige Besorgnis eine kulinarische[2] zu nennen sich veranlaßt fühlen könnte. Sie wissen, wen ich meine. Jene Persönlichkeit hat nun ein Baugesuch eingereicht, und ich muß gestehen, daß bezüglich Genehmigung eines solchen die Aussichten meines Erachtens zur Zeit gering sind. Die Idee des Gesuchstellers jedoch, ein Haus bauen zu wollen, ist an sich wohl kaum verwerflich, und aus diesem Grunde und Anlaß heraus, meine Herren, möchte ich Ihnen die Sache, obwohl ich mich selbst damit ganz und gar nicht befreunden kann, dennoch wärmstens ans Herz gelegt haben. Ich darf nun Herrn Baurat Knipfel bitten, sich gutachtlich sowohl als künstlerisch zu dieser Sache zu äußern."

Baurat Knipfel, der immer geschmeichelt lächelte, von was auch die Rede war, suchte umständlich, mit schmerzhaft sich windender Zunge, in seinem Munde

[1] Vgl. dazu: Weißbuch 1928 der Stadt Mössel, herausgegeben von Max Dattel, Oberbürgermeister a. D.

[2] Beachte das Druckfehlerverzeichnis am Schluß des Buches.

nach Resten seiner letzten Mahlzeit, würdigte dann zunächst händereibend ausführlich die baulichen Verdienste des Bürgermeisters und sah sich endlich leider genötigt, wiewohl er es menschlich nur zu gut verstehe, daß der Herr Bürgermeister sich so stark für den Gesuchsteller ins Zeug lege, hier nun doch zu widersprechen. Er könne es mit seinem künstlerischen Gewissen nicht vereinen, er müsse aus städtebaulichen Gründen das Gesuch schlankweg ablehnen, obwohl es gegen baupolizeiliche Vorschriften leider nicht verstoße. Das sei ja kein Haus, das sei eine Maikäferschachtel, Kartonagenarchitektur (Heiterkeit). Er stehe und falle mit diesem Entscheid. „Ich sage nur: Entweder – oder! Und" (so schloß er) „was ich sage, das halte ich!"

Auch die Angrenzer, besonders die allseits verehrte Frau Quiebus, erklärte danach Herr Gockeley, sachlich tuend, erhöben ernstlich Einspruch. Der Platz, auf dem jener etwas merkwürdige Herr zu bauen wünsche, sei überdies ein lebenswichtiger Teil der sogenannten Lunge der Stadt. Einer der wenigen grünen Flecke, die noch Auge, Atmung und Seele des Städters erfreueten. Er habe an sich nichts gegen diese Leutchen, aber ...

Powenz' zukünftiges Haus war allerdings mit äußerster Nüchternheit und Sparsamkeit entworfen. Es war gänzlich schmucklos, weil Schmuck verteuerte, ohne zu verschönern. Es glich wirklich einer Schachtel oder einem Würfel, wären nicht Fenster und Türen daran angemerkt gewesen. Als Grundmaß waren natürlich die Proportionen eines normalen Ziegelsteines verwendet.

Mit seinen großen Atelierfenstern hatte das Haus im Plan etwas Fabrikartiges, und Powenz gab offen zu, Leben sei an sich schon Arbeit genug, und seine Familie sei also nichts anderes als eine Firma zur Herstellung einer allerdings besonders kostbaren Ware, nämlich lebendiger Menschen. In diesem Sinne sei ein jedes Wohnhaus eine Fabrik und dürfe demnach auch so aussehen.

Das Powenzsche Projekt: kurzum, es wurde nicht genehmigt. In der gleichen Nacht schon, also eigentlich noch ehe Powenz amtlich davon in Kenntnis gesetzt war[1], wurden von unbekannter Bubenhand sowohl bei Herrn Gockeley wie auch bei Herrn Baurat Knipfel, aber auch bei einigen gänzlich unschuldigen Bürgern die Fenster eingeworfen, und zwar mit solcher Treffsicherheit, daß der Argwohn sofort auf die Powenzbuben fiel.

Die raschest verständigte Polizei hielt noch in der Nacht überraschend Haussuchung. Sie fand die verdächtige Familie friedlich schlafend, niemand fehlte.

Es erwies sich ferner am andern Morgen, daß die edle Marmorgestalt der königlichen Dulderin gleichfalls von Bubenhänden über Nacht aufs niederträchtigste entstellt worden war. Sie war geschminkt; die Lippen rot gemalt, ebenso die Wangen, die Augenbrauen und Wimpern geschwärzt, wodurch sie etwas verwegen Untugendhaftes bekam. Dazu hatte man ihr das Firmenzeichen eines Handschuhmachers, einen großen blechernen, rotlackierten Handschuh darstellend, über die zarte Hand gestülpt.

Das war der Auftakt zu der großen Fehde der Powenzbande gegen die unduldsame Stadt. Sie überdauerte den Weltkrieg.

Es mag sein, daß gewisse Wandersagen zu Unrecht

[1] Er hatte es dank des wohlorganisierten Powenznachrichtendienstes sofort erfahren. Violand hatte während der Sitzung im Rathaus die ganze Zeit unter dem grünen Tisch gesessen.

Baurat Knipfel
Stadtbaurat zu Mössel a. d. Maar

nun auch von der Powenzbande erzählt werden, obgleich sie hin und wieder vielleicht sogar einmal unschuldig war. So schreibt man ihnen zu, daß sie eines Tages durch gedungene Handlanger mitten in der Stadt an verkehrsreicher Stelle das Pflaster hatten aufreißen lassen, wobei sie die Baustelle, wie sich's gehört, umzäunt und mit roten Fähnchen bei Tag und Windlaternen zur Nacht gemäß polizeilicher Vorschrift gesichert hatten. Geduldig wich man aus, ein Polizist regelte den Verkehr, bis man erst nach mehreren Tagen darauf kam, daß das Ganze ja unbefohlen war, ein gelungener Streich also, die Stadtväter zu uzen. Denn jeder hielt es für möglich, daß es ernst sei.

Die Powenzbande leugnete damals beharrlich die Tat. Nicht ohne Neid. Denn, so sagten sie anerkennend, sie hätte ihnen wohl angestanden.

Zweites Kapitel

Darin von kriegerischem Knabentum und einer Pantherkatze die Rede ist

Die blutige „Knabenschlacht am roten Kulm“ (unter diesem Namen lebt sie noch heute im Munde der Mösseler Jugend fort) ist als eine natürliche Folge jener beleidigenden Ablehnung des Powenzschen Baugesuches anzusehen. Der innere Grund war also klar, der äußere Anlaß bald gefunden.

Violand hat das Verdienst, während einer Freiviertelstunde die Feindseligkeiten eingeleitet zu haben, die den Beginn eines der erbittertsten Knabenkriege bezeichnen, die die Geschichte kennt.

Violand war kein alltäglicher Mensch; er sagte sich, daß eine gewöhnliche Anrempelung mit der Schulter und der traditionellen Frage: „Wellst woos?“ (das ist verdeutscht: Willst du etwas?) in diesem Falle nicht genügen könne. Er kaufte daher eine Tüte voll schwarzer Kirschen, stellte sich in der Nähe des ahnungslosen Emil Knipfel auf und wartete geduldig. Er wartete nämlich darauf, bis Emil gähnte, um alsbald in den nun krampfhaft geöffneten Mund drei wohlgezielte Kirschkerne zu spucken, was bei den umstehenden Mitschülern heiteres Gruseln erweckte.

Der rotwangige Emil Knipfel aber, eigentlich ein braver Junge, war mit Abstand der reinlichste der Klasse und im allgemeinen recht wohlgelitten. Er stand in dem seltenen Rufe strengster Keuschheit an Leib und Seele. Er errötete nicht, sondern erbleichte, wenn etwa Fabian einen fröhlich derben Witz erzählte oder wenn der kleine Jadup mit unbefangener Miene höchst verfängliche Anekdoten aus dem Liebesleben der Stadt zum besten gab. Der sauber gewaschene Emil hatte kein Wohlgefallen an solchen Dingen, weshalb er zu seiner äußersten Qual und zur rauhen Belustigung der lasterkundigen Kameraden oft Gegenstand von allerlei unanständigen Scherzen wurde. Er wehrte sich solcher Versuchungen auf eine ganz jämmerliche, lächerliche Weise, etwa mit der Drohung, es seinem Vater zu sagen, was er jedoch nie tat. Er war ein fleißiger, aber schwacher Schüler, der vor jeder Schulaufgabe mit gefalteten Händen betete, zum Staunen der gottloseren Nachbarn. Solche Frömmigkeit gab ihm fast etwas Unheimliches. Denn seine Lippen murmelten, und seine Augen verdrehten sich gläubig nach oben. Trotzdem hatte er fast immer die Note 3–4.

Emils Zimperlichkeit allem Ungepflegten gegenüber – wie er litt unter dem Geruch der Klasse, sich selbst in einen wohlriechenden Nebel von Eau de Cologne russe hüllend, wie der Ärmste schauderte vor der Powenzbuben breitem Schwarzbeerkuchenlachen, ihrer lümmelhaften, wildlockigen Ungekämmtheit –, das war schon erbarmungswürdig.

Die Wirkung von Violands Kirschkernen in Emils Mund war daher schrecklich. Es wurde dem Betroffenen davon sehr übel. Dennoch aber, mit entstelltem, fast grünem Gesicht, stürzte er sich auf den „Powenzhund", und im Augenblick über eine unnatürliche Kraft gebietend, gelang es ihm, Violand zu Fall zu bringen. Fabian befreite den Bruder, und rings um sie teilten sich die Schüler in Kirschkernspucker und Knipflinge, wobei die ersteren weitaus schwächer, aber kampferprobter waren.

Auf seiten der Knipflinge befanden sich in führender Stellung Edwin Quiebus, in dessen verzärteltem Körper aber eine tapfere Seele wohnte, der fromme Emil und der etwas heimtückische Helmut Gockeley, der genau aussah wie sein Papa, mit fliehendem Kinn, vorstehenden Zähnen, kurzsichtigen Augen und schäbigem Blondhaar.

Nach dem ersten unentschiedenen Gefecht im Schulhof, das durch Eingreifen des Pedells leider vorzeitig abgebrochen werden mußte, nach Beendigung des Unterrichts, überreichte Jadup den Knipflingen, als Parlamentär sein an eine Reißschiene geknotetes schmutzigweißes Taschentuch schwingend, die schriftliche Kampfansage und die Herausforderung zu einer Entscheidungsschlacht am kommenden Samstag, nachmittags, im Kypser Wald.

Dort aber, in einer heißen Lichtung, die, mit Himbeersträuchern, Disteln und Schlehenbüschen bewachsen, eine Brutstätte für Bremsen und Hornissen bildet, dort, wo es nach warmem Harz und dürrer Heide riecht, ragt ein Sandsteinfels, der rote Kulm genannt, ein strategisch wichtiger Punkt. Der Stein ist geborsten, und aus dem mit Erde und Moos gefüllten Sprung wächst eine weiße Birke wie ein Richtfestbaum.

Um diesen Felsen ging der Kampf, denn wer ihn behauptete, blieb Sieger. Beide Parteien waren wohlgerüstet. Katapulte[1] durften nach den damals gültigen Kriegsgesetzen benutzt werden, sofern als Munition keine Steine, sondern Kastanien verwendet wurden. Akazienruten dienten zugleich als Hieb- und Wurfwaffen. Schilde waren gestattet. Im Nahkampf war Fußstoßen und Beinstellen streng verpönt. Kavallerie war beliebt, sie bestand aus leichten und gewandten Kleineren, die auf den Schultern der Stärksten und Dümmsten ritten, sie an den Ohren oder durch Knüffe lenkend. Jadup galt als besonders guter Reiter.

Die Schlacht begann für die Feinen insofern ungünstig, als eine Patrouille von drei Buben, die sich schlauerweise in den Rücken der zum Kampfplatz ziehenden Powenzbande schleichen wollte, von den noch schlaueren Powenzen Kaspar und Violand jählings überfallen und gefangengenommen wurde, bis auf einen, der die traurige Nachricht überbrachte.

[1] Siehe Seite 36.

Die Powenze hatten eine Fahne, auf deren Tuch in rotem Grunde symbolisch ein weißes Haus abgebildet war.

Voran ihre Kavallerie (sechs Reiter), von kleinen Patrouillen flankiert, zog das Gros unter des faulen Fabian mathematisch durchdachter Führung, in Indianerschmuck und wild bemalt, zuversichtlich ins Feld.

Die beiden Gefangenen wurden an einen Baum gebunden und hatten arg unter den Fliegen und Bremsen zu leiden. Es war sehr heiß.

Fast gleichzeitig aus dem Walde tretend, standen sich die Heere gegenüber, und so begann zunächst ein allgemeines Geschrei der Verachtung und Kampfeslust, aus dem sich endlich die gewaltigen Schimpfreden der Anführer heraushoben. Krieg ist Krieg.

Fabian brüllte durch die hohlen Hände, die Feinde als Muttersöhnchen, Süßlinge und elende Schisser[1] anredend, die, falls sie Schneid hätten, sich halt hertrauen sollten, während Gockeley die Powenze als schmutzige Halunken, erbärmliche Hundsfötter und Roßbollenschmeißer genommen wissen wollte, die mit ihrem Gestank die schöne Natur verpesteten, und was dergleichen unfeine Reden mehr waren.

Auf einem nahen Hügel außerhalb der Gefechtszone lag Baltus Powenz hemdsärmelig im Schatten einer Buche, weintrinkend, und sah zu, durch eine geleerte Flasche zuweilen gleich einem Feldherrn wie durch ein Fernrohr spähend. Wie tat es seinem Vaterherzen wohl, wenn seine lieben Knaben siegreich waren. Später

[1] Derber, volkstümlicher Ausdruck, ungefähr gleichbedeutend mit unserem Wort Feigling.

gesellte sich auch Sabine zu ihm, die es daheim nicht länger litt in der Stunde der Gefahr. Kartoffelnschälen könne sie ja auch im Freien, meinte sie beschönigend.

Die Knipflinge und Quiebustier erreichten als erste den roten Fels und besetzten ihn frohlockend. Dadurch schwächten sie jedoch die weiter vordringende Kampffront, und als Jadup mit seiner Kavallerie angriff, gelang es ihm, die feindlichen Reiter nach kurzem Nahkampf aus dem Felde zu schlagen.

Hier zeigte sich die Überlegenheit einer von den Powenz bevorzugten Waffe. Sie waren nämlich mit einem Ding ausgerüstet, das sie als siebengeschwänzte Katze bezeichneten, sieben geschmeidige Lederriemen an einem handlichen Holzgriff, womit man den Gegner allerdings sehr schmerzhaft treffen konnte, vor allem auf die Hände.

Fabian ließ nun die Verwirrung ausnützen. Durch eine rasche Schwenkung seiner Fußtruppen mit Geschrei dem Gegner in die Flanke fallend, drängte er ihn auf die Seite und hatte, da sich die Feinen, noch ungebrochen, aus taktischen Gründen vom Feind lösten, zwar zunächst den Weg zum roten Kulm frei. Doch belästigte ihn nun sehr das überlegene Fernfeuer der Gegner. Fabians fröhliche Nase blutete bereits, auch Heinrich, von Bremsen, Wespen und Hornissen verfolgt, war vorläufig außer Gefecht gesetzt.

„Sie haben den besseren Gummi an den Schleudern", sagte Fabian, „sie reichen weiter, wir müssen den Nahkampf suchen."

Wieder war es Fabians überlegene Schlachtenkunst, die den Seinen den Vorteil brachte. Er zog den rechten Flügel zurück, machte linksum und stürmte, ehe

Gockeley den Trick durchschaute, der vom Felsen aus, wohlgeborgen, seine Befehle erteilte, mit seiner ganzen Kraft auf die Rechte des Feindes, wodurch dessen Linke jetzt sozusagen mit der Luft zu kämpfen gezwungen war. Das geschickte Manöver veranlaßte die Feinen zum Rückzug auf den Felsen, und hierbei nun ereignete sich ein Vorfall von beispielloser Wildheit.

Edwin nämlich, seiner Natur nach ganz unkriegerisch und den Büchern ergeben, von zartem Wuchs, aber kühnem Geist, deckte den Rückzug, oder er gab sich wenigstens alle Mühe, es zu tun. Er tat es, obwohl er rasende Kopfschmerzen hatte, denn er vertrug die Sonne nicht, die er doch über alles liebte. So stand er nun, schrecklich erhitzt, und erwehrte sich, mit einem abgebrochenen Rütchen ungeschickt und linkisch fechtend, Violands, der brennende Hiebe ihm auf Hand und Gesicht pfeifen ließ. Edwin ertrug es unter Tränen der Wut und des Schmerzes, aber er ertrug's. Das Hemd war ihm herabgerissen, rote Striemen bedeckten seine schwitzende Haut, er ließ sich hauen, ein jammervoller Held. Er wich und wankte nicht.

Dies Verhalten aber ärgerte Lilith, die natürlich auch dabei sein mußte.

Sie hatte zusammengewachsene Augenbrauen, das heißt über der Nasenwurzel berührten sich die Haare der rechten und linken Braue, und das bedeutet nach dem einen Leidenschaft der Sinne, nach anderen Demut des Herzens.

Bei dieser Schlacht aber zwischen der Powenzbande und den „Feinen", wie in abfälliger Weise die heranwachsenden Sprößlinge der Quiebus, Gockeley, Dattel usw. von unseren Freunden genannt wurden, mußte es

SCHLACHT AM ROTEN KULM.

der schöne Edwin am eigenen Leibe erfahren, wie sinnestoll und blutdürstig diese Lilith sein konnte. Sie war ganz närrisch vor Wut und Hitze. Mit dem alten Schlachtruf der Powenz: „Ua-hu“ stürzte sie auf den verhaßten Schwächling. Der aber ließ vor ihr die Hand sinken.

„Ich schlage kein Weib“, sagte er unter Schluchzen.

Da sprang Lilith ihn an, wie ein Katzentier mit beiden Händen sich festkrallend, und biß ihn zornig in die Brust über dem Herzen. Ihre Zähne wurden blutig davon.

Edwin schrie laut, riß ihr Gesicht an den Haaren weg und lief endlich davon. Als er sich dann umwandte, stand sie noch dort, mit wutverzerrtem Gesicht, ihm nachschauend, mit gekrallten Händen und „Rrrr!“ machend.

Von diesem wilden Geschöpf habe ich bisher absichtlich wenig erzählt, aus zarten Gründen, wie ich bekennen muß. Denn es ist einigermaßen peinlich für den Autor, wenn er vom Leser als einer der vielen Liebhaber seiner eigenen Heldin belächelt wird. Peinlich besonders hier, denn ich muß bezweifeln, ob des Autors Rolle dabei eine besonders rühmliche sein wird.

Lilith war, nachdem sie mit Mühe und Not über die ersten jämmerlichen Kinderjahre hingefristet worden war, zunächst ein richtiges Scheusal geworden. Sie war unausstehlich, stets weinerlich, heimtückisch und unsagbar häßlich. Denn sie hatte noch immer diese weißliche, dünne Haut, unter der die zarten Äderchen liefen, und, darin dem Heinrich am ähnlichsten, jene rotbraunen Kuhaugen mit den weißen Wimpern, die, wie man weiß, vielen Männern ein wahrer Greuel sind.

(Foto »Helios«)

Von links nach rechts: Emil Knipfel (sitzend)
Edwin Quiebus (stehend)

Lilith petzte, kratzte, spuckte.

Sie war ein bösartiges, wehleidiges kleines Tier, das jedes Jahr ein paarmal auf den Tod krank wurde, und ihre Grausamkeit als Kind ist leider erwiesen, da sie sich doch einst ernstlich daranmachte, ein Kleid aus Schmetterlingen zu schneidern, die sie fing und lebend Flügel an Flügel aneinandernähen wollte. Zitronenfalter vor allem, weil sie ihr besonders gut zu Gesicht ständen. Sie hatte keine Freundin.

Erst allmählich begann das feuchte, bläuliche Geschöpf ein wenig Farbe zu bekommen, vor allem wuchs an Stelle eines dünnen, rötlich-kranken Haares ein starkes, dunkles, von der Farbe eines Moortümpels oder besser – nicht anders leider läßt es sich sagen – tiefer goldbrauner Mistbrühe bei Sonnenschein. Ihre Haut blieb weiß, aber sie verlor das Fischige, sie wurde trokken, und durch die Wangen schimmerte von innen das Blut. Ihr Mund war unvergleichlich.

Doch sagen manche, Liliths Gesicht und Kopf sei ein wenig groß für ihren schmalen, geraden Körper gewesen, sie habe dadurch etwas Gnomenhaftes, fast Unheimliches an sich, das man nie und nimmer lieben könne.

Dieser Lilith bestialischer Angriff brachte die Entscheidung: die Schlacht endete mit einer völligen Niederlage der Feinen, der Berg wurde erstürmt, wenn auch nicht ohne Opfer. Zephirin zum Beispiel, mutig emporkletternd und an der Birke sich haltend, stürzte mit dem Ast hinab und brach den linken Oberarm. Violand zerriß sich arg die Stirn und war schrecklich anzusehen mit seinem blutüberströmten Gesicht. Aber es war nur eine Schramme. Emil Knipfel entkam mit knapper Not und sehr verschmutzt. Gockeley aber gab sich gefangen und bat um Pardon.

Während des Endkampfes hatte Vater Powenz auf seinem Hügel gestanden, riesengroß, eine Rotweinflasche in der erhobenen Hand, und hatte die Streiter angefeuert, „hoho!“ brüllend wie ein Löwe, während andererseits Frau Quiebus, mit einem rosa Sonnenschirm fuchtelnd, auf dem Plan erschienen war und mit schriller Stimme „Edwin“ rief. Aber Edwin versteckte sich. Er betupfte behutsam seine Wunde, den Biß Liliths, der auch später als Narbe noch deutlich sichtbar blieb.

Zu den Feinen hielt übrigens auch der Autor. Er befand sich bei jener unglücklichen Patrouille, wurde also leider gleich zu Beginn gefangen.

Zephirins Künstlerhand hat später aus dem Gedächtnis ein sehr gutes, vielfiguriges Bild dieser Schlacht entworfen, gleichsam aus der Götterperspektive gesehen und insofern vielleicht nicht ganz getreu, als auf demselben Blatte mehrere wichtige Augenblicke der Schlacht an verschiedenen Stellen gleichzeitig dargestellt wurden. Auch sind die darauf abgebildeten Kanonen und platzenden Granaten lediglich ein Produkt seiner üppig blühenden Phantasie. Ferner entspricht die Zahl der gemachten Gefangenen und eroberten Feldzeichen ganz und gar nicht der Wirklichkeit.

Die unerquickliche Szene mit Lilith jedoch hat der junge Künstler mit feinem Takt weggelassen. Dagegen sieht man überlebensgroß zu beiden Seiten hier Baltus Powenz mit der Rotweinflasche und da die Quiebus mit dem Sonnenschirm gleich homerischen Gottheiten auf Wolkenkissen stehend, die Schlacht überwachend.

Im Hintergrund das liebliche Mössel. Die kämpfenden Knaben, nicht größer als Zinnsoldaten, haben fast alle eine Zahl neben sich. Auf der Rückseite sind dann in einem Verzeichnis die dazugehörigen Namen angegeben, wodurch das Bild dauernden, historischen Wert behält[1].

Die Wirkung dieses glänzenden Sieges war jedoch nur eine moralische, man hatte die Untat der Väter an den Söhnen heimgesucht.

Edwins Wunde eiterte natürlich, und er hatte große Mühe, seiner besorgten Mutter etwas Glaubwürdiges vorzumachen, wie er dazu gekommen. Es wunderte ihn aber sehr, daß eines Nachts, da er fieberte, ein großer Strauß Flieder von unbekannter Hand zu seinem Fenster hereingeworfen wurde. Er bewahrte ihn lange in seinem Kleiderschrank, peinliche Fragen seiner Mutter fürchtend. Frau Quiebus wurde übrigens in jenen unsicheren Zeiten oft durch Gespenstererscheinungen in Angst versetzt. Hinter diesen Gespenstern haben wir nach meinen neuesten Untersuchungen zweifellos den kleinen Verwandlungskünstler Jadup zu suchen, wahrscheinlich aber war Lilith die treibende Kraft. Verweilen wir noch etwas bei ihr.

[1] Im Besitze des Autors.

Drittes Kapitel

Kurz und bündig

Lilith war zweifellos böse von Natur, sie war eine Teufelin. Ihr Anzug war von aufreizender Schlichtheit, sie liebte vorzüglich ein kaltes Schwefelgelb und besaß einen seidenen Schal in dieser Farbe mit langen, wogenden Fransen, das Geschenk eines unglücklich Liebenden, aus Venedig mitgebracht. Dieser Schal war ihr hauptsächlichstes Requisit der Verführung. Schön zu sein ist schon Koketterie, doch hat Frau Quiebus unrecht, wenn sie Lilith die Schuld zuschiebt, daß sie den Männern den Kopf verdrehe, wenn sie bloß einen davon ansah. Es ist an sich sicher nichts Teuflisches, und es geschah anfangs wohl auch ganz ungewollt. Später aber legte sie es darauf an, mit abgefeimter Niedertracht, allerdings um einer großen erhabenen Idee willen: Ich meine das Haus.

Denn Lilith bewunderte ihren Vater, sie vergötterte ihn geradezu, und sie diente ihm. Sie zog ihm morgens die Stiefel an, sie kredenzte ihm den Kaffee oder den Wein, sie kämmte ihm die Brösel aus dem Bart, sie half ihm gegen die titanischen Angriffe der Brüder, und Powenz hatte es gern, wenn sie ihm die Zigarre anzündete. Er freute sich, daß er eine so schöne Tochter hatte. Er nannte sie seine Pfirsichblüte, seine Gazelle. Sie durfte ihm den Kopf kraulen, wenn er blau war und melancholisch wurde. „Bist doch die Beste, kleine Bestie", lallte er dann.

Ich will Lilith keineswegs in Schutz nehmen. Ich will ihre unverantwortliche Handlungsweise nicht im geringsten beschönigen, dennoch bitte ich darum, daß man nicht allem Glauben schenken möge, was von ihr zum Teil in böswilliger Absicht erzählt wird.

Trotzdem halte ich es bei ihr mit Rücksicht auf das zu bauende Haus durchaus für möglich, daß sie dem alten Knipfel, der, ungeachtet der bestehenden Feindschaft, anläßlich eines Wohltätigkeitsfestes ihr sich plump vertraulich genähert haben soll, absichtlich Hoffnungen gemacht habe, so daß er, mit einem Veilchensträußchen bewaffnet, zu einem Stelldichein am sogenannten Sauerbrünnlein im Kypser Wald erschien, nicht ahnend, daß Jadup die einzelnen Phasen dieses Ereignisses von einem wohlerdachten Versteck aus mittels einer selbstverfertigten Kamera photographisch einwandfrei festhielt.

Da konnte man genau im Bilde sehen, wie Knipfel schäkernd das Veilchensträußchen überreichte, das er, um es frisch zu erhalten, unter dem Hute auf seiner Glatze verwahrt hatte. Liliths ablehnende Haltung war auf dieser Aufnahme ebenso überzeugend wie auf der nächsten, wo sie sich mit allen Zeichen des Ekels seiner Altherrenküsse erwehrt. Vorzüglich war dann auch die Ohrfeigenszene getroffen. Lilith flammend vor Ehrbarkeit, Knipfel unsagbar dämlich dreinblickend. Als letztes Bild: Lilith bitterlich weinend, die Brust leicht geöffnet, das Haar verrauft, Knipfel aber höchst betreten auf sie einredend. Ringsum blühende Margeriten und sonniger Wald.

Die Aufnahmen waren sehr scharf, und Knipfel war sehr unangenehm berührt, als er Abzüge davon erhielt.

Obgleich nun der Geprellte allmählich das frivole Spiel durchschaute, seine Rolle blieb kläglich, und er war überdies sehr streng verheiratet. Was konnte er

Die Powenz-Ahnen
Links oben: Ritter Pohwentz, rechts oben: Hokus Powenz, links unten: Powo Powenz, rechts unten: Quirin Powenz

andres tun als zu schweigen und, vielleicht insgeheim doch noch hoffend, der schlimmen Lilith „als Ausdruck seiner dauernden Zuneigung“ ein Erkleckliches aus seinem geheimen Vergnügungsfonds zu überweisen, „damit sie sich eine kleine Freude machen könne“.

„Fürs Haus“, sagte Lilith einfach, als sie das nette Sümmchen ihrem Vater gab. Lächelnd nahm's Baltus.

Die Brüder bezeichneten der Schwester glückliche Aktion gegen Knipfel bewundernd als „produktive Rache“.

Viertes Kapitel

Handelt von Herkunft und Entartung

Damit man aber nicht in Einzelhandlungen die Kraft verzettle, berief Baltus Powenz einen außerordentlichen Familienrat ein, und zwar, da es ein schöner, heißer Tag war, auf die Powenzinsel, deren kleine, silbergraue Badeanstalt sommers noch immer von ihm verwaltet wurde. Dort unter einer gewaltigen Weide im warmen Geruch der Brennesseln und Pfefferminze fand der folgenschwere Rat statt, ganz ungestört, denn in Mössel badete außer ihnen grundsätzlich kein Mensch vor dem ersten Juli im Freien. Zur Vorsorge aber nahmen sie doch die Bretter des schmalen Steges mit, der die Insel mit dem Festland verband.

Sogar Heinrich war erschienen, obwohl er unsagbar unter allem Gemück und Geschmeiße litt. Namentlich unter den geräuschlos fliegenden Bremsen. Von weither zog er sie an, sie flogen konzentrisch auf ihn zu und saugten an ihm, Stechfliegen und Mücken, vor allem auch die Malariafieber bringende Schnake mit dem teuflischen Namen Anopheles, und Heinrich bewedelte sich melancholischen Angesichts beständig mit einem Zweig, um, ohne zu töten, die zudringlichen Biester zu verjagen, die sein „süßes Blut" so sehr liebten. Wie betrübt war er, wenn er, durch das infame Gesinge am Ohr überreizt, sich selbst ohrfeigend eine Schnake erschlug. Er machte sich darob bittere Vorwürfe.

Nackt saßen die Knaben im Halbkreis um Vater Baltus, und sie waren alle in schmerzhafter Häutung begriffen nach dem ersten Sonnenbrand. Powenz erhob sich finster.

„Ihr unseligen Früchte meiner Lenden", begann er und schüttelte die Fäuste beide, dräuend wie ein Prophet, gegen die Stadt, die sonnig-freundlich hinter sanftwogenden Blumenwiesen vor ihren Augen lag. „Man hat eurem armen Vater übel mitgespielt (hört! hört!). Ihr wißt es. Man hat ihn merken lassen, daß seine Anwesenheit hier auf diesem lieblichen Fleck Erde nicht erwünscht ist. Ich sage pfui über eine Stadt, die ihre ärmsten, anhänglichsten Mitbürger so mißachtet, die uns nicht das Schwarze unter dem Nagel gönnt! (Zwischenruf: Und das wäre immerhin etwas!) Ich sage pfui und noch einmal pfui. (Die Knaben fielen im Chore ein, und Fabian fügte noch hinzu mit gedämpfter Stimme: Pfui!) Eure Herzen aber rufe ich auf, daß ihr mit mir nicht ruhen wollet, bis der angetane Schimpf wirksam gerächt ist. Oh, denkt daran, ihr fleischgewordenen Unterpfänder einer vielleicht rauhen, aber stets innigen Liebe, denkt daran, daß ihr die Nachkommen eines berühmten Geschlechtes seid, daß mütterlicherseits korsisches Blut in euren Adern rollt, gedenkt jenes romantischen Giovanni aus Ajaccio, jenes armseligen Bettelknaben und des großen Bonaparte Vetter, der gegen Ende des achtzehnten Jahrhunderts einem jungen deutschen Kaufherrn die Schönheit seiner Insel gezeigt und, feurig ihm anhangend, als jener auf dem Dreimasterschoner ‚Giulio Cesare' wieder in See stach, wehklagend ins Meer sprang und dem Schiffe nachschwamm, des Todes nicht achtend[1]. Jener aber, gerührt von solcher Treue und Lust nach neuem Glücke, seht, jener nahm den fast Ertrinkenden an Bord, brachte ihn nach Deutschland und adoptierte ihn.

Erinnert euch auch an Hokus Powenz, euren Urgroßvater, den berühmten Zauberer und Illusionisten, dessen Brust die Orden sämtlicher europäischer Potentaten schmückten, und an seinen Bruder, den Monsieur Jaques Povence, den waghalsigen Seiltänzer und Luftspringer, erinnert euch ferner an euren Großvater, den unsterblichen Clown, der sich selbst entleibte, und dann auch ein wenig jenes ungedruckten Dichters, jenes namenlosen Harfensängers Quirin Powenz, nebenbei aber, mit Erschütterung sei's gesagt, meines lieben Vaters. Denn ihr wißt, ich bin eines Dichters Sprößling.

Auch Melchior Powenz' vergesset nicht, meiner brüderlichen Blüte am unstet wandernden Stammbaum unseres teuren Namens, eures lieben Onkels, der als Luftfahrer erst und Fallschirmakrobat, später als Vagabund zu Rade die ganze Welt durchmaß, ein königlicher Landstreicher und Weiser, erfahren in gelber, schwarzer, brauner Liebe und Erzeuger einer gewaltigen Powenz-

[1] Die Szene ist auf einem farbigen Kupfer der Zeit erhalten. Das seltene Stück befindet sich im Powenzmuseum.

Vetternschaft von San Franzisko bis Daressalam, von Kapstadt bis Spitzbergen; und nicht vergesset auch des anderen, des unglücklichen Hieronymus, des auf der Jagd nach dem Mammon Verschollenen.

Ihrer aller gedenkt jetzt in dieser so sonnigen, summenden Frühsommerstunde und lasset uns, gleich diesen scheinbar schwachen Wasserspinnen hier, furchtlos wie jene Ahnen und todesverachtend, auf den Wellen des Daseins hinwandeln, gleichsam spielend, ohne unterzusinken, unbeirrt von der Finsternis unter uns.

Ich nannte unsern Stammbaum in einer etwas kühnen Wendung unstet und wandernd. Nun, ich, Baltus Powenz, ich bin müde der ewigen Wanderschaft, hier will ich Wurzeln schlagen!"

So sprach Powenz, nicht unwürdig jener Ahnen, deren er gedachte, flammend bald redete er, bald mit Rührung oder voll ehrlichen Grolls, und seine Knaben schlugen sich patschend auf die nackten Schenkel als Zeichen des Beifalls.

Fabian erwachte davon. Lächelnd, traumbeglückt und ein wenig zu spät klatschte auch er.

Sie sprangen auf und legten zum Schwur bei ausgestreckten Armen ihre Fingerspitzen auf das Symbol des Hauses, über Vaters dumpf läutendem Herzen. –

Ich komme nun in diesem Zusammenhang ausführlicher auf Jadup zu sprechen, und es kostet mich, offen gestanden, einige Überwindung, weil ich ein wenig im Zweifel bin, ob ich nach meiner Natur und Weltanschauung gerade diesem Powenzsohn ganz gerecht werden kann, ihm, dessen Grausamkeit, Eitelkeit und Sittenlosigkeit ebenso erwiesen sind wie der unheimliche Zauber seiner Person von Jugend an.

Selbst Vater Powenz, der sonst alle Säuglinge scheußlich fand, soll aber von Jadup geäußert haben, er sei ein kleiner Gott. Übrigens konnte ihn Sabina als einziges von ihren Kindern nicht stillen, was ihr der Knabe nie verzieh. Frühzeitig schon bildeten Zigaretten seine hauptsächlichste Nahrung.

Die Natur sei dafür verantwortlich gemacht, daß sie dieses Kind, was seine leibliche Schönheit betraf, allerdings verbrecherisch zärtlich bedachte. Verbrecherisch deshalb, weil der kleine, unsichtbare Gott, der in diesem anmutigen Tempel aus Fleisch und Bein wohnte, weil seine Seele so grausam war. Selbst die ihn liebten, nannten ihn den Knaben ohne Herz, und wenn, wie in jenem alten Märchen, dies Herz am Ende gar nicht in ihm war, sondern in einem kleinen Vogel schlug, dann in einem schillernden Eisvogel.

Ein Beispiel nur. Antonin, ein leidenschaftlicher Junge, der oben im gleichen Hause wohnte, sein Altersgenosse, verfiel Jadups Zauber völlig. Ungerufen folgte er ihm, der nun freilich dafür nichts konnte.

Denn Jadup liebte nicht. Zuneigung war ihm fremd, die anderer belustigte ihn nur. Der sklavischen Anhänglichkeit des Antonin aber bediente er sich zu garstigen Ergötzungen seiner gläsernen Seele.

Sagte Jadup: „Nimm, o Freund, diese harten Kieselsteinchen, tue sie in deinen Schuh und gehe damit drei Tage umher, doch will ich dich dabei kein Gesicht machen sehen“, so tat das Antonin ohne weiteres. Er tat es wie für einen Gott, als könne er damit eine himmlische Gnade erringen, tat es, nicht wissend, daß außer ihm noch etwa ein Dutzend Knaben mit ebenso schmerzhaften Steinchen im Schuh lächelnd umhergingen, ohne zu zucken oder zu schonen, allein Jadup zu Gefallen.

Es ist hier nicht der Ort, auf die anderen abscheulichen Belustigungen näher einzugehen, zu denen der Junge die unglücklichen kleinen und großen Schwärmer, oft sogar in cumulo, anleitete. Nicht etwa als Freund, sondern wie ein Tierbändiger mit der Peitsche in der Hand. Doch sei die Tatsache nicht verschwiegen, daß ganz unbegreiflicherweise die Verblendeten jede Erniedrigung: so auf allen vieren in die Schule zu krabbeln, lebende Regenwürmer zu verschlingen und dergleichen Scheußlichkeiten mehr, ohne jeden Groll ertrugen, obgleich doch ganz und gar nicht einzusehen ist, warum und wozu.

Jadups Herzlosigkeit zeigte sich aber so recht in einem Fall, der verbürgt ist. Er bestellte den Antonin, der ihm völlig leibeigen diente, eines Tages, als alle andern Powenz außer Haus waren, zu bestimmter Stunde zu sich, wohl wissend, daß jener genau auf die Minute kommen werde.

Doch Antonin, als er ins Zimmer trat, fand Jadup entseelt am Boden liegen, blutüberströmt, ein Messer bis ans Heft im Herzen. Schreiend flieht der entsetzte Knabe, Hilfe herbeizuholen. Lächelnd aber, als wäre nichts geschehen, sitzt Jadup am Fenster, ganz verwundert fragend, als Antonin wiederkommt, was er denn eigentlich habe, warum er in Tränen sei und so kreidebleich? Er hatte aber natürlich alle Spuren der schauerlichen Maskerade säuberlich beseitigt. Lange glaubte nun Antonin, von einer krankhaften Sinnestäuschung genarrt zu sein, da er doch den Herrn über seine Seele mit eigenen Augen tot in seinem Blute hatte liegen sehen.

Es mag hier als immerhin merkwürdig angefügt werden, daß der arme Antonin nicht lange danach einen ganz ähnlichen Tod fand, wie ihn Jadup so frivol ihm vorgestellt hatte. Jadups ungerührtes Angesicht über sich war aber das letzte, was der sich Verblutende mit irdischen Augen sah.

Möglich ist, wie manche sagen, daß Jadup alle mit seiner Stimme besprach. Ihres Zaubers bewußt, nahm er vielen Menschen ihre zartesten Geheimnisse, ehe sie so recht wußten, wie ihnen geschah. Aber auch ihn strafte Eros endlich.

Als Gespenst zu wandeln und überhaupt sich zu verkleiden und sich zu verstellen, war Jadups Leidenschaft und liebste Kunst. Er hatte das seltene Glück, vor seiner Erscheinung einen wirklichen Bürgermeister jämmerlich flüchten zu sehen.

Ich traf ihn einmal auf der Treppe sitzend. Er weinte, und zwar so sehr, daß es mir wirklich arg ans Herz griff. Seine Augen waren blutig rot, er schluchzte, und sein biegsamer Körper ward erschüttert von tiefstem Weh. Ich aber, ernstlich betroffen, setzte mich zu ihm voll Mitleid, um ihn zu trösten und so verzweifelten Kummers Ursache zu erfahren, als er mir plötzlich die Zunge herausstreckte und hohnlachend entlief.

Ich bin heute fast davon überzeugt, daß er sein Nachahmungsgenie zu allerlei unlauteren Machenschaften benutzte, und es soll ihm als Knabe einst ein diebisches Vergnügen bereitet haben, täuschend als Backfisch verkleidet, das Vertrauen einer Anzahl junger Mädchen aus gutem Hause im benachbarten Maarfurt zu gewinnen und ihre verschwiegensten Regungen und Herzensmeinungen dabei kennenzulernen.

In jenem Kriegsrat in der Badeanstalt aber offenbarte sich seine ganze Niedertracht.

Gern erbot sich zwar auch Kaspar in seiner Weise, den gemeinsamen Feind zu strafen, wo er am empfindlichsten war, indem er sich anheischig machte, etwa Herrn Gockeleys unschuldiges Töchterlein zu betören. Aber am grausamsten und wirksamsten erschien allen eben doch des kleinen, bösen Jadup Vorschlag. Er sagte:

„Seht dort die Stadt, wie sie scheinheilig in der Sonne liegt. Vater! Brüder! Fluch ihr! Ruft die Schwärme der Mücken über sie her[1]. Laßt den Himmel schwarz werden von Schmeißfliegen und erdröhnen von brummenden Hummelscharen. Richtet die Bienen ab, daß sie von nun an nur noch Quiebus, Knipfels und Gockeleys stechen! Lasset die Wespen, die Tiger unter den Insekten, schwirren und die Kavallerien der fürchterlichen Hornissen. Ruft die Asseln, Ohrenhöller und eklen Tausendfüßler herbei, laßt Raupen in Heeren wallen über die Gärten der Feinde und fressen die Frucht ihrer Beete, pfeift den Schwaben, daß sie über die Küchen und Speisekammern unserer Feinde herfallen, unablässig laufend und übelriechend. Vergesset vor allem nicht die Haustiere unter dem Ungeziefer, Flöhe, Wanzen und Läuse. Sie vor allem vermehrt und züchtet zu furchtbarer Züchtigung. Ua-hu, ich habe gesprochen."

Vater Powenz, der mit wachsender Begeisterung den leidenschaftlichen Worten seines Sohnes Jadup gefolgt war, schüttelte ihm die Hände. Seine Augen waren naß.

„Ich danke dir, Lieber", sagte Powenz und sah zur Seite, seine Rührung verbergend.

[1] Vgl. Goethe: Faust II, 2. Akt 1. Szene.

Fünftes Kapitel

Vor Gebrauch stark schütteln

Die Zeit, die nun für Mössel kam, gehört der Geschichte an, aber wer sie miterlebte, den juckt heute noch die Haut.

Mit der ihnen eigenen Zähigkeit und Akkuratesse begannen alsbald die Powenzleute die große Plage über Mössel zu beschwören, deren Urheber man ahnte, ohne sie aber fassen zu können.

Die Unternehmung erforderte naturgemäß sorgfältige Vorbereitung. Und hier war es wieder Fabian, der, wie er sagte, seinen kostbaren Schlaf opferte für das Gesamtwohl der Familie. Er war bereits so dick, daß sein Bett verbreitert werden mußte. Denn seine Erfindung des Langbrotes ermöglichte ihm (da er zu faul war, sich immer neue Semmeln zu schneiden und zu streichen), sein Frühstück in einem Trumm immer nachzuschieben und ohne Unterbrechung sich einzuverleiben. Fabian sagte:

„Heinrich, mein sanftes Brüderchen, kannst du mir sagen, in welcher Weise, in welcher Schnelligkeit und Menge sich fortpflanzen: a) Flöhe, b) Wanzen, c) Läuse und hiervon α) solche des Kopfes, β) der Kleider?"

Heinrich antwortete: „O schrecklicher Fabian, was hast du vor? Der Floh ist zweifellos das edelste Tier von den dreien, er legt meines Wissens nur zwölf Eier, nach sechs Tagen werden weiße, schlanke Lärvchen daraus, die sich nach elf Tagen verpuppen, und nach wiederum elf Tagen, da ist dann erst ein Floh daraus geworden."

Fabian sagte: „Schön, und b)?"

Jadup Powenz

Abermals antwortete Heinrich: „Die Wanze gebiert viermal im Jahr, oh, die Laus aber zeugt in acht Wochen fünftausend Nachkommen, von denen jedes Stück in achtzehn Tagen geschlechtsreif ist und – –"

Die Brüder beschlossen, sofort mit der gewiß lohnenden Aufzucht zu beginnen. Onkel Melchior, der berühmte Vagabund, der eben durch Mössel walzte, zeigte sich gerne erbötig, die notwendigen Zuchtexemplare, als Flohmännchen, Läuseriche, Wanzenmuttersäue, beizubringen, denn er kannte allerlei Landstreicher und Bettelvolk, die gegen ein kleines Entgelt sicher gut und reichlich lieferten. Nur Heinrich weigerte sich erst mitzutun, versprach dann aber, gutmütig wie er war, für seinen Teil wenigstens Heuschrecken, Raupen und Schnecken im großen zu züchten und sie in die feindlichen Gärten zu tun.

Als Gesamtplan aber galt, daß man die übermütigsten der Powenzschen Gegner, als da waren die Knipfel, Gockeley, Quiebus, Bürgermeister Dattel und noch etwa ein Dutzend Honoratiorenfamilien, einmal tüchtig unter Ungeziefer setzen wollte.

„Treue Kindesliebe", rief Powenz gerührt aus, sooft er die Zuchtanstalt besichtigte.

Der behende Jadup hatte die Flöhe unter seiner Obhut, Zephirin die Wanzen, Violand aber die Läuse. Die Tierchen entwickelten sich wirklich prächtig unter der Knaben Wartung, die rechte Freude daran hatten. Ja, sie trennten sich schließlich ungern von ihren kleinen Pfleglingen. So war es fast eine Schule der Humanität für alle.

Schwierig war die Frage, wie man die Tierchen unauffällig und wirksam ansetzte.

Die Häuser der Feinde mußten wochenlang genau beobachtet werden, damit man jede Gelegenheit sofort ergreifen konnte, die kleinen Parasiten und Blutsauger dort einzuschmuggeln. Ausgelegte Betten und Teppiche wurden erfolgreich als Vehikel benutzt. In offenstehende Fenster, wenn die Herrschaften ausgegangen waren, konnte man mittels Katapulten allerliebste Flohpillen schleudern: als Wurfgeschosse dienten kleine Gazebausche, darein man nebst einem Steinchen das Ungeziefer wickelte, das sich an Ort und Stelle gern selbst befreite. Oder man ließ die kleinen Hilfsvölker an den Haustüren los, Wanzen zum Beispiel, die das Licht scheuen, und trieb und manövrierte sie mittels Taschenlampenschein durch die Türritzen. Auch Mäuse dienten als Kolporteure.

Die Wirkung blieb nicht aus. Einmal, weil, sobald die furchtbare Entdeckung gemacht war, die entsetzten Hausfrauen ihre Schande gern geheimhielten, dann aber vor allem, weil es oft ziemlich lange währte, bis man die Not erkannte. Dann aber war es bereits zu spät.

In einer Abendgesellschaft bei Frau Quiebus wurde die Heimsuchung zum erstenmal im großen fühlbar. Die Wirkung war eine entsetzliche. Denn fast jeder Gast litt unaussprechlich und durfte es doch nicht sagen. Durch die festlich gekleidete Menge ging ein gequältes Sichscheuern, mühsam verborgenes Jucken, und die Mädchen lächelten steinern in heimlicher Qual. Verzweifelt rauchten die Herren Zigarren, den Qualm sich in die Ärmel blasend, und im Vorübergehen rieben sie sich verstohlen an Stuhlkanten und an der Wand. Niemand ahnte jedoch zunächst, daß ein jeder ebenso litt. Dennoch wurde es bald stadtbekannt, daß man bei

Quiebus, sage und schreibe, Flöhe bekäme, die sich in ihren kostbaren Persern offenbar ganz unheimlich vermehrten.

Sowohl bei Edwin als auch bei Carola zeigten sich plötzlich unter ausgesprochenem Unlustgefühl verdächtige rote Flecken am ganzen Körper, besonders auch an den Weichteilen, Flecken, die Frau Quiebus unter Tränen als Masern erkannte. Sie schickte Sohn und Tochter sofort zu Bett und ließ dringend Dr. Flaum[1] rufen, der nach einem ausführlichen Bericht über seine eigenen Beschwerden in fast hoffnungslosem Ton sagte, daß diese Flecke mit ziemlicher Wahrscheinlichkeit nichts anderes als die Bisse der sogenannten Kleiderläuse seien, jener recht lästigen und noch dazu keineswegs ganz ungefährlichen Parasiten, da sie ja bekanntlich den Flecktyphus zu übertragen besonders bestimmt seien.

Dr. Flaum kam täglich zweimal, prüfte peinlich Puls und Temperatur der Läusebefallenen und leitete mit trauriger Miene die gebotenen Maßnahmen zur Entlausung des verseuchten Haushaltes ein. Er empfahl dabei als besonders wirksam unter anderem auch das von Baltus Powenz fabrizierte und unter einer unverfänglichen Firma im Mösseler Anzeiger dauernd angepriesene Insektenpulver. Das auch sonst stark verlangte Mittel, dem nach Jadups Idee Juckpulver beigemengt war, enthielt eine wissenswerte Anleitung in Versen, von Violand verfaßt, mit etwas derben Bildern Zephirins, unter dem Titel: „Der perfekte Kammerjäger"[2].

[1] Flaum war übrigens einer der wenigen, die den Powenzen freundlich gesinnt waren. Ein bißchen gesunder Powenzialismus, meinte er, könne niemand schaden.

[2] Vergriffen.

Frau Quiebus entließ nach der peinlichen Entdeckung zunächst einmal ihre Mädchen. Das war ungerecht, ohne Zweifel. Denn diese waren bestimmt nicht von den Powenz gemeint und wurden nun unschuldige Zivilopfer dieser heimtückischen Kampfesweise. Auch bedienten sich die herzlosen Powenze, wie man vielleicht hätte meinen können, fast nie der Hilfe dritter. Sie besorgten stets alles selbst.

Arme Dienstmädchen also wurden mitbetroffen. Doch wenn dies auch zu Unrecht geschah, was die Floh- und Läuseplage betraf, so sei verraten, daß die Köchin Rosa durch einen schon jahrelang geübten Pfennigbetrug bei der Abrechnung der Küchenkasse ihr Sparbuch um wesentliche Beträge gestärkt hatte, zum Schaden der Frau Quiebus, während Fanny, das Stubenmädchen, längst schon heimlich eine bessere Stellung sich gesucht hatte und sowieso demnächst kündigen wollte, „da sie zu ihrer kranken Mutter müsse“.

So erkennt der Eingeweihte geheime Zusammenhänge von wahrer und falscher Unschuld, von gerechter und ungerechter Sühne, die scheinbar ohne Kausalität dennoch einer höheren Ordnung und Heiterkeit folgsam sein müssen.

Die Kündigung war Frau Quiebus nicht unwillkommen. Denn sie hatte es sich zum Grundsatz gemacht, seit Edwin mannbar wurde, von nun an besonders häßliche Dienstboten zu dingen, die sie aber trotzdem ständig im Verdacht hatte, sie könnten gefährlich für des Knaben Unschuld werden. Sie lebte in dem seltsamen Glauben, die Mädchen könnten sich plötzlich „über Edwins Bett werfen“, weshalb sie ihn anhielt, stets die Tür seines Zimmers abzusperren.

Ganz Mössel juckte sich, und eine Folge dieser Plage war, daß die Betroffenen, alles höchst ehrbare Familien, ganz unschuldige Bekannte beargwöhnten, daß sie ihnen das Teufelszeug ins Haus gebracht.

Logierbesuche kamen in Verdacht der Unreinlichkeit und wurden fürderhin zu ihrer Verwunderung nicht mehr eingeladen. Verlobungen gingen zurück. Auch wurde die Schule, falls etwa die Kinder das Ungeziefer mit nach Hause geschleppt hatten, verantwortlich gemacht. Eine boshafte Flugschrift erschien mit trefflichen Karikaturen. Die auswärtige Presse witzelte. Es war schon recht peinlich für die gute Stadt.

Unter dem fadenscheinigen Vorwand sanitärer Fürsorge hielt auf Anregung der Frau Quiebus die Polizei genau Nachschau in der Powenzschen Wohnung, ob nicht am Ende dort der Herd der Verseuchung zu suchen sei. Dank dem vorzüglichen Nachrichtendienst jedoch fand die Untersuchungskommission die verschlagene Bande wohlvorbereitet. Es herrschte eine musterhafte Ordnung, alles blitzte vor Sauberkeit, was ihnen sicher viel Mühe bereitet hatte. Ein Gesundheitskalender hing an der Wand, desgleichen in Brandmalerei der klassische Spruch: „Mens sana in corpore sano“ und eine behördlich empfohlene aufklärende Wandtafel, auf der die gesuchten Tiere und ihre Wirkung in hundertfacher Vergrößerung abscheulich lebenswahr abgebildet waren. Und obgleich nun der Bezirksarzt von Mössel mit einem schwarzen Vergrößerungsglas alle Ritzen genau untersuchte (natürlich auch Hälse und Armgelenke der Knaben), er vermochte nicht das geringste nachzuweisen. Die Brutkästen waren natürlich längst verbrannt.

Nach Beendigung der Untersuchung erbat sich Vater

Powenz mit schlichten Worten ein Zeugnis des Inhalts, daß die Gesundheitskommission bei ihm alles ärmlich vielleicht, aber doch hygienisch einwandfrei vorgefunden habe, und der verblüffte Medizinalrat durfte ihm das nicht einmal vorenthalten. Niemand, auch nicht der Bürgermeister, konnte damals in Mössel sich solch amtlicher Bestätigung der Sauberkeit rühmen. Dies geschah im Juni des Jahres 1914, also kurz vor dem großen Kriege.

Sechstes Kapitel

Darin von Störung durch höhere Gewalt die Rede ist und wie sich die Powenzbande dabei verhält; nebst einem dionysischen Intermezzo

Es ist kein Wunder, daß man in Mössel bei Kriegsausbruch allgemein erwartete, daß sich nun diese gott- und vaterlandslose Gesellschaft in ihrer ganzen Verworfenheit zeigen werde. Frau Quiebus vor allem sagte es ganz offen, daß sie sich keineswegs wundern würde, wenn man jene verdächtigen Subjekte als feindliche Spione entlarve und allesamt, schuldig gemeinen Landesverrats, an die Wand stellen würde. Sicher würden diese wilden und unbotmäßigen Gesellen den Kriegsdienst verweigern, fahnenflüchtig werden und rebellieren. In diesen Tagen hingebender Vaterlandsliebe konnten, das war die öffentliche Meinung, die Powenze nicht bestehen, nein, die nicht! Vermutlich hackte sich einer den Zeigefinger ab oder schoß sich ins Bein, wie es zuweilen schon in Friedenszeiten zur Umgehung des Militärdienstes geschah, sicher rauchten sie so unmäßig Zigaretten, bis das Herz krank schien.

Nichts von alledem geschah.

Im Gegenteil. Es gab in ganz Mössel wohl kaum eine Familie, in der der Kriegsbeginn mit solch ehrlicher Begeisterung begrüßt wurde wie von den Powenz.

Kaspar, der älteste, mußte zwar sofort einrücken, denn er hatte gedient, aber das war ein Glück, denn nun konnte er doch ruhig zum Metzger und Bäcker gehen, ordentlich einzukaufen. Die Guten mochten ihn doch nicht gern abweisen, trotz der ziemlich großen Rückstände, jetzt konnten sie ihm doch die Semmeln, jetzt nicht die Saftlende verweigern, wo er in des Königs Rock war, um als Vaterlandsverteidiger in den Krieg zu ziehen, ihm, der vielleicht tot sein konnte, ehe noch eine Woche verging. Man gab ihm die Hand, und er nahm sie fröhlich ohne Bedenken. Mutter Sabina aber weinte sehr.

Kaum war nun bekanntgeworden, daß Kaspar Powenz einrücken werde, so putzten sich seine Mädchen und Frauen alle, die gegenwärtigen und vergangenen, denn alle wollten ihn noch einmal sehen.

Jadup, der eine jede von Angesicht kannte, sah mit reger Teilnahme zu, wie sie scheinbar ohne Absicht, aber unendlich langsam am Elefantenhaus vorübergingen, um Kaspar vielleicht zu begegnen. Jadup erkannte Jorkums junge Frau, die stundenlang das Schaufenster des Tabakladens betrachtete, bis Bekannte von ihr kamen. Dann bummelte sie errötend die Straße hinab, kehrte aber plötzlich um; sich besinnend und als habe sie etwas vergessen, wartete sie dann vor der trostlosen Auslage des Fahrradhändlers geduldig, stundenlang. Alle kamen vorbei, unauffällig nach den Powenzschen

Fenstern spähend, Hermine kam und Babette, sogar Frau von Uhlenkamp und Abigail, und jede hatte etwas dabei, das sie ihm schenken wollte, Zigaretten, einen Ring oder auch einen Zauberstein, ein Amulett, das gegen Tod und Verwundung feite.

Aber Kaspar kam erst ganz spät zurück, denn er war zum Abschied noch einmal bei Renata und Regina gewesen, den Zwillingen, die ihn wie aus einem Herzen liebten, einträchtig, ganz ohne Eifersucht.

Doch begegnete Kaspar nacheinander noch allen und nahm Abschied von ihnen; von der ganz untröstlichen Frau Jorkum in einem Hausgang, von Elsa Kapf, des Pedells Töchterlein, aber im Physiksaal des Gymnasiums, der gerade frei war. Dort unter all dem blinkenden Glas und Metall störte sie niemand. Abigail bestellte er für den Abend in den Wald, und die sehnsüchtige Uhlenkamp hob er spät nachts noch zum Fenster herein. Die Brüder täuschten mit feinem Takt Schlaf vor.

Es war aber bei der einen der umfassende Mund, darum Kaspar sie lieben mußte, das Haar bei der andern, ein Duft oft nur, oder der Hals, die Brüste. So entzauberte jede auf ihre Art ganz anders seine Lust.

Als er gegen Morgen zum Bahnhof ging (denn sein Regiment lag auswärts), standen seine Freundinnen alle ganz freundlich beieinander und winkten. Das war wirklich hübsch anzusehen. Denn jede war auf ihre Weise ganz besonders schön.

Als der Zug sich endlich in Bewegung setzte, sah der starke Kaspar manch eine weinend eine andere umarmend, wobei sie sich treu in die Augen sahen, Schicksalsschwestern alle.

Nur die Zwillinge erwarteten den Zug außerhalb der

Stadt an einer Bahnschranke, und sie waren seltsam anzuschauen in ihrer unheimlichen Ähnlichkeit. Ein Wesen, doppelt gesehen, standen sie am Bahndamm und winkten ihrem Freunde nach.

Die Powenze waren von Natur nicht faul, wenn auch gerade nicht geschickt zu regelmäßiger, ehrsamer Arbeit. Aber nun Krieg war, ein außergewöhnlicher Zustand, lebten sie eigentlich erst so richtig auf. „Doktor" Powenz, dieser Titel blieb ihm nun einmal, stellte sofort seine Werkstatt um. Für all seine und der Seinen allerliebsten Erfindungen auf dem Gebiete der Scherzartikel, als Juckpulver, täuschend nachgeahmte Kothäufchen, scheinbar verschüttete Tinte aus schwarzlackiertem Blech, wirklich verblüffend nachgeahmt, für all diese und andere heiteren Bosheiten war jetzt wahrhaftig nicht die Zeit.

Also arbeitete die ganze Familie mit Feuereifer an der Herstellung schwarzweißroter Fähnchen, und ihre zahlreichen Muster an patriotischen Nippes wurden gerne gekauft und alsbald über ganz Deutschland verbreitet.

Da gab es Spucknäpfe mit dem Bildnis Poincarés darin, Stiefelzieher in Form eines beide Arme hochhebenden Russen (aus Gußeisen), Schneuztücher mit den Bildnissen des Kaisers und sämtlicher berühmter Feldherren, Granaten als Tintenfässer oder als Schnapsflaschen und ähnliches mehr[1].

[1] Hervorzuheben sind hier noch: Schwarzweißrote Bartbinden und Büstenhalter, Christbaumschmuck in Form von Granaten und Bomben, Taschentoilettepapier Marke Siegreich, „Deutsche Heldencreme" (Schuhwichse), Taschentücher mit den Karten der Kriegsschauplätze, Pfeifenköpfe mit dem ausgehöhlten Haupt des Kaisers, schwarzweißrote Krawatten und Gießkannen, Büste Hindenburgs aus Glas als Parfümflasche.

Sie verdienten jetzt so gut wie nie vorher, und sie hatten es ja auch wirklich nötig. Getreulich pflegten alle den Verdienst in die gemeinsame Familienkasse zusammenzuwerfen, nicht ohne daß sich jedes heimlich für besondere Zwecke kleine Provisionen zurückbehielt. So betrieb Violand ganz für sich einen recht einträglichen Handel mit Kugelsegen und festmachenden Talismanen, um den Hals zu tragen.

Da es also den Powenzen gelang, der gewaltig einsetzenden Nachfrage nach vaterländischen Galanteriewaren mit gefühlssicher gefertigtem Angebot entgegenzukommen, womit sie wirklich gute Geschäfte machten, hatten sie schließlich keinen Grund, den finsteren Gott des Krieges zu tadeln.

Eines kleinen Ereignisses sei hier gedacht. An dem denkwürdigen Tag der Kriegserklärung, gegen Abend, war Doktor Powenz in Adams braune Weinstube gegangen, ein wenig zu trinken, wie damals, als er nach Mössel kam. Und dem Krieg zuliebe und so vieler ausgebrachter Gesundheiten wegen, auf den Landesherrn vor allem, trank er so viel, daß er sich allein nicht mehr hätte nach Hause bewegen können. Er saß und rührte sich nicht vom Platze, mit schwerer Zunge „Deutschland über alles" singend.

Lallend und lächelnd saß er da, gewaltig und unverrückbar, einem trunkenen heidnischen Gotte ähnlich, mit seinem unverwüstlichen, hänfenen Haar und Bart, seinen großen Händen und seinem großen heißen Angesicht. Der Wirt aber, der kleine, etwas ängstliche Herr Adam, traute sich nicht an den Gast, wohl wissend, wie schrecklich er in seinem Zorn war.

An jenem ersten Kriegsabend aber sandte Frau

Powenz, wie so oft schon, ihre Söhne sämtlich aus, den Vater heimzuholen, und sie fanden ihn ein wenig eingenickt.

Die drei Großen, Kaspar, Fabian und Heinrich, nachdem sie Vaters Glas leergetrunken, hoben ihn auf, Zephirin trug das schwere Haupt mit beiden Händen, daß es nicht hänge, und Violand ging, mit einer Magnesiumfackel leuchtend, voran, die er aus klugem Vorbedacht, den Heimzug festlicher zu gestalten, mitgebracht hatte. Jadup, der Jüngste aber, kriegerische Weisen auf der Mundharmonika blasend, schritt hinterdrein. So trugen sie ihren lieben Vater nach Hause und brachten ihn glücklich zu Bett.

In diesem Rausche aber zeugte er noch in der gleichen Nacht mit großem Geschrei den Jubal (das bedeutet Freude).

Wenn die Powenze mit sicherem Instinkt und ohne alle Sentimentalität sofort den Krieg für sich wirtschaftlich nutzbar zu gestalten wußten, so waren sie auch sonst nicht untätig, was diese Zeit betraf.

An manchen der damals auftauchenden Gerüchte waren nur sie schuld, was aber zu ihrem Glücke niemals aufkam. Sie hatten viel Spaß daran, zu verbreiten: Spione, von denen Deutschland wimmle, hätten die niederträchtige Aufgabe, zunächst einmal alle Wasserleitungen zu vergiften, und es bereitete ihnen natürlich große Genugtuung, als sie hörten, von Stund an lebe Frau Quiebus unter Verzicht auf jegliches Wasser. Sie wasche sich sogar nicht mehr aus Furcht. Die Powenze waren es natürlich auch, die stets das Neueste über jenen Goldtransport wußten, der angeblich von Frankreich her durch Deutschland nach Rußland unterwegs sein sollte, jenes geheimnisvolle schwarze Auto, das ohne Licht und fast lautlos fahre und das, wer weiß, vielleicht gerade durch Städte reise, wo man es nicht vermute, durch Mössel zum Beispiel.

Die Nachricht wirkte. Vaterlandsfreunde, die nicht mehr Kriegsdienst tun konnten, taten sich unter Führung Knusts zusammen, von dem sehnlichsten Wunsche beseelt, die feindlichen Milliarden abzufangen. Sie bewachten die Landstraßen, gruben sie auf, stellten Wagen quer, kurz, richteten in wenigen Tagen ziemlich großen Schaden an, hielten den Verkehr auf, beschossen harmlose Spaziergänger, bis man endlich den Unfug militärischerseits verbot.

Traurig war nur, daß gerade in diesem Augenblick das Gerücht kursierte, eben jetzt, gleich nachdem die Bewachung aufgehoben, sei das Goldauto ungestört durch die Hauptstraße von Mössel gefahren und nun natürlich längst über die russische Grenze entkommen.

Eine Dame aus Bremen, mit etwas strengen Zügen, ein Fräulein Schlagintweit, groß und kräftig von Statur, war durch den erfindungsreichen Violand Powenz zu einem gelungenen Scherz ausersehen. Es genügte ja in jener aufgeregten Zeit ein Wort, um jedermann ohne weiteres als Spion zu verdächtigen, und bei Fräulein Schlagintweit war es wirklich einleuchtend, daß sie ein verkleideter Mann sei. Und alsbald, von dem Knaben Violand betört, lief dem unschuldigen Frauenzimmer ein Schwarm schreiender Schulbuben nach, dann aber auch Erwachsene mit drohenden Gebärden.

Das Fräulein ging darum rascher und machte sich dadurch erst recht verdächtig. Es beteuerte seine Unschuld in seinem Bremer Tonfall, den man sofort als gebrochenes

Deutsch mit deutlichem ausländischem Akzent bezeichnete, kurz, sie ward ergriffen, unsanft als ein Mann, und der Polizei übergeben. Erst als der gestrenge Polizeiwachtmeister Kolb der wartenden Menge versicherte, es würde garantiert, daß die Dame kein Mann sei und gänzlich unverdächtig, zerstreute sich die Menge, keineswegs beschämt, sondern unbefriedigt, murrend. Die Powenzbande lachte.

Siebentes Kapitel

Als Benefiz für Violand

Bei sieben Kindern von der Art der Powenze kann es schon vorkommen, daß es nicht gleich auffällt, wenn einmal eines fehlt. Besonders bei einer so unübersichtlichen Familie. Da außerdem kein Powenz den andern je verriet, wenn einer einmal über Nacht ausblieb, streunend oder liebend, so war es nicht sehr verwunderlich, wenn es erst nach Tagen aufkam, als Violand fehlte.

Ohne Abschied war der unnütze Junge vom Hause fortgegangen. Und er kehrte erst nach Wochen zurück.

Nach seinem Verschwinden konnte man damals zunächst annehmen, er habe sich als Kriegsfreiwilliger gemeldet, wenn er auch eben erst sechzehn Jahre alt war.

Er war ein geschmeidiger Junge mit trockner Haut, die leicht bräunte. Er schwitzte nie. Er hatte aber ein ganz besonderes Kennnzeichen: nicht daß er wirklich schielte, aber sein linkes Auge tat es zuweilen, infolge einer Muskelschwäche vielleicht. Es gehorchte nur langsam dem bewegten, lebhafteren Blick des anderen Auges, es war immer etwas zu spät dran und hatte einen schwermütigen Ausdruck. Und während das eine ausgesprochen blau war, war dieses eher braun zu nennen. Das Naturspiel gab dem Violand einen eigenartigen, fast unheimlichen Zauber. Im übrigen war er wohl der gepflegteste von den Brüdern. Er neigte immer ein wenig zur Großmannssucht, ließ sich im Restaurant vom Pikkolo ans Telephon rufen, wobei er sich Herr Graf anreden ließ: Herr Graf, das Gespräch aus Berlin! Er gab mit Vorliebe Zugtelegramme auf, von den Mitreisenden bestaunt. Nebenbei bemerkt verließen die Powenze samt und sonders Mössel nur sehr ungern.

Als Violand wiederkam, trug er eine feldgraue Infanterieuniform, die, weil viel zu groß, ihm etwas kriegerisch Rührendes gab. Im Knopfloch trug er das schwarzweiße Bändchen des Eisernen Kreuzes. Offenbar war er auch verwundet, denn er hatte einen stets leicht durchbluteten Verband um die Stirn.

Wie er so durch Mössel ging, im gemächlichen Schritt und dem verwegenen Schick des gewiegten Frontsoldaten, wie er grüßte, mit geringstem Aufwand höchste Strammheit markierend, darüber mußten sich doch alle Vaterlandsfreunde freuen. Der brave Knust unterbrach sich im Anstreichen seiner Fahnenstange, schüttelte dem kriegerischen Knaben die Hand und sagte: „Behüt Sie Gott, Sie junger Held!“

Zu Hause wurde er mit lautem Hallo begrüßt.

„Oh, du kleiner Übermut!“ sagte der alte Powenz und drohte grinsend mit dem Finger, „aber vorzüglich getroffen!“

Er prüfte ihn fachmännisch, wie man eine besonders

gelungene Maske betrachtet, befühlte den Stoff und lobte die Verschiedenheit der Knöpfe, die das echt Feldmäßige seiner Montur betonte.

Violand gab an, daß er sich, nachdem er sich von zu Hause fortgestohlen, was man ihm jetzt verzeihen möge, sozusagen als blinder Passagier mit einem Truppentransport ins Kriegsgebiet eingeschmuggelt habe. Ein gutmütiger Feldwebel, ein wackerer Schnauzbart und alter Haudegen, gerührt von dem Mut des Knaben, habe sich seiner angenommen und auf die flehentliche Bitte, ihn um Gottes willen nicht mehr nach Hause zu schicken, schmunzelnd den Überglücklichen in diese Uniform gesteckt. Ob seiner frechen Jugend sei er von der rauhen Soldateska verhätschelt und bald ein Liebling des Regiments geworden.

In einem unglücklichen Scharmützel (so nannte es Violand) schien er sich dann ganz wunderbar ausgezeichnet zu haben. Er selbst erzählte nur karg und fast widerwillig davon, seine Tat absichtlich verkleinernd: Nämlich als er seinen Regimentskommandeur, den tapferen Obersten von Reuter, der durch einen Lungenschuß schwer verwundet worden, gegen fast zwölffache Übermacht weißer und farbiger Franzosen aus schon sicherer Gefangenschaft herausgehauen, verteidigt und unter Einsatz seines Lebens geborgen hatte. Bald darauf sei er freilich leider selbst verwundet worden, durch einen Granatsplitter, nicht schwer, aber doch ziemlich schmerzhaft. Er konnte das dumme zackige Stückchen Eisen, das der Stabsarzt entfernte, jedermann vorzeigen, daran grauenhaft deutlich geronnenes Blut und ein paar Härchen klebten. Nun war er hier, bis die Schmarre da ausgeheilt sei, für kurz also nur, denn daheim hocken,

(Foto »Helios«)

Violand Powenz

während es draußen zu tun gab, das konnte dem Jungen nicht gefallen.

Die Sache ging durch alle Zeitungen. Man verzieh dem Helden in Mössel nun gern jeden Streich und bezahlte viel für jenen verhängnisvollen Splitter, daran so sichtbar sein tapferes Blut klebte. Er verkaufte davon in kurzer Zeit mehrere Dutzend, jedesmal mit der Bitte, ja nicht davon zu reden, da er ihn eigentlich schon jemand anderem versprochen habe.

Zu jeder Kriegstrophäe, die er sich so nebenbei abschwatzen ließ, wußte er eine kleine, toll grausige Geschichte zu erzählen, und gerade um dieser Erinnerungen willen, das konnte man verstehen, trennte er sich nur ungern und um höhere Summen von dem schließlich eben doch mit dem Einsatz des Lebens erbeuteten Zeugs, von Franzosenkäppis, Kokarden, kupfernen Granatringen, ganzen Blindgängern, Schrapnellkugeln oder womöglich Fliegerpfeilen, die er vorher seinen echten Kameraden billig abhandelte. Er hatte seine geheime Preisliste.

Besonders begehrt waren sogenannte Lebensretter, ganz zerbeulte Zigarettendosen, die das todbringende Geschoß gerade noch abgehalten, Uhren, darin noch der Splitter stak, oder Briefe einer Braut, die wie durch Zauberbann die Macht der Kugel gebrochen.

Violand konnte nicht genug derartiger Kuriositäten beibringen, er verstand es auch, sie täuschend echt herzustellen, und Jadup half ihm gerne dabei.

Es konnte natürlich keine Rede davon sein, daß der schändliche Knabe Violand wirklich im Felde gewesen war. Selbst Vater Powenz, der ihn sofort durchschaute, drohte mit dem Finger. Gewiß hatte Violand sich als

Freiwilliger gemeldet, wenn auch mehr aus Neugierde. Er war überall verpflegt worden, wo er sich stellte, aber wegen seiner Jugend wurde er stets abgewiesen. So trieb er sich in allen möglichen Garnisonen herum, bis er genug vom Kommiß wußte, um sich auf eigene Füße stellen zu können. Die angebliche Kopfverletzung ließ er jetzt rasch abheilen, indem er die Verbände ständig kleiner werden ließ, und dann ging der schneidige Violand „wieder an die Front“.

Der recht mühsame Zwischenhandel mit Kriegstrophäen langweilte ihn längst. Darum suchte er, nun aber als Leutnant mit Armschuß in der Binde und dem E. K. I., die „kleinen dummen“ Landstädtchen heim, und es ging ihm dort sehr gut.

„Man verwöhnt mich wirklich über Gebühr“, schrieb er in seiner bescheidenen Art nach Hause. „Zur Zeit leite ich eine Jugendgruppe zur militärischen Ertüchtigung, und das macht mir außerordentlich viel Spaß.

Meine Jungens sind ganz prächtig und hängen sehr an mir. Unsere Kriegsspiele erregen sowohl Bewunderung als auch Schrecken bei der Bevölkerung der umliegenden Ortschaften. Man versichert mir, ein Volk, das solche Offiziere besitze, sei unbesiegbar. Ich dachte ernstlich daran, eine nett vorbereitete Besichtigung durch Papa, der natürlich als General verkleidet sein müßte, würde hier große Genugtuung auslösen. Gestern hielt ich bei einer Siegesfeier, die ich angeregt, eine sehr hübsche patriotische Ansprache und verkehre ich in den besten Häusern.“

Tatsächlich wurde Violands erfolgreiche Tätigkeit im vaterländischen Jugenddienst, wofür er viele freiwillige Spenden erhielt, bald darauf, und zwar durch einen echten alten General, allen Ernstes inspiziert und die vorzügliche Haltung und Frische der Knaben sowie des wackeren Leiters sehr gelobt.

Und da nun alles dem Violand militärisch so wohl gelang, war es ja eigentlich ganz gleich, ob er nun wirklich Offizier war oder ob er nur, wenn auch täuschend nachgemacht, allgemein für echt galt.

Im dritten Kriegsjahr traf ich ihn im Feld bei Ferme Trouchy. Denn inzwischen war er, ohne daß sein Streich ruchbar geworden wäre, wirklich Soldat geworden. Er hatte nun ganz zu Recht das Eiserne Kreuz bekommen, hatte tatsächlich mit großer Tapferkeit seinen Hauptmann gerettet und war selbst bald darauf durch Kopfschuß schwer verwundet worden. Ich sah den armen Teufel liegen, wie er mit langsam zweifelnder Handbewegung nach dem hervorquellenden Gehirn griff und, als habe er in etwas Unappetitliches gelangt, schnalzend wegschlenkerte, was an seinen Fingern blieb. Dazu lächelte er mit halb gelähmtem Munde unbeschreiblich. Er genas aber wunderbarerweise, jedoch blieb er stumm sein Leben lang und verlor den Geruchsinn völlig.

Achtes Kapitel

Soll als Einleitung des folgenden gelten

Der Hang, den alltäglichen Ablauf nüchterner Geschehnisse unterhaltsamer zu gestalten, gleichsam das Dasein zu schminken und kleine verschönernde und beglückendere Eingriffe in die Vorsehung zu versuchen, war nicht allein Violand angeboren, mit seiner schier prophetischen Spielerei in jenen ersten Kriegswochen.

Des Abends, wenn die Knaben noch eine Zeitlang rauchend in ihren Betten aufsaßen, erzählten sie einander von jeher, was sie so tagsüber erlebt. Sie bewunderten den Kaspar, den Liebeskundigsten unter ihnen, und freuten sich an Violands fröhlicher Lügenkunst und an Jadups amüsanten Gespenstergeschichten. Ja selbst Heinrichs sonderbaren Äußerungen hörten sie kopfschüttelnd und mitleidig zu. Er pflegte mit einem Photoapparat zu Bett zu gehen, denn er wollte längst schon einen seiner Träume knipsen. Das müßte doch irgendwie gehen, meinte er in seiner hartnäckigen Art, man müßte nur den rechten Augenblick erhaschen, so zwischendrin, zwischen noch nicht ganz Schlafen und nicht mehr völlig Wachsein. Er dachte es sich wunderschön. Niemand hatte es noch versucht bisher. „Aber es glückt mir halt nicht, und...", mußte er sich allmorgendlich eingestehen. Die Brüder aber nannten ihn unzart einen armen Irren.

Fabian, der zweitälteste, schlief dann längst, denn er liebte ja nichts auf Erden so als den Schlaf, darin er aber keineswegs etwa völlig untätig war. Er war geradezu ein Traumkünstler, also mit der sehr seltenen Gabe gesegnet, das Bewußtsein, daß er träumte, auch im Schlafe nicht ganz zu verlieren, so daß er dem Traumgeschehnis, wenn es ihm mißfiel, nach Gutdünken eine ihm genehme Wendung geben konnte. Er brachte es doch fertig, wenn ihn beispielsweise ein Löwe im Traum anfiel und verschlang, gleichsam im letzten Augenblick traumlich sich zu spalten und gleichzeitig Fabian und böser Löwe zu sein, um so behaglich, wonnegrunzend sich selbst zu verspeisen und zu schmecken, aber dabei doch gleichzeitig das eigentümlich gruselige Gefühl des Aufgefressenwerdens zu empfinden. Hinterher behauptete er, noch kostend, er sei sehr wohlschmeckend gewesen, so wie Gänsebraten mit Äpfeln gefüllt. Jadup meinte freilich, so etwas Gutes träume er nie, und Heinrich, der Sanfte, fragte besorgt, ob ihm der Löwe sehr weh getan habe.

Auch liebte er fast ausschließlich nur im Traum, schlafend also liebte er. Im Wachen war er einfach zu faul dazu. Er war unförmlich dick und von einer heiteren Geschläfigkeit. War er bedeutend im Erfinden von Kochrezepten und Melodien (sie auch im Schlafe summend), so war seine nützlichste Gabe zweifellos die Mathematik. Vater Powenz zog ihn daher gerne zu seinen Bauplänen zu.

Fabians Faulheit aber war schon unglaublich. Nur durch sie ist es begreiflich, daß er so selten wirklich liebte.

„Ach", stöhnte er, „nun soll ich zu Johanna gehen. Sie ist ein so freundliches, dankbares Geschöpf. Ach, Kaspar, oder du, Heinrich, kann nicht einer von euch mir die kleine Liebesmühe abnehmen?"

Und er versprach ihnen gern etwas Schönes oder auch Geld, wenn sie so freundlich wären, an seiner Statt zu handeln. Er für sein Teil ziehe es vor, zu schlafen.

Ich habe sagen hören, daß Fabian Powenz einmal in den Osterferien, die allerdings verregnet waren, vom ersten bis zum letzten Tage durchschlief, kurze Pausen zum Essen abgerechnet, also vierzehn Tage lang. Dies seien aber, wie er gähnend gestand, seine angenehmsten Ferien gewesen. Ihn zu wecken bedurfte es der gemeinschaftlichen Anstrengungen seiner Brüder. Denn es half nichts, zu rufen oder Pistolen neben ihm abzuschießen, noch ihn mit einem Strohhalm in der Nase zu kitzeln. Er nieste höchstens possierlich oder knurrte, aber er schlief weiter. Auch das Begießen mit einer Gießkanne beantwortete er lediglich mit Schwimmbewegungen. Dank einer sinnreichen Vorrichtung konnte man sein Bett wie eine Lore kippen und ihn also herauswerfen. Selbst dann mummelte er sich in seine Decke und schlief auf dem Fußboden weiter. Ermunterte er sich endlich langsam, was er „Andämmern" nannte, dann schalt er seine Brüder herzlose Gesellen, denen nichts heilig sei und die die köstlichste Erfindung, den süßen Schlaf, nicht zu ehren wüßten.

Der sonnig-faule Fabian, dem die Menschheit die segensreiche Erfindung einer Kaffeemühle mit Musik verdankt, war jetzt unentbehrlich vor allem im Ersinnen von Kriegsnippes. Er lag dabei gemütlich auf seinem Bett, gleichsam aus dem Schlafe redend.

„Wie wäre es", sagte er etwa, „wenn man zum Beispiel so kleine Nachahmungen von Kriegergräbern herstellte, aus Gips vielleicht, mit einem kleinen Monument. Dieses könnte man so einrichten, daß hinter einem Glas die Photographie des lieben Toten angebracht werden kann. Man stellt das Ganze auf die Kommode. Ich glaube, es würde viel gekauft werden. Oder man könnte auch Bilder herstellen, möglichst bunt, in Öldruck vielleicht: Schlachtfeld, Abendrot, Leuchtkugeln, hurrarufende Truppen, in der Mitte der Kaiser, einem Soldaten eigenhändig das Eiserne Kreuz anheftend. Bei diesem Soldaten aber bleibt die Stelle des Gesichts absichtlich frei, und da kann von den Angehörigen sein Bild aufgeklebt werden.“

Was Fabian an solchen Dingen riet, das ging, das wurde gekauft. Er hatte eine unfehlbare Witterung für Kitsch.

Die Powenze vergaßen über dem äußeren Feind nie den inneren. Sie blieben unversöhnlich, obgleich der große vaterländische Augenblick auch in Mössel die Herzen milder gestimmt hatte. Viel alter Hader ward begraben, sogar Frau Quiebus, die nicht leicht vergaß, brachte es über sich, im Roten Kreuz mit jener Frau Professor Hornpostler zusammenzuarbeiten, der als ehemaliger Kellnerin die Mösseler Gesellschaft bisher mit Recht verschlossen gewesen war (ein Zustand, der aber nach dem unglücklichen Ausgang des Krieges alsbald wiederhergestellt wurde).

Freilich war die Gefechtstätigkeit zwischen den Powenzleuten und ihren Gegnern während des Krieges bedeutend herabgesetzt. Es waren kleine Plänkeleien, nur damit man wußte, daß es in dieser Sache keine Gefühlsduselei gab.

Kaspar Powenz, der als Unteroffizier, durch die Explosion einer selbsterfundenen Handgranate an der Hand schwer verwundet, vorübergehend nach Hause kam, hatte die Genugtuung, Baurat Knipfels etwas verträumten Sohn Emil im Kriegshandwerk ausbilden zu dürfen. Er tat es gründlich. Das beliebte Kommando: „Hinlegen! Aufstehen! Hinlegen! Aufstehen!“ mußte der arme Knipfel, während Mössels Jugend am Kasernenhofzaun sichtlich erheitert zusah, so oft ausführen, daß er es schließlich besser konnte als irgendein Soldat in der großen deutschen Armee. Diese nützliche Übung rettete ihm später im Feld oft das Leben[1].

Außer Kaspar leistete auch Heinrich Kriegsdienst.

Es ist nur zu natürlich, daß der sanfte Junge nicht mit der Waffe, sondern als Sanitäter in den Krieg zog. Er gehörte also zu jenen Zwitterwesen, die mehr Kriegsbedienstete zu nennen waren als Soldaten und die eigentlich unverwundbar hätten sein müssen. Bei genauem Hinsehen konnte man beobachten, daß als Sanitäter meist Leute gewählt wurden, die bereits von Haus aus schon nicht mehr ganz waren. Dem einen fehlte ein Finger, andere hatten mächtige Leibschäden, wieder andere stotterten. Viele stammten aus dem Bader- und Friseurgewerbe, aus einer fast fraulichen Tätigkeit also, auch Schriftsteller fand man darunter.

Heinrich empfand stets den größten Abscheu vor seinem eigenen Äußeren, und er war ja auch wirklich nicht schön anzusehen mit seinem staunenden Sommersprossengesicht, den mahagonibraunen Kuhaugen und den großen glühenden Ohren. Er hielt es auch für ausgemacht, daß man ihn unmöglich lieben könne, und er wunderte sich stets, wenn jemand freundlich mit ihm umging. Es ist ein Ausspruch von ihm erhalten, der so recht die Gesperrtheit seiner Natur kennzeichnet: „Ein

[1] Auch Edwin Quiebus kam ins Feld, jedoch nicht lange; bei einer großen Besichtigung durch den Kaiser geschah es, daß er – denn die Truppen hatten in Reih und Glied stundenlang in der Sonne stehen müssen, bis der Monarch kam – gerade in dem Augenblick, als der Kaiser die Front abschreitend an ihm vorüberging, vornüberfiel, in plötzlicher Ohnmacht. Er fiel, peinlich genug, dem Landesherrn vor die Füße, wenn auch krampfhaft präsentierend. Fast also wäre der Kaiser über Edwin gestolpert!

Mensch", so soll er gesagt haben, „der jemanden liebt wie mich, kann mir nie gefallen, und der, den ich mag, dem gefalle natürlich ich nicht. Lieben, ach, ich weiß gar nicht, wie das tut, doch habe ich's zuweilen loben hören."

Dennoch fand er liebe Kriegskameraden, doch der erste bekam alsbald einen Bauchschuß (er spielte noch die halbe Nacht lang unaufhörlich Mundharmonika, legte sie aus der Hand und war tot); der zweite aber, mit dem sich so schön über Tiere und Pflanzen reden ließ, ein Hannoveraner, schluckte Gas und verlor den Verstand. Der dritte, der Heinrich der liebste war, ein lustiger Junge aus Jüterbog, ward vor seinen Augen durch eine Granate zerrissen. „Wird man", sagte Heinrich, das tote Haupt des Kameraden, das ihm in den Schoß gesprungen, am Haar hochhebend, „wird man je wieder lachen können oder lieben und ... O Karl", fuhr er, mit dem Kopfe redend, fort, „dein Haupt ist noch warm und Mund und Augen noch naß, eben sahst du mich noch, lachtest, lebtest, und nun bist du tot und ..."

Er fügte Haupt und Körper ungläubig zusammen. So war es, dachte er und konnte es nicht begreifen. Aber als er allein mit dem Toten war, von dessen warmem Blut sein Schoß rot war und dampfte, schrie er ihn an: „Kamerad, steh auf und wandle!"

Aber es half ihm kein Gott. –

Ich habe es selbst erlebt, daß ein Gefreiter aus dem Bayerischen Wald, dem ein Granatsplitter den Arm abgeschlagen (der Stumpf wurde zum Glück gleich abgebunden), das tote Glied, in einen Sandsack gepackt, mit sich ins Feldlazarett bringen ließ, des festen Glaubens, der Stabsarzt könnte es vielleicht doch wieder anheilen. Als es damit aber nichts war, schüttelte er den Kopf.

„Daß man das nicht kann, das ist schon zu dumm, das ist schon zu dumm", sagte er verächtlich zu dem Arzte. –

Heinrich aß kein Fleisch und hungerte daher viel. Er tat es nicht, weil er es nicht über sich bringen konnte, daß um seiner Ernährung willen ein so schönes, großes Tier, ein Rind etwa, geschlachtet würde. Er pflückte auch keine Blume und konnte keine Wiese mähen sehen, das schnitt ihm ins Herz. Denn er hatte eine tiefe Ehrfurcht vor dem lebendigen Wesen. Aber alle nannten ihn den sterilen Heinrich, und das konnte ihn doch immer wieder schrecklich ärgern.

Er schauderte aber, wenn etwa sein Stabsarzt in der Revierstunde mit dem Fingernagel an einem Schorfe kratzte, und er errötete jedesmal bei der Gesundheitsbesichtigung über den Anblick der Phalanx solch nackter Mannheit. –

Selbst der dicke Fabian mußte zu den Fahnen, vielbeneidet von seinen Kameraden, da er die Fähigkeit hatte, sobald der Dienst vorbei war, stehend, sitzend, liegend, bei jedem Wetter und unempfindlich gegen jedes Geräusch, zum Beispiel von Granaten, ohne weiteres in wohltätigen Schlaf zu sinken, darin ihm die Götter alle irdischen und himmlichen Wünsche erfüllten, ohne daß er auch nur einen Finger zu rühren brauchte.

Es ist bekannt, daß er bei einem Brandunglück, als nämlich bei den drei alten Fräuleins oben Feuer ausgebrochen war – also gerade über seinem Kopfe –, ruhig im Bett liegengeblieben war. Nur einmal bat er den Jadup, er möge doch einmal an die Stubendecke langen, ob sie schon heiß sei.

Niemand verstand sich so gut wie die Powenze auf die Soldatensprache, niemand kannte den Schützengrabenkomment so gut wie sie. Für ihresgleichen war der Krieg eine grandiose Gaudi, denn sie waren furchtlos und tapfer von Natur und machten sich nichts daraus. Daß der Krieg ein „Krampf" sei, das war Fabians ständige Redensart, und alle Powenze, bis auf Heinrich, nannten ihn einen „Schwindel". Das hieß doch nichts anderes, als daß der Krieg nur scheinbar war, eine Vorspiegelung von etwas, ein Soldatenspielen vielleicht, wenn auch mit tragischem Aspekt; es genügte, so sagten sie sich, daß man nur so tat, als wenn Krieg wäre, und die theatralischen Fähigkeiten der Brüder, gepaart mit angeborenem Glück und selbstverständlicher Verachtung des Todes, blühten auf dem Kriegsschauplatz aufs farbigste.

Von Violand wissen wir, daß er mit einer leisen Andeutung äußerste Strammheit darzustellen wußte, mit geringstem Kraftaufwand zwischen „Rührt euch!" und „Stillgestanden!" alle militärischen Forderungen genau erfüllend. Und es war, wenn man's genau betrachtete, doch nur ein Zucken, ein elektrisches Durchrieseltsein, ein forscher Blick und ein Schüttern der Wangen. Das „Zu Befehl, Herr Hauptmann", wie es Violand zu sagen verstand, läßt sich mit Buchstaben kaum überliefern. Denn es war auf einmal ein einsilbiger Ausruf aus den vier Worten entstanden, ein Ausruf, der ungefähr wie „Pfau" klang und vollauf seinen Zweck erfüllte, weil es tat wie ein Pfropfenknall.

Alle Powenze wußten, was sich im Kriege gehörte. Sie hatten Sinn für seine großen sentimentalen Möglichkeiten. Kurz, sie kamen in jeder Beziehung seinem Ge-

schmack entgegen, ohne ihn im Grunde ernst zu nehmen.

Tatsache jedoch ist es, daß die so übel beleumundete Powenzbande, diese vaterlandslosen Gesellen, diese liederliche Rotte, schließlich allesamt, den Jadup und den kleinen Jubal ausgenommen, unter den Waffen standen und alle an der Front und natürlich bei der Infanterie. Sogar Zephirin und der Vater. Mutter Sabine versah unterdessen mit Lilith das Geschäft.

Sie bildeten, so sagte sich Powenz, beinahe eine kleine Familienarmee für sich, mit unendlichen Möglichkeiten, wenn sie es nur schlau anpackten und, wie bisher, nach außen recht zusammenhielten; und das taten sie.

Vom „Regiment Powenz", wie sie sich hin und wieder scherzhaft zu nennen liebten, gibt es eine famose Photographie[1], worauf alle in feldgrauer Uniform zu sehn sind. Nur der stumme Violand trägt jenen sträflingshaften Lazarettanzug aus weißblau gestreiftem Waschdrell. Er schaut noch recht angegriffen aus und ähnelt in seinem Gazeturban einem gefangenen Maharadscha. In der Mitte (sitzend) Baltus Powenz mit breitem Barte, die Landstürmermütze auf dem Haupte und zu seinen Füßen ein Faß, auf dem mit Kreide geschrieben steht: „Parole Heimat! 14 Täglein!" Rechts und links davon, liegend und auf die Ellenbogen gestützt, wie die Eckfiguren vom Giebel des Parthenon, Heinrich und Zephirin, ersterer mit der Roten-Kreuz-Binde am Arm und leider etwas verwackelt. Stehend die anderen, vor allem Kaspar mit der Schützenschnur, die verstümmelte Hand deutlich sichtbar mit dem Daumen vorn

[1] Dieses Bild ist im Katalog des Powenzmuseums, wo es sich heute befindet, reproduziert und auch als Postkarte zu haben.

am Rock eingehängt. Wahrhaftig, ein Bild gesammelter Mannhaftigkeit, von höchstem kriegerischem Schick, was Kniff und Sitz der Mützen und Montur betrifft. Wie herrlich stand doch dem jungen Zephirin der ritterliche Stahlhelm, diese graue Gloriole, in deren Schatten alle Gesichter schöner waren.

Diese sechs Kriegsmannen von starker Familienähnlichkeit, trotz ihrer Besonderheit im einzelnen, bildeten tatsächlich einen kleinen Truppenteil für sich. Sie fühlten sich nicht anders als um einen (freilich recht geringen) Sold angeworbene Landsknechte, und nach seinen Kriegszielen gefragt, würde Baltus Powenz ohne Besinnen, Hand aufs Herz, geantwortet haben: „Ein eigenes Haus auf eigenem Grund!"

Neuntes Kapitel

Trotz Tod und Tränen mit tröstlichem Ausgang

Es gelang der Powenzbande schließlich, mittels verschiedener geschickt verschleierter Eingaben, allmählich im selben Truppenverband sich zu sammeln.

Bei einem, sogar im amtlichen Heeresbericht[1] rühmlich hervorgehobenen kleinen Gefecht um die Ferme von Trouchy gab ihr Eingreifen der anfangs unglück-

[1] Der Bericht lautete: Die gestern von uns planmäßig und vom Feinde unbemerkt geräumte vorgeschobene Stellung bei Ferme Trouchy wurde heute in unwiderstehlichem Angriff dem Gegner wieder entrissen. Damit ist ein strategisch außerordentlich wichtiger Punkt wieder fest in unserm Besitz.

lichen Sache in letzter Stunde die erfolgreiche Wendung.

Es war jener heroische Kampf um den schwerverwundeten Violand, und ich darf mich füglich rühmen, nicht ganz unbeteiligter Zeuge dieses Vorfalls gewesen zu sein.

Die Ferme Trouchy war, als ich sie kennenlernte, ein roter Hügel aus ehemals wunderschönen, nun aber fast zu Staub zermahlenen Backsteinen, an dessen Rand auf einem ungehobelten Brett, daran die Spreißel aufstanden wie Borsten, mit Tintenstift auf deutsch geschrieben stand: „Dieses war Truschi!“ Die violette Schrift war vom Regen wie verweint.

Ehemals gab es dort Bäume, westlich des Hofes als Windschutz gepflanzt. Nun waren es nackte Stümpfe, den abgehackten Ständern[1] jener gewaltigen Göttervögel ähnlich, die sich noch in den Boden krallten. Denn ein Frevler hatte, so erzählt eine griechische Sage, da die Riesenvögel schlafend und wie ein seltsamer Wald anzusehen auf den Feldern saßen, mit dem Beil so grausam sie geschändet, daß sie nun ruhelos fliegen müssen mit wunden Stümpfen, ewig, ohne sich je niederlassen zu können.

Lange Zeit krönte den Hügel aus Ziegelschutt das Gerippe eines Kinderwagens, von dem ich selbst noch wie ein Winkewinke ein weißes Fetzchen im Winde habe flattern sehen. Ringsum war alles flach, doch gleich einer unendlichen Ochsenaugenpfanne oder einer Mondlandschaft anzuschauen: das Trichterfeld. Die meisten Löcher waren mit Wasser gefüllt, glotzend wie mit scharfen Augengläsern, und die Ränder grün von Litith.

[1] Jagdlicher Ausdruck für Füße der Vögel.

In einigen wohnten Frösche, und an gewitterigen Sommerabenden sangen sie.

Ich erinnere mich auch eines Krähenzuges, der in den verdächtig ruhigen Tagen vor jener gewaltsamen Erkundung durch die Engländer, während der eben die Powenzleute sich so auszeichneten, vom frühen Morgen bis in die Nacht quer über die Front flog, auf unsichtbarer Heerstraße des Himmels. Ein Flakgeschütz schoß zum Spaß mit Schrapnells in die schwarzen Scharen. Die Krähen erschraken sehr, doch unaufhörlich zogen sie und unbeirrbar, hoch über den roten Hügel, der Ferme Trouchy gewesen war.

Violand Powenz war damals Bursche von Hauptmann Probst. Er besaß alle Eigenschaften, die einen Offiziersburschen unentbehrlich machen: er war verschlagen, findig und nahm nie etwas übel. Er konnte täuschend gute Manieren, Ordnungsliebe und Sauberkeit markieren sowie den Eindruck strengster Zuverlässigkeit erwecken. Vor allem war er auch erfreulich anzusehen, schlank und trocken. Er galt als reizender Mensch, er hieß bei allen Offizieren nur der nette Bursche von Hauptmann Probst und bekam oft Zigaretten zugesteckt, sogar Wein, und wenn Geld, dann nobel. Man konnte ihm nicht gut wenig geben[1].

Sein Hauptmann war etwas schwierig, denn er war im Zivilberuf Dichter und fürchtete sich. Angebrüllt vom Gott der Schlachten, erschrak er, doch nahm er sich sehr zusammen.

Der rote Hügel lag zwischen der ersten und zweiten Linie, und man konnte glauben, er sei keinen Schuß

[1] Physiognomische Suggestion! D. V.

Pulver wert. Aber Violand hatte durch einen Zufall entdeckt, daß unter den Trümmern ein Stück Keller unversehrt geblieben war mit viel altem Wein darin. Denn es kam vor, daß die Bauern dortzulande, ehe die Deutschen anrückten, ein Abteil des Kellers zumauerten, als Versteck.

Violand hatte das Glück, gerade als eine Bohrgranate den Keller geöffnet hatte, in der Nähe zu sein. Er war eben damit beschäftigt, von einem Blindgänger den kupfernen Führungsring abzuschlagen, was immerhin nicht ungefährlich war. Denn schließlich konnte so ein Ding doch noch losgehen. Als der rote Staub sich gelegt, sah Violand, daß sich die Erde vor ihm geöffnet hatte, und hüstelnd kroch er darauf zu, um besser in Deckung zu gehen. Mit einer kleinen Steinlawine rutschte er in die Finsternis.

Als Violand mit seiner feldgrauen Taschenlampe umherleuchtete, merkte er, daß er sich in einem kleinen, aber gutbestellten Weinkeller befand. Es roch betäubend nach Rotspon: dem einen Faß war die Flanke aufgerissen, und dunkelrot troff der Wein auf die Ziegelscherben.

Die saugten ihn auf, es sang dabei ganz fein.

Ein Ster Flaschen mit roten Köpfen war da gelagert wie Munition.

Violand bediente sich, und es ehrt ihn, daß ihm, während er kostete, sofort sein guter Vater einfiel. Aber er ahnte noch nicht, daß er gar nicht weit von ihm war.

Natürlich baute Violand den Eingang sorgfältig wieder zu, damit niemand seine Entdeckung ausspioniere. Er hatte eine besonders vertrauenerweckende Flasche als Probe mitgenommen, die er mit einem Ausbläser unauffällig maskierte. Sie paßte vorzüglich hinein.

Heinrich Powenz

Bestaubt, wie eine wandelnde Tonfigur anzusehen, kehrte er zu seinem Herrn zurück. Leicht besänftigte er dessen Zorn und Sorge. –

Vater Powenz, der mit Erfolg bei der Fuhrparkkolonne tätig war, ließ es sich nicht nehmen, seine Söhne vorn im Graben zu besuchen, den ehemals so dicken Fabian, den Violand und Zephirin und auch den sanften Heinrich, den er, seinen Raben auf der Schulter, gerade damit beschäftigt fand, sein Hemd zu entlausen.

Aber oh, er tötete keines der schrecklichen Tiere, sondern sammelte sie in ein Schächtelchen, um sie irgendwo auszusetzen, damit ihnen nichts geschehe.

Zephirin zeichnete seine Kameraden nach dem Leben oder ihre Gräber für die Hinterbliebenen.

Fabian aber schlief meist. Nur daß seine Träume zuweilen nun doch nicht ganz so glücklich waren wie im Frieden, wo er allerdings nicht in Stiefeln und Uniform zu schlafen pflegte.

Ein Traum aber ist ihm, wie er sagt, recht lange nachgegangen.

Er träumte nämlich, daß er, bei einer Schleichpatrouille auf dem Bauche kriechend, zwischen Stacheldrahtgestrüpp, darin künstliche Rosen blühten und blecherne lackierte Vögel zum Aufziehen ihre rostigen Nester hatten, einem Engländer begegnete, der gleich ihm auf allen vieren, wie ein Reptil, sich langsam vorwärtsquälte. Sie waren beide nackt. Nun, dachte Fabian, kurz in seiner Schießvorschrift für Anfänger blätternd, so, nun muß ich ihn leider doch wohl totschießen. Und er zielte lange. Der andere, der gleich ihm kurz in einem blauen Heftchen studierte, tat ebenso. Seine Gestalt aber verwandelte sich jetzt. War er erst schwarz wie ein Neger, so wurde er jetzt rot wie ein Indianer, auch trug er mit einemmal bunten Federschmuck. Plötzlich aber wurde er weiß, und Fabian erschrak. Denn er selbst war es, auf den er zielte. Ohne Zweifel: Fabian war im Begriffe, Fabian zu töten. In diesem kitzligen Augenblick schoß der Feind, und Fabian, mehrfach durchbohrt, schoß jetzt seinerseits, wobei er jedesmal krampfhaft die Augen schloß. Doch sein Gewehr versagte. Er hatte es zu entsichern vergessen. Lachend stand er nun auf, aus vielen Wunden blutend, und gab seinem Ebenbild, das ein gleiches tat, fröhlich die Hand, der aber trank sein Blut wie von einem Brunnen. Dann tauschten sie ihre Waffen zum Zeichen der Ehrfurcht.

„Schier fast beinahe", sagte Fabian und drohte mit dem Finger, da erwachte er. –

Die Brüder waren redlich besorgt, ihres gewaltigen Vaters wegen.

„Du hast so viel Fläche, Baltus", meinte Violand mißbilligend und war froh, als er ihn wieder in einiger Sicherheit wußte. Vorher aber zeigte er ihm wenigstens von ferne den roten Hügel und verriet, was er in seinem Innern barg. Er gab ihm auch ein paar Flaschen davon mit, die er inzwischen noch geholt, und versprach ihm bald mehr davon.

Am Abend desselben Tages geschah jedoch die überraschende gewaltsame Erkundung durch die Engländer, in deren Verlauf der rote Hügel den Deutschen leider verlorenging. Violand, nachdem er seinen poetischen Hauptmann gerettet (der aber war tödlich getroffen), kehrte noch einmal um, um seines armen Herrn[1] Feld-

[1] Der dichterische Nachlaß Probsts wurde nachmals von Violand herausgegeben. Der dankbare Bursche sicherte den etwas schwachen

stecher zu holen. Durch einen Granatsplitter am Kopf verwundet, lag er nun beim roten Hügel hingestreckt, regungslos, das Fernglas in der Hand. Es konnte ihm niemand helfen, denn die Engländer drangen bis in die zweite Linie.

Baltus Powenz saß gerade mit Kaspar, der trotz seiner Hand wieder ins Feld gegangen war (man behauptet, der hübschen Madame Robinot wegen), zusammen beim roten Wein, da hörten sie von Leichtverwundeten, die zurückgingen, von der „großen Schweinerei" da vorn und auch von Violands Tod; denn man hielt ihn für gefallen.

Wenn im Kriege einer seinen Kopf ganz klar behielt, dann konnte er, je größer das Durcheinander war, um so ungestörter eigene Ziele verfolgen. So auch Powenz. Er sagte zu Kaspar, daß er Violand (der sein liebster Sohn war), koste es, was es wolle, holen werde, um ihn, so erklärte er aus irgendeiner kultischen Vorstellung heraus, mit eigenen Händen zu bestatten. Kaspar war's zufrieden, sie bewaffneten sich also und gingen vor.

Ich habe in einem Erdloch hockend sie so kommen sehen, und sie waren beide, das muß doch verraten werden, ziemlich schwer betrunken. Denn sie zogen aufrecht im Gleichschritt einher und sangen mit runden Mündern laut und unbeirrt: „Drum, Mädchen, weine nicht und sei nicht traurig, mach deinem Grenadier das Herz nicht schwer."

Sie waren aber durch ihren Rausch gegen den Tod gefeit.

Unvergeßlich ist mir des großen Mannes Anblick (den

Schöpfungen seines Herrn durch gründliche zeitgemäße Bearbeitung und eigene Zutaten den verdienten Nachruhm, der ihnen sonst vermutlich versagt geblieben wäre.

nichts vermocht hatte, den wogenden Bart der Gasmaske zu opfern), wie er, einem heidnischen Gotte ähnlich, den Stahlhelm mit Laub bekränzt, daherschritt, ein grünes Bäumchen als Stock benützend. Es scharten sich aber seine lieben Söhne und Vettern um ihn. Fabian, der ziemlich mager geworden war, der blutjunge Zephirin und Heinrich als Sanitäter, bereit, den Violand lebend oder tot hereinzuholen und zu ehren.

Auf eigene Faust machten sie den Gegenstoß, riegelten nach gelungener Überrumpelung den Graben ab und säuberten ihn dann rücksichtslos unter gewaltigem Aufwand von allerlei Feuerwerk durch Handgranaten von den verblüfften Engländern. Mit ihren Barbierbecken ähnlichen Don-Quichotte-Helmen warf Powenz um sich wie mit Papptellern. Wugg, der Rabe, flatterte dem englischen Sergeanten ins Gesicht, hackte, krallte und krächzte hurra. Sie befreiten Violand endlich, der noch lebte.

In einer braunen Zeltbahn, an einer Stange aufgehängt, ähnlich wie man ehemals das Wildbret trug oder die Kundschafter Josua und Kaleb die gewaltige Traube aus Kanaan, brachten sie ihn unter Wehklagen gegen Morgen zurück. (Er genas, wie gesagt, wenn auch langsam, und blieb stumm seiner Lebtage.) Noch einen aber trugen sie dann so mit geschulterter Stange. Aber das war nur Schein, es war kein Mensch, obgleich aus der Zeltbahn ein Paar lehmüberkrustete Stiefel ragten. Sondern die Powenze hatten die Montur eines Toten mit Weinflaschen vollgestopft aus jenem Keller des roten Hügels, um sie, also vermummt, unbehelligt zu retten, die beinahe schon verloren gewesen waren.

Dreimal noch und nicht ohne Lebensgefahr trugen

sie so die köstliche Last. Die läutete leise im Gleichschritt.

Diese denkwürdige Wiedergewinnung des roten Hügels ist also tatsächlich dem privaten und infanteristisch tadellosen Eingreifen der Powenzbande zu danken, wenn ich dabei auch des Autors wirksame Unterstützung, die zum siegreichen Gelingen dieses Unternehmens nicht unwesentlich beitrug, nicht völlig unerwähnt lassen darf, was mir der wackere Baltus Powenz sicher jederzeit ohne weiteres bestätigen würde, hätte ihn eben nicht jener flammende Stern plötzlich und unerwartet von der Erde entrückt.

Zehntes Kapitel

Das nicht verschwiegen werden darf

Frau Sabine hatte schon vor einiger Zeit einen vertraulichen Feldpostbrief ihres Gatten erhalten, darin er es für ausgemacht hielt, daß der Krieg nun bald und unglücklich zu Ende sein werde. Er schrieb unter anderem: „Halte von nun an, mein liebes Weib, sowohl rote als auch schwarzrotgoldene Fähnchen stets frisch auf Lager. Die schwarzweißroten aber hebe ja gut auf, auch für sie wird wieder Bedarf sein. Heerführer und Monarchen bitte nicht mehr zu fabrizieren (sie stellten bekanntlich unter anderem hübsche kleine Gipsabgüsse davon her), höchstens noch einige Hindenburgs. Kaiserbilder jedoch schleunigst um jeden Preis abstoßen."

Die brave Frau Powenz tat, wie ihr geheißen. So kam

es, daß die Revolution sie nicht überraschen konnte. Sie war sofort in der glücklichen Lage, ihre neuen Kunden gesinnungstüchtigst zu bedienen.

Elftes Kapitel

Die große Täuschung

Bei Kriegsende trennten die Powenz-Soldaten sich vom großen Haufen und kehrten, im Felde unbesiegt, mehr einer wilden Nomadenhorde ähnlich und räubermäßig anzusehen, malerisch um einen Packwagen gruppiert, mit Hunden, Katzen, Ziegen und einer schönen französischen Kalbin, Madeleine genannt, braun und welterfahren in die Heimat zurück.

Powenz ließ es sich nicht nehmen, auch ein paar wunderschöne feindliche Backsteine auf diese Weise in Deutschland einzuführen. Rein national verstanden, fühlte sich Baltus Powenz, das muß nun allerdings gesagt werden, zunächst und vor allem als Mensch aus Menschenland. Staatliche Grenzen empfand er eigentlich nur koloristisch, und Landkarten genoß er höchstens von malerischen Gesichtspunkten aus.

Er zweifelte nie daran, daß er ein guter Deutscher sei[1], eine Tatsache, deren er sich weder schämen noch rühmen zu müssen glaubte, denn er war ganz unschuldig daran. Eines aber war sein Grundsatz, daß niemals er dem Staate diene, sondern wenn schon, so müsse der Staat

[1] Der Verfasser des „Antipowenz" behauptet freilich, die Powenze seien Juden! O sancta simplicitas!

ihm dienstbar sein. Meistens aber verzichtete er auf ihn, so gut es irgend möglich war.

Sein Traum war, die unabhängige Insel, die Powenzinsel, sein eigen zu nennen, als Familienreich sozusagen, in dem er als Baltus I., glorreicher König von Powenzien, regieren könne[1], Herr im eigenen Haus und Vater eines großen zukünftigen Volkes. Dafür lebte er, dafür war er auch in den Krieg gezogen, allerdings mit dem festen Willen, ihn für sich nutzbar zu machen.

Und während Millionen Deutsche den Krieg verloren, er für seine Person hatte ihn gewonnen.

Das bloße Gerücht, auf der Kypser Landstraße nahe schwerbewaffnet die Powenzbande, begleitet von einem Trupp wilder Rebellen, versetzte die Einwohnerschaft von Mössel begreiflicherweise in heftigste Bestürzung. Denn es gab viele, die im Frieden nicht gerade freundlich gegen die Powenzleute gehandelt und jetzt kein besonders gutes Gewissen hatten.

Lilith Powenz, das schöne Mädchen, ward von beunruhigten Nachbarn ausgeforscht, was ihre Brüder wohl im Sinne hätten. Sie zuckte höhnisch die Achseln.

„Es wird amtlich berichtet", sagte sie leichthin, „daß ein kleines, aber fürchterliches Heer um meine lieben Anverwandten sich gesammelt habe. Durstige und Hungrige zumeist, lauter verwegene Burschen, Deserteure, Landstreicher, Gauner, natürlich Diebe, vielleicht auch einige Mörder. Aber was wollen Sie, unser Gewissen ist rein. Wir werden ja bald sehen, was geschehen wird."

Diese zweifelhafte Antwort hatte zur Folge, daß Bau-

[1] Er war also Monarchist!

rat Knipfel eine halbe Stunde später, mit einem schwarzen Vollbart schrecklich vermummt, fluchtartig die Stadt verließ. Herr Gockeley jedoch blieb, nachdem er seine Pistolen nachgesehen.

Lilith ging nun möglichst auffällig zum Seiler und kaufte Stricke in großer Zahl, was, wie sie beabsichtigte, sofort die ganze Stadt erfuhr. Nun war es auch klar, warum an einigen Laternen seit der Nacht saubere Plakate hingen mit der Aufschrift: Reserviert für Knipfel oder: Luftkurort für Dattel.

Die Bürger schlossen die Läden.

Der ohnehin geringe Verkehr stockte und hörte endlich ganz auf. Bange Blicke richteten sich nach der Kypser Landstraße. –

Tatsächlich hätte in jenen Tagen ein einigermaßen tatkräftiger Mann mit einer Handvoll unternehmungslustiger Soldaten ohne weiteres eine Stadt wie Mössel in Furcht und Schrecken setzen können. Denn diese Altweiberstadt, wie sie Powenz verächtlich zu nennen pflegte, hatte schon zu lange Hunger und war von Herzen kriegsmüde. Sie hätte sich alles gefallen lassen.

Nur die drei alten Fräuleins, Katharina, Ernestina und Babettchen, schnitten längst ihre Nägel nicht mehr, um im Notfall besser kratzen zu können, und nun kochten sie Wasser in großen Häfen, mit der Absicht, es auf die Häupter der anrückenden Rebellen zu schütten, falls sie es wagen sollten, ihnen ein Leid anzutun. Auch ihren immer noch reichlichen Vorrat an Pfeffer stellten sie bereit, damit sie ihn den Angreifern in die Augen streuen könnten, und Katharina holte mit bösem Lachen ein Fläschchen Salzsäure herbei.

Der Einzug der Powenzbande erfolgte erst gegen

Abend und war, wie alles, was diese eigenartige Familie unternahm, ganz hervorragend organisiert. Voran lief die ganze Dorfjugend von Kyps, die Baltus Powenz mit langentbehrten Bonbons bestochen hatte. Jedes Kind trug ein Fähnchen in der Hand, und einer von ihnen, der Baptist, ein Junge mit unverkennbar Powenzschen Rassenmerkmalen (offenbar ein illegitimer Sohn des Kaspar, vielleicht sogar des Vaters selbst), hielt andauernd seine kleinen Kameraden an, im Chorus: Eins, zwei, drei, hurra! zu schreien.

Dann kam Baltus Powenz auf blumengeschmücktem Pferde, den Stahlhelm mit Eichenlaub umkränzt, wie immer leicht angetrunken. Nach ihm der kleine Jadup, unaufhörlich trommelnd, dann, von Vizefeldwebel Kaspar Powenz geführt, in Reih und Glied mit geschultertem Gewehr, sehr stramm Fabian, Zephirin, der stumme Violand (den Kopf noch immer verbunden) und Heinrich. Übrigens hatte Violand, da seine Wunde längst verheilt war, mit etwas roter Tinte auf dem Verband ein malerisches Durchblutetsein vorgetäuscht. Hinterdrein liefen wieder Kinder, jubelnd, johlend, Fähnlein schwenkend, in sämtlichen Farben der deutschen und europäischen Länder.

Der Beutewagen aber war bei Frau Sabines alten Eltern geblieben, wo auch Heinrichs liebe französische Kuh, die Geißen und Wugg, der treue Rabe, blieben.

Frau Sabine aber, auf Liliths Arm gestützt, das jüngste Powenzlein, den unmündigen Jubal, an der Hand, erwartete mit Rührung den kleinen Zug auf dem Marktplatz, wo vor allem Volke, das sich nun ganz zutraulich einfand, Baltus Powenz vom Pferde sich schwang und in seines Weibes ausgebreitete Arme eilte, nachdem er mit großartiger Gebärde dem Baptist die Zügel zugeworfen, damit er sein Streitroß halte.

Stumm lagen sich die Ehegatten Powenz in den Armen.

Kaspar kommandierte „Stillgestanden!", Jadup trommelte einen Wirbel.

Dann hielt der Vater eine militärisch schneidige Ansprache an seine tapferen Söhne, ihrer verdienten Auszeichnungen und Wunden dankbar gedenkend, und ließ deutlich durchblicken, daß man freilich Deutschlands Heldensöhne nicht nach Gebühr in der Heimat empfange. Sprach von vierjahrelangem Kopfhinhalten gegen eine Welt von Feinden, sprach von Dolchstoß und unfähiger Diplomatie, um dann aber am Schluß in ein Hoch auf sein Weib, den „getreulich ausharrenden Schoß der Familie", seine Rede ausklingen zu lassen, in das nun auch die Umstehenden, meist Lausbuben, herzlich einstimmten.

Die Feier schloß mit einer Ehrensalve der vier Heimkehrer gegen den roten Abendhimmel und einem kleinen, aber heftigen Verschießen von Leuchtkugeln und Raketen, worüber mancher gute Bürger, der nichts von der friedlichen Absicht des Geschehens ahnte, allerdings furchtbar erschrak, hinter verschlossenen Türen und Läden.

„Da, nun haben wir's", sagte die Quiebus erbleichend, „das ist die Barrikade! Das ist der blutige Bürgerkrieg! Ich höre trommeln, heute vor Mitternacht baumeln wir alle an den Laternen."

„Ich denke mir", sagte Edwin boshaft, „für unsereinen werden sie schon die Bogenlampen herunterlassen, um uns emporzuhissen."

Frau Quiebus fand das frivol und herzlos.

„In dir ist kein sittlicher Ernst, Edwin", sagte sie, „hör nur, sie schießen schon wieder."

Es knatterte und knallte wirklich ganz lustig auf dem Marktplatz, und die Kinder schrien: „Eins, zwei, drei, hurra!", aber in der Luisenstraße hörte sich das ganz anders an, man ahnte nicht, daß alles nur dem festlichen Einzug der Powenzbande galt.

Im Gegenteil, man sprach von einem Dutzend Toten, die es gegeben habe, der Bürgermeister sei gefangen und in Gefahr, standrechtlich erschossen zu werden, die betrunkene Soldateska plündere bereits, voran die Powenzbande natürlich, die gäbe kein Pardon.

„War es nicht schrecklich genug, zu denken, es sei die Rebellion", sagte stolz die Quiebus, als sich dann alles denkbar harmlos aufgeklärt hatte. „Ähnlich gesehen hätte es diesen Unholden doch."

Sie mochte die Powenze nun einmal nicht.

Buch der Erbauung

Tantum est hoc regnum
quod regibus imperat ipsis.

So groß ist ihre Macht,
daß sie selbst Könige sich unterwirft.
Manilius

Erstes Kapitel

Gedenkt vorzüglich des faulen Fabian. Vor dem Schlafen zu lesen!

Die Verwunderung darüber, daß die heimgekehrte Powenzbande keinerlei Spartakusgelüste zeigte, war allgemein. Powenz verhielt sich auch gegenüber allen Verlockungen politischer Natur, sei es von rechts, sei es von links, durchweg ablehnend. Er werde sich, sagte er unverblümt, bei jedem Putsch selbst zu verteidigen wissen, sobald er und seine Familie, von wem auch immer, angegriffen werde. Was Powenz heiße, sei schon eine Partei für sich.

Die Guten dachten auch gar nicht daran, wie man es von ihnen forderte, ihre Waffen abzuliefern. Sie besaßen sogar ein Maschinengewehr. Wo und wie sie es bei den verschiedenen genauen Haussuchungen immer wieder fertigbrachten, das Ding zu verstecken, blieb lange rätselhaft, bis mir erst kürzlich Zephirin verriet, daß jenes seltsame, einer ausgestopften Seekuh nicht unähnliche Fabeltier, das ganz offen auf einem Bordbrett im Gange stand, in seinem Innern eben dieses Maschinengewehr berge[1].

Was aber die verschiedenen Parteien angeht, die immer wieder versuchten, die Powenzleute (schon wegen ihrer zahlenmäßigen Stärke!) für ihre Zwecke zu gewinnen, so kam Baltus schließlich auf die glückliche Idee,

[1] Neuerwerbung des Powenzmuseums. Herr Polizeiwachtmeister R. versicherte mir, er habe das sehr natürlich aussehende Tier immer für ein Ichneumon (sic!) gehalten. Es war übrigens aus den Fellen der vielen Katzen erschaffen, die im Laufe ihrer Jugend die Powenzbuben erlegt hatten. Brehm kennt es nicht.

sie seien schließlich doch Leute genug, um in jeder Partei vertreten zu sein. Gesagt, getan. Es wurde gelost. Dabei traf den schläfrigen Fabian die äußerste Rechte, während der sanftmütige Heinrich Kommunist werden mußte.

So war allen Teilen geholfen.

Ich kenne eine Familie, bei der ähnliches der Fall war, es sind alle ehrenwerte Männer und gute Deutsche gewesen und hochbetagt gestorben.

Baltus Powenz aber bezeichnete seine Familie nicht mit Unrecht als nationale Minderheit in Mössel. –

In diesen Jahren politischer Schmach, vaterländischer Zerrissenheit und sozialer Not mußten natürlich auch die Powenz alles daran setzen, um sich wirtschaftlich zu halten. Und es ist nun schon rührend zu sehen, wie sie sich plagten, jeder auf seine Weise zu verdienen, besessen von dem gleichen Ziel, dem Haus.

Unserm Fabian beispielsweise schwebte eine Tätigkeit vor, die etwa gleich der des Uhrgewichtes durch die eigene Schwere geleistet werde, eine passive Arbeit also schien ihm einzig erstrebenswert.

Sein Vater hatte zwar oft genug rügen müssen, daß Fabians Träume meist unproduktiv seien, aber gerade im Traum fiel es Fabian ein, was für ihn alsbald besonders ersprießlich werden sollte. Er träumte nämlich: Er begegne einem Engel, der ihm verhieß, daß der Schlaf Gott ganz besonders wohlgefällig sei, und als er von diesem Traumgesicht erwachte, leuchtete ihm das mehr ein als sonst irgendeine menschliche oder göttliche Wahrheit.

Der Pflege des Schlafes und der Ruhe, der Kultur des Träumens beschloß er nun fortan sein Dasein zu widmen, und vor allem wollte er vom Erlös des Schlafes

Aurora
Originalgemälde von Zephirin Powenz
(Im Besitze der Stadt Mössel)

leben. Er diktierte eines Nachts dem oft schlaflosen Heinrich aus dem Traum die aufsehenerregende Schrift „Vom Segen gerechten Schlafes", darin er mit leidenschaftlicher Eindringlichkeit sein Bekenntnis auseinandersetzte, das sich auf den Satz gründete: den Seinen gibt's der Herr im Schlaf.

Das war fast eine neue Religion, ohne Zweifel, und – dies war Fabians tiefere Absicht – sie fand erbitterte Gegner und infolgedessen auch treueste Anhänger. Der schriftkundige Violand ward beauftragt, unter dem Namen eines P. Valerian Zumpf Fabians tolle Thesen, wie etwa: „Daß das Himmelreich nur zu den Schlafenden komme" – „Von den gottgesandten Träumen" – „Die Arbeit eine Sünde?" – „Kirchenschlaf in seiner eschatologischen Bedeutung", in einer Broschüre geistvoll anzugreifen, und es gelang ihm ganz vorzüglich, weil er daran innerlich ja völlig unbeteiligt war.

Dem frommen Gott des Schlafes also diente Fabian, und er hatte nichts dagegen, daß man seine kleine, aber ergiebige Gemeinde, mehr werbend als kränkend, als die „Sekte der Siebenschläfer" bezeichnete. Eine reiche Amerikanerin setzte dem Stifter eine Rente aus, und so unglaublich es klingt: namhafte Spenden von nah und fern, für den heiligen Erzschläfer gesandt, erlaubten Fabian nicht nur, sorglos dem Traum zu leben, sondern für den Hausbau wesentliche Summen beizusteuern.

Fabian hatte in seiner „Lehre vom gottgefälligen Schlaf"[1] überzeugend dargetan, daß er imstande sei,

[1] Sämtliche Schriften sind im Siebenschläferverlag erschienen und durch jede Buch- und Schreibmaterialienhandlung zu haben. Dortselbst außerdem: Deutsches Traumbuch für Anfänger, leichtfaßliche Anleitung, Ausgabe A für Knaben, B für Mädchen. Gesetzlich geschützt.

auch für andere zu schlafen, so wie man sonst für andere bete. Er nannte das: In Gott schlafen (Hypnotheismus) und tat es gerne gegen einen freiwilligen Unkostenbeitrag zum Besten des „Weltbundes frommer Schläfer". Nebenbei betrieb er dann noch eine gutgehende kleine Traumdeuterei, nach der Methode Hopkins auf hypnopsychischer Grundlage, wie die unverfängliche Anzeige lautete. Es liefen zu Hunderten Anfragen ein.

Dies alles geschah natürlich nicht unter dem bereits hinreichend verdächtigen Namen Powenz, sondern die Anzeigen waren mit einer Chiffre, die frommen Traktätchen aber so recht schlicht und familiär mit „Bruder Fabian" unterzeichnet.

Er hatte die unverdiente Genugtuung, daß unter den vielen, die sich in diesem Institut ihre oft höchst ergötzlichen Träume deuten ließen, auch Frau Quiebus sich befand, der man ja nun wirklich eine verteufelt boshafte Deutung ihres Schicksals und Gemüts geben konnte.

Vater Powenz lobte seinen Sohn Fabian in ausführlicher Rede für seine verdienstvolle Leistung zum Wohl der Familie, aber der schlief schon wieder und hörte weder Gutes noch Schlimmes.

Der faule Fabian pflegte stets in einem leichten Mantel zu schlafen. In seinem Traummantel, so nannte er dies nächtige Zauberkleid, denn aus schlichten Anfängen, einer Art Schlafrock, den seine Mutter ihm aus ein paar hundert bunten Mustern und Restchen zusammengestückelt[1], entwickelte sich ein Gewand mit zarter Seide bestickt, und schließlich, als seine Sekte für ihn ordentlich etwas abwarf, hielt er sich eine ganze Anzahl

[1] Dieses originelle Kleidungsstück befindet sich jetzt in der Trachtensammlung des Powenzmuseums.

davon. Er gab ihnen sogar Kosenamen, wie „Rotgelber Blumian“ oder „Sanfter Träumling“ oder „Weiße Mondin“ oder „Nox Nebulus“, und alle waren übersät mit Bildern, mit Blumen, Gestirnen, Frauen, Tieren, Göttern und Gedichten. Alle waren Geschenke der sogenannten Traumschwestern, der treuen Anhängerinnen seiner wundervollen Lehre vom gottgefälligen Schlaf.

Fabian war übrigens gewissenhaft genug, die Namen jener Gläubigen, für deren Seelenheil er auf Wunsch schlief (sogenannter Fernschlaf), wenigstens auf einen Zettel geschrieben sich unter das Kopfkissen zu legen. Fast glaubte er schließlich selbst daran, daß jenen armen Suchern geholfen werde, von Sorge, Liebesnot vor allem, Krankheit, Schlaflosigkeit, die er, ohne etwas davon zu spüren, angeblich auf sich nahm, er glaubte daran, weil es ihm alltäglich zahlreiche unverlangte Dankesschreiben bewiesen. Fräulein A. W. in Z. (Kontoristin, 41 Jahre alt) schrieb, sie habe dank seines Fernschlafes, den er für sie vollzogen, ihre verlorene Jugend wieder. Eine andere, die schon bei 21 ärztlichen Autoritäten gewesen, bedankte sich für das Gesundschlafen bei langjährigem Magenleiden, ein ehemaliger Oberst von B. für die gleiche Wirkung bei hartnäckiger Ischias[1]. Auch der Glücksschlaf (besonders indiziert bei Liebesangelegenheiten und Kinderlosigkeit) wurde häufig erbeten, trotzdem er naturgemäß ziemlich teuer kam.

Es ist selbstverständlich, daß Fabian die Leute, die, weil sie nicht schlafen können, ihre Mitmenschen meinen früh um fünf Uhr wecken zu müssen, denn nichts

[1] Einige recht hübsche Proben dieser Dankesschreiben finden sich ebenfalls im Powenzmuseum.

Schlafornat
von Fabian Powenz selbst getragen
(Powenzmuseum Saal 5, Vitrine 2)

sei gesünder als früh aufzustehen, aus tiefster Überzeugung verachtete. Seltsam nur, daß er, der große Schnarcher, stets aufs leidenschaftlichste bestritt zu schnarchen. Seine Brüder bewiesen es ihm jedoch, indem sie seinen Schlaf grammophonetisch aufnahmen und ihm vorspielten.

Zweites Kapitel

„Den schönen Künsten"

Der fröhliche Zephirin ist wohl eine der wichtigsten Persönlichkeiten der Familie Powenz. Sein liebenswürdiges Zeichentalent konnte sich prächtig entfalten. Er war der unermüdliche Dekorateur. Mit malerischem Blick begabt, sorgte er stets für einen überzeugenden Hintergrund zu allen Unternehmungen der Powenzleute.

Er trug das Haar wild gelockt, er trug den wehenden Malerschlips aus schwarzer Seide und den breitrandigen Hut, er spielte den Künstler in Wort und Haltung, dazu war er lang und hager, eine flatternde genialische Gestalt, stets wie angeblasen von einem unsichtbar hinter ihm wandelnden Engel.

Er besorgte natürlich auch alle Anstreicherarbeiten im Hause, und gründlich. Aber wehe, wenn ihm von der angerührten Farbe (er bevorzugte Ziegelrot) ein Rest übrigblieb; dann strich er an, was ihm gerade im Wege stand, unbarmherzig, und die Brüder hatten ihre liebe Not mit ihm.

„Ich meine, eure Betten könnten es noch brauchen",

sagte er etwa und strich an zum Schrecken der Familie, bis nichts mehr in seinem Topfe war.

Es ist nicht meines Amtes, Zephirins künstlerisches Werk zu deuten. Ich bin kein Kunsthistoriker. Ich spreche hier als Laie, wenn ich an dieser Stelle kurz auf die urwüchsige Volkstümlichkeit des jungen einheimischen Meisters hinweise, die vor allem seine gemütvollen Genrebilder so liebenswert macht. Die Akkuratesse seiner Malweise bei flottem Strich, die köstliche Süßigkeit seiner Farben verdienen vollstes Lob. Ich maße mir kein Urteil an, aber ich sah nie so ähnliche und dabei doch so ideale Frauenbildnisse wie die von Zephirins Hand. Ein schlagender Beweis seines souveränen Könnens ist auch die stets wachsende Zahl seiner Aufträge. In seiner bescheidenen Art bezeichnet er sich selbst humorvoll als „Kitschmaler“[1]!

[1] Aus mir zur Verfügung gestellten Mitteln des Staates konnte ich, ehe es nach Amerika verkauft wurde, das überaus lebenswahre Werk Zephirins „Bildnis meines Vaters“ noch in letzter Stunde für das Museum sichern. Seine Theorie, der ehemals beliebte Jugendstil sei nach der Form aufsteigenden Zigarettenrauchs entstanden, ist umstritten.

Drittes Kapitel

Oder Schritte zu Häupten

Man kann nicht immer arbeiten.

Eines Tages hieß es nun, und das erregte allgemeines Aufsehen, die drei Fräuleins hätten gegenwärtig lieben Besuch. Wirklich wohnte ein junges Mädchen bei ihnen, die feurige Jakobine Haas, eine Rheinländerin. Niemand hatte sie noch gesehen, auch Jadup nicht, denn die tückischen Alten bewachten sie streng.

Von nun an schliefen die großen Powenzbuben, Kaspar vor allem, sehr unruhig, stöhnten und weinten sogar im Schlaf. Denn Jakobine bewohnte das Zimmer zu ihren Häupten, und sie hörten es, wie der Jungfrau Schritte anmutig über sie hingingen, sie hörten es, wenn sie sich wusch, wenn sie schlafen ging und ihre Bettstatt knarrte.

Violand verfaßte ein Sonett an die unsichtbare Geliebte, Fabian träumte deutlich von ihr und rühmte ihre Anmut und Zärtlichkeit, die sanft sei wie eines Falters Flügelschlag, er beschrieb umständlich und poetisch ihre Augen sowie die Farbe, Größe, Form und Kraft ihres Mundes und daß, o seltsam, ihre Glieder braun seien, ihr Leib aber weiß wie..., er wußte es nicht zu sagen, wie weiß. Sogar Heinrich machte große Augen.

Einst, kurz nach Mitternacht, erhob sich Kaspar von seinem Bett und stieg, wie er war, an der Dachrinne empor.

Das Mädchen oben erwachte und erschrak sehr, als er so zu ihr kam, aber sie wußte mancherlei Schönes von ihm vom Hörensagen und hatte ihn auch schon gesehen.

(Foto »Helios«)

Lilith Quiebus, geb. Powenz
Dr. Edwin Quiebus
als Neuvermählte

Sie sagte zornig, er solle augenblicklich gehen, sofort, aber sie flüsterte es und lauschte besorgt, ob die Alten auch nichts gehört. –

Sie hatten es und schworen dem frechen Liebesräuber entsetzliche Rache.

Viertes Kapitel[1]

Es muß nun aber doch auch gesagt werden, auf welch furchtbare Weise die drei Fräuleins an Kaspar ihr Mütchen kühlten. Sie lauerten ihm auf, bis er ahnungslos wieder zu Jakobine emporstieg. Das arme Mädchen hatten die hinterlistigen Alten ins Kabinettchen gesperrt.

Kaspar aber, der nackend ins dunkle Zimmer sprang, ward, ehe er sich's versah, wirbelnd mit einem Wäscheseil umschnürt. Ob er auch fluchte und um sich schlug, die Alten bewältigten ihn und warfen ihn aufs Bett.

„Hab ich dich, mein süßes Täubchen, kommst du endlich, anmutiger Knabe", höhnte die Uralte und küßte ihn zärtlich mit bitterem Mund.

Oh, wie sie sich an ihn schmiegten und ihn umschmeichelten, mit spitzen, kalten Nasen an ihn stießen, mit künstlichen Zähnen bissen! Seine Natur erschrak so, daß er von Stund an ein halbes Jahr nicht mehr zu lieben vermochte. Denn die Alten schlugen ihn mit Brennnesseln und sündigten auf ganz abscheuliche Weise an ihm. Er aber wünschte, lieber augenblicklich zu sterben, als länger unter so teuflischer Belustigung zu leiden.

[1] Das hier folgende Kapitel habe ich auf vielseitigen Wunsch weggelassen.

Namentlich Babette, die jüngste Greisin, die noch immer hoffte und neckisch wie ein Backfisch sich kleidete, mit viel rosa Schleifchen, gehabte sich ganz unausstehlich in schmachtendem Getue und Gekichere. Sie kniff ihn in die Wange, koste, schäkerte, nannte ihn Schatz und Schnucki, bis Kaspar endlich sich gewaltig ermannte und unter seinem Zorn alle Stricke rissen. Aufsprang er vom unfreiwilligen Lotterbett, und die runzligen Liebchen, die kreischend flohen, mit den zerrissenen Seilen schlagend, entrann er durchs Fenster endlich.

Tagelang weinte Jakobine um ihn, der nicht wiederkam.

Fünftes Kapitel

Bei dem sich die Feder sträubt

Es darf, wenn ich ein wahrheitsgetreues Bild der Sippe Powenz geben will, nicht verschwiegen werden, was der grausame Jadup Schlimmes beging, kurz ehe ihn Eros' Pfeil selbst traf.

Ich kenne niemanden, der sozusagen von der Straße weg so oft zu Autotouren, Landaufenthalten, Reisen eingeladen wurde wie der zauberische Jadup.

Eine höchst achtbare gräfliche Familie, bestehend aus Vater, Mutter, Tochter und Sohn, verliebte sich in toto in unsern Jadup und lud ihn liebenswürdigerweise ein, mit ihr zu reisen.

Der Herr Graf kleidete ihn, die Frau Gräfin weinte mit ihm, die Komtesse liebte ihn, und der kleine Graf Johann vergötterte ihn.

Man mag über die seltsamen Verzauberungen der Liebe und ihre absonderlichen Verirrungen denken, wie man will, dennoch ist meines Erachtens Jadups Verhalten in dieser Angelegenheit strengstens zu verurteilen. Denn er besaß doch die Schamlosigkeit, die ganze schwärmerische Familie zu später Nachtzeit einzeln auf sein Zimmer zu bitten, um sie dann mit einem Knalleffekt einander gegenüberzustellen. Die peinlich berührte Familie jedoch verzieh sich gegenseitig ihre Irrung und stieß gemeinsam den Verruchten aus dem Haus.

Solcher Hohn und Spott, den Jadup mit den immer wieder so unglücklich in ihn Verliebten trieb, ärgerte schließlich den Liebesgott. Wie, wenn dieser den herzlosen Jungen blendete, daß er nun selbst plötzlich in Liebestollheit verfalle? Wie, wenn ihn die beleidigte Gottheit etwa damit bestrafte, daß er, der alle zum Narren hatte und ein frevelhaftes Spiel mit anderer Leidenschaft getrieben, ohne je Herzklopfen dabei zu haben, nun selbst alle Qualen der Liebe leiden müsse?

Ich habe schon zu Eingang dieser Betrachtung darauf angespielt, daß irdische Gewalten offenbar nicht mehr ausreichten, um diesen Heiden zu zähmen und, so scheint es mir nicht unschicklich, mich auszudrücken, daß jener geheimnisvolle und schreckliche Jüngling, der eines Tages gewiß nicht aus Zufall auf der idyllischen Lichtung im Pulverwäldchen bei Kyps mit einem großen gelben Freiballon landete, der Gott Eros in eigener Person gewesen sei.

Ich sage Gott, denn er kam von oben.

Er schwebte plötzlich aus heiterem Himmel herab in einem geflochtenen Korbe und fast wie in einem Ridikül von einem Monde oder Ball getragen. Er landete so inmitten der Blümlein und Halme, während die entleerte Hülle sanft gebläht, fast anmutig, hinsank ins Gras, wie das Kleid einer schönen Frau.

Jadup, auch das muß zu denken geben, war mit seinem Fahrrad als erster zur Stelle. Er kam gerade in dem Augenblick, als der fremde Gott dem Korbe entstieg.

Meine Annahme, daß der Ankömmlung nichts anderes im Sinne hatte, als Jadup zu züchtigen, ist natürlich rein hypothetisch. Aber auch Baltus Powenz war der Meinung, daß der schöne Fremdling aus Berlin seinen Sohn Jadup insgeheim verhext haben müsse. Im übrigen aber hielt er ihn nicht für jenen zu Unrecht in Vergessenheit geratenen antiken Gott, sondern für einen ganz gemeinen Schwindler oder Hochstapler.

Tatsache ist, daß dieser Mensch bald darauf den Jungen, der ihm von heut auf morgen in einer geradezu hündischen Liebe anhing, im Freiballon mit sich nahm. Himmelan, wie von einem Mond getragen, entschwebte Jadup aus Mössel mit seinem Abgott.

Die Familie Powenz, die sonst nicht eben prüde war, mißbilligte diese gänzlich unrentable Tollheit Jadups und belegte ihn mit allerlei häßlichen Namen, die ich hier schicklich übergehe.

Des Gottes Strafe aber war furchtbar: In dem Augenblick nämlich, da Jadup selbst liebte, verlor er an Zauber für die andern.

Als ich ihn zuletzt sah, ging er schmerzhaft lächelnd durch die heißen Straßen Berlins mit Kieselsteinen in den Schuhen, womit ihn, wie er es einst andern getan, jetzt zum Zeitvertreib sein Herr drangsalierte.

Er ist übrigens ein recht beliebter Verwandlungskünstler und Vogelstimmenimitator geworden, soll aber stets unglücklich verliebt, maßlos sentimental und entsetzlich eifersüchtig sein. Schade um ihn, bei solchen Gaben!

Dies also war Jadups Schicksal; wie aber erging es Lilith?

Man muß festhalten, daß Lilith eine Zauberin war, wenn man den mannigfaltigen Gerüchten[1] Glauben schenken darf, die noch heute über sie im Umlauf sind. Sie hatte einen sehr schlimmen Ruf, nicht nur, daß viele junge Herrchen in Mössel ihre süßeste Gunst erfahren zu haben sich nur allzu dreist rühmten (ganz mit Unrecht übrigens, wie ich im folgenden nachweisen kann), nicht nur, daß man ihr nachsagte, sie betöre die ehrwürdigsten Silbergreise, oh, es hieß allgemein, sie lebe von der Liebe, sie sei käuflich!

Der Verdacht, Lilith Powenz empfange sehr häufig abends den Besuch junger Herren, hatte leider seine Berechtigung, und ich muß gestehen, daß mir diese Tatsache immer höchst zuwider war, besonders weil diese Herren durchaus nicht nach meinem Geschmack waren.

„Ich begreife dich ganz und gar nicht, Lilith“, sagte ich rügend zu ihr, denn das Du war fast die weitestgehende Gunst, die sie mir verstattete, „ich versteh dich wirklich nicht; gestern ließest du mich abweisen, weil dieser abscheuliche Dr. Gilpin mit dir den Abend verbringe, dieser ekelhafte Kerl.“

„Gemach“, sagte Lilith und sah mich mit abgefeimtem Vergnügen an, „was weißt denn du? Im Vertrauen: ich kann weder diesen noch all die andern ausstehen, die

[1] Das Mösseler Klima ist in der ganzen Welt bekannt durch seine Neigung zur Mythosbildung.

da zu mir kommen. Verlaß dich darauf, ich liebe keinen von ihnen. Da wollte ich noch eher dich lieben, meinen Autor. Doch wenn ich dir die Wahrheit sagen würde, du Narr, du würdest es mir ja doch nicht glauben, und nun geh, denn heute kommt (sie sah rasch in einem Büchlein nach), heute kommt Herr Glücklein zu mir."

Oh, dieser Glücklein, Besitzer einer Autoreparaturwerkstätte, reich und niederträchtig, nun also kam auch der!

Alle diese Halunken verbrachten den Abend in Liliths seltsamem Zimmer.

Dieses Zimmer war von einer, man kann schon beinahe sagen genialen Geschmacklosigkeit. Wie ich jedoch erst später erfuhr, war es das beabsichtigte Ergebnis vieler heiterer Abende, es war von Fabian erdacht und in Gemeinschaft mit dem Hauskünstler Zephirin ausgeführt. Es gab darin jene verstaubten „Arrangements" von Pfauenfedern, Judenkirsche und Strohblumen hinter prunkvollem Spiegel, darin überdies eine köstliche Sammlung überaus sentimentaler und unpassender Ansichtskarten steckte. Ein weiblicher Akt mit Vesuvbeleuchtung schmückte die Längswand über dem himmelblauen Bett, zu dessen Häupten sich jener kleine Raffaelsche Engel befand, der sein sinnendes Haupt ins Händchen stützt. Schrecklich war der Toilettentisch, auf dem eine Anzahl widerlicher und billiger Parfüms prangte. Fächer steckten hinter Photographien höchst zweifelhafter Lebemänner in Muschelrahmen. Ich erfuhr erst später, daß diese Bilder Violand nicht ohne einige Mühe von Mösseler Kunstphotographen erworben hatte, damit der zweifelhafte Stil des Boudoirs vollkommen sei. Auch eine Gitarre mit vielen Bändern, ein großer bastumflochtener Fiasco aus Italien fehlten nicht, sowie ein paar Modepuppen zwischen den schreiend bunten Kissen des Diwans. Natürlich war die abendliche Beleuchtung von einer unerträglichen Süßigkeit.

Auf dem Tische aber, an dem für zwei Personen mit protzigem Geschirr gedeckt war, stand eine schlichte Sparbüchse aus Blech in Form eines Hauses, ähnlich jenen Kirchenbausammelbüchsen, die man früher zuweilen in Gasthäusern sah.

Erst vor kurzem jedoch entdeckte ich, was Lilith eigentlich für eine Teufelin war, wenn auch eine mit mildernden Umständen. Ich gebe das Folgende unter Vorbehalt wieder und lediglich aus dem Grunde, alles, was zur Beleuchtung der Charaktere in dieser Geschichte beitragen kann, zu überliefern. Damit will ich jedoch keineswegs die Handlungsweise dieses seltsamen Mädchens beschönigen oder gar gutheißen.

Lilith Powenz kannte von ihrem Vater ein Tränklein von, wie sie behauptet, harmloser Zusammensetzung, aber rascher und sicherer Wirkung. Dieses Zaubermittel soll nach ihren Worten im höchsten Maße beruhigend auf die Sinne wirken. Angeblich hatte es Baltus Powenz von einem griechischen Mönch, und er sagte mir selbst, daß er es mehrfach erfolgreich bei unerwünschten Nebenbuhlern angewendet habe. Denn diese Arznei, so erklärte er mir, stille für viele Stunden völlig alle Liebesgelüste.

Es ist klar, daß ein teuflisches Herz dazu gehören muß, um ahnungslosen Liebenden dieses Mittel in die Speisen zu mischen und so ihnen einzuverleiben, noch mehr, die Liebestollen dann in ohnmächtiger Scham und Schwäche leiden zu sehen.

Jadup, der natürlich auch hiervon wußte, behauptet, seine Schwester habe in niederträchtiger Verstellung heimlich sich an ihrer Opfer Kraftlosigkeit geweidet, sie teils mit sanften Worten tröstend, bemitleidend, aber auch sie hänselnd, indem sie die Verachtete spielte und sehr verletzt tat. Da sie aber das Zaubermittel dem Wein oder Essen beigemengt hatte, bekam sie auch selbst davon ab[1]. Dieses gefährliche Treiben, das, juristisch gesprochen, eigentlich unter Körperverletzung fällt, läßt sich allenfalls nur durch den freilich überaus stark ausgeprägten Familienpatriotismus dieses Mädchens erklären, wenn nicht entschuldigen. Diese Eigenschaft, die der in Wortprägungen oft recht glückliche Edwin Quiebus einmal sehr richtig als „extremen Powenzialismus" bezeichnete, hatten ja alle Powenze mitbekommen, niemand aber in so leidenschaftlicher Form wie Lilith[2].

Auch sie ereilte ihr Schicksal.

Der feindliche Edwin Quiebus nämlich, den sie, streitend zwischen Haß und Liebe, seit sie ihn damals blutig gebissen, nie vergaß, kam eines Abends überraschend zu ihr, einen Bekannten, der sich angesagt, zu entschuldigen.

[1] Das Mittel ist, soviel ich weiß, nicht in der Pharmakopöe aufgenommen, noch in Gehes Kodex zu finden; seine Zusammensetzung ist noch nicht sicher, angeblich wurden Kampfer und Natrium carbonatum mit Sicherheit nachgewiesen. Über seine Wirkung sind die Ansichten der Wissenschaft geteilt. Nach dem Gutachten des bekannten Forschers Professor Dr. Schlegelmilch ist es nicht nur unwirksam, sondern sogar schädlich. Geheimrat Abeking (Berlin) meint, es rufe geradezu das Gegenteil hervor, während der Direktor des Instituts für Volksmedizin und Zauberei, Geheimer Regierungsrat Ofele (Heidelberg), nach seiner Anwendung hin und wieder mehr oder minder deutliche Erfolge gesehen haben will.

[2] Die boshafte Frage: Du hast wohl mit Lilith gespeist? wurde in Mössel geflügeltes Wort.

Sie lud ihn ein, zu bleiben, mit allerlei schamlosem Getue und abscheulichem Komödienspiel. Er blieb traurigen Herzens, doch süßen Schauders voll und setzte sich zu Tisch. Aber als er von den Speisen nehmen wollte, fiel es Lilith ein, und sie stieß den Tisch um, daß Teller und Schüsseln zerbrachen. Und zornig redend erst, dann höchst leidenschaftlich, rührend endlich, verriet sie sich dem zarten Manne, und ungläubig glücklich hörte er ihr Herz.

So kam es, daß sich feindliches Blut mischte. Doch durfte es vorerst niemand wissen.

Später aber führte, dies sei hier schon angemerkt, diese heimliche Verbindung zum dauernden Frieden auch zwischen Baltus Powenz und Thusnelda Quiebus.

Böse Zungen behaupten sogar, man habe den unwiderstehlichen Alten mit der riesenhaften Quiebus kosend angetroffen.

Das war, wie ich bestimmt versichern kann, nicht der Fall. Im Gegenteil, erst nach vielen Ohnmachten und Zornausbrüchen ließ sich die alte Feindin herbei, ihren zarten gelehrten Sohn der wilden Lilith preiszugeben.

Sechstes Kapitel

Wird zur Nachahmung empfohlen

Baltus Powenz war ja, wenn man so sagen will, eine Art Kriegsgewinnler. Er hatte zum ersten Male, seit er wußte, keine Schulden. Er besaß sogar ein kleines Kapital, und zwar in Schweizer Franken und Dollars, das er nun während der jetzt einsetzenden Markentwertung durch mancherlei geschickte Transaktionen noch vermehrte.

Eine gewisse Anrüchigkeit, so pflegte er zu sagen, bedeutet in trüben Zeiten einen nicht zu unterschätzenden Kredit. Man traut uns zu, daß wir schmutzige Gewinne machen, und macht mit uns Geschäfte.

So kam es, daß in jenen Zeiten des Pfennigmilliardärtums sogar angesehene Bürger bei Nacht, zum Teil bis zur Unkenntlichkeit vermummt, Herrn Powenz aufsuchten, der sie stets gut bediente und nach Abschluß des Geschäftes zu den Unbekannten unter breitem Grinsen sagte: „Recht gute Nacht, Herr Direktor" oder „Wünsche angenehme Ruhe, Herr Rechtsrat" oder „Auf Wiedersehen, Herr Baurat".

Unser Fabian mußte damals entsetzlich rechnen, stets aber saß einer der Brüder neben ihm, kitzelte ihn, zwickte ihn und beschimpfte ihn, damit er nur wachbleibe. Denn jetzt kam es auf Fixigkeit im Umrechnen an.

Auch blieb die tiefverschleierte Riesendame nicht aus, unter deren Tritten das Zimmer erdröhnte und die, von einer Zofe begleitet, mit verstellter Stimme ihre Wünsche nach Valuta äußerte. Ihr aber rief Powenz mit tiefer Verbeugung nach: „Habe die Ehre, recht gute Nacht zu wünschen, Frau Quiebus."

„Weh mir, er hat mich erkannt", hörte er sie dann noch zu der Zofe sagen.

Ein großes Darlehen vom Staat als Bauzuschuß, dank guter Beziehungen rasch in Devisen umgewandelt und später mit ein paar Pfennigen zurückbezahlt, wie das in jener Zeit bekanntlich öfters geschah, bildete den Grundstock von Powenz' Baukapital, zu dem aber noch der Gewinn einer beinahe verbrecherisch geschickt eingeleiteten Unternehmung kam, die wiederum auf einem Einfall Bruder Fabians, des Erzsiebenschläfers, beruhte.

Siebentes Kapitel

Nicht minder

Auch die Gemeinde Mössel an der Maar hatte eines Tages, um dem herrschenden Bargeldmangel abzuhelfen, gegen Ende des Krieges nach dem Vorbild anderer Städte künstlerisch wertvolles Notgeld herausgegeben, kleine Scheine zu fünfundzwanzig und fünfzig Pfennigen, nach Entwürfen eines Münchener Künstlers, eine Freude für jeden Sammler.

Auf dem einen Schein war in altertümlichem Stil die Ansicht der Stadt Mössel von Süden getreulich abgebildet, mit der Maar (als marus flumen bezeichnet) und allerlei Schiffen darauf. Die Eisenbahn war darauf zu sehen, und über allem schwebte zwischen den Wolken ein Freiballon mit Fähnchen geziert. Der andere Geldschein zeigte das Denkmal der Königin Luise (von Bernauer) und ein kühnes Bildnis des Bürgermeisters Dattel, dessen Unterschrift unter den Garanten durch ihre kindliche Lesbarkeit angenehm auffiel.

Dieses Stadtgeld nun, aus einer glücklicheren Valuta stammend, war nun natürlich längst völlig entwertet, und es gab witzige Köpfe, die behaupteten, damit ihre Zimmer billig tapezieren zu wollen. Tatsächlich kam es so weit, daß die Stadt einen ganzen Ballen dieser Papierchen als Altpapier verkaufte, und Powenz erwarb diesen Ballen auf Fabians Rat „um ein Butterbrot".

Kurz nach der Stabilisierung der Mark erschienen plötzlich geschickt verfaßte Annoncen im Mösseler Kurier und im Tageblatt, scheinbar von verschiedenen Verfassern, des Inhalts, daß Inserent jede Menge von Mösseler Stadtscheinen, Ausgabe A braun und blau, aufkaufe und gut bezahle.

Die Mösseler sind nicht dumm, sie haben norddeutschen Einschlag und denken fein. Sie haben das, was man, um einen jagdlichen Ausdruck zu gebrauchen, als eine gute Nase zu bezeichnen pflegt[1].

„Aha!" sagten sich die Schlauen, und die Powenz hörten es mit ihren eigenen Ohren. „Hoppla, weht so der Wind!"

Und schon flüsterte man von Aufwertung, man wisperte von heimlichem Aufkauf durch die Stadträte, die sich nur hinter Strohmännern verschanzten, um auf diese Weise sich zu bereichern, wenn einmal die amtliche Verfügung herauskam.

„Was diese hohen Herren können", Powenz raunte es überall herum, „das können wir armen Schlucker, sollte ich meinen, doch auch. Mitbürger, ich behalte meine Braunen, ha! Aufwertung! Ihr versteht!"

Bald aber „zwang ihn doch die Not", von seinem „leider nur geringen Vorrat" einiges, noch dazu zum „halben Preise", also verlockend billig, abzugeben. Man half ihm rasch davon.

Die eigentliche Hausse setzte jedoch erst ein, als der Bürgermeister in einer amtlichen Bekanntmachung die

[1] Vom Vorstehhund genommen.

ganz unverantwortlichen Gerüchte von einer angeblichen Aufwertung des Stadtnotgeldes voll und ganz in das Reich der Fabel verwies. Die Stadt denke ja gar nicht daran, und es bestehe auch keinerlei gesetzliche Verpflichtung oder Handhabe derselben.

Gab es noch einen besseren Beweis, daß da etwas nicht stimmte? Holla! Schau mir diese Schlaumeier an, ei, ei, nun, wir werden euch schon die Dukaten aus den Nasenlöchern zaubern!

Die ganze Powenzbande war in Betrieb wie noch nie, sie kauften die Scheine wieder zurück und verkauften sie wieder mit Gewinn. Dann inszenierten sie jene gewaltige Protestkundgebung der Mösseler Bürgerschaft gegen den „behördlichen Wucher“ mit der flammenden Entschließung, daß die Einwohnerschaft Mössels nicht ruhen noch rasten werde, bis ihrer nur allzu berechtigten Forderung nach Aufwertung der städtischen Notgeldscheine Ausgabe A (braun und blau) tunlichst sofort in vollem Umfange nachgegeben werde. Der Einberufer: Knust. An diesem denkwürdigen Tage wurden Fünfzigpfennigscheine bis zu zwei Mark gehandelt[1].

Bis auf etwa ein Dutzend besonders gut erhaltener Stücke zu Sammlerzwecken und vielleicht schon mit Hinblick auf das künftige Powenzsche Familienmuseum stieß nun Baltus seine ganzen Bestände ab und blies, so drückte er sich militärisch aus, „das Ganze halt!“

Die Tollheit, den Schein der Wirklichkeit vorzuziehen, war wie eine Heimsuchung über die verblendeten Mösseler gekommen.

[1] Historisch! Es kann sich hier nur um eine akute Inflationspsychose gehandelt haben.

Blick in Saal II des Powenz-Museums
in Mössel a. d. Maar

Es ist verbürgt, daß ehrsame Schuster, Schneider und Zuckerbäcker das während des Krieges noch eigensüchtig zurückbehaltene letzte bißchen Gold jetzt darangaben für wertlose Papierfetzen, und mancher bisher wohlbehüteten Jungfrau Tugend kam in diesen Tagen ins Wanken für ein paar braune Scheine!

Es war wirklich gut, daß nach dem furchtbaren Erwachen niemand ahnte, wer die eigentlichen Urheber waren.

Hervorragenden Anteil an dem guten Gelingen des Unternehmens hatte übrigens neben Bruder Fabian vor allem auch der stumme Violand, der die zündenden Aufrufe und die aufreizenden Flugblätter verfaßte: sowohl die für, als auch die gegen die Aufwertung. Ein wahrer Küchenmeister der öffentlichen Meinung fürwahr, die glühte, wallte, sprudelte und sich abkühlte, wie es der Augenblick forderte!

Indessen taten die Powenze gut daran, trotz des vielen Geldes ohne Aufwand, schlecht und recht zwischen ihren vier Wänden weiterzuleben, ziemlich beengt freilich durch die schon nach Tausenden zählenden Backsteine, die, wohlgeschichtet, bereits eineinhalb Zimmer völlig ausfüllten, immer noch eigenhändig gesammelt und fortlaufend numeriert von Vater Powenz.

Niemand ahnte noch seinen Wohlstand. Verschwiegenheit und eine wahre Engelsgeduld schienen ihm die besten Mittel, die Früchte reifen zu lassen.

Achtes Kapitel

Darin sich der Onkel aus Amerika bemerkbar macht

Zu einer Zeit, da der ewig wandernde Onkel Melchior sich wieder einmal in Amerika aufhielt, als noch immer unermüdlicher Pflanzer schwarzer, gelber und weißer Powenze, geschah es, daß Herr Powenz eines Tages höflichst aufs Rathaus gebeten wurde zur Entgegennahme einer, wie es hieß, überaus wichtigen und folgenschweren Nachricht. Obwohl Mutter Sabine unter Tränen den Gatten beschwor, nicht hinzugehen – denn sie fürchtete, man werde ihn am Ende dort behalten –, machte sich Baltus, fast bis zur Unkenntlichkeit rasiert und gewaschen, entschlossenen Schrittes auf. Herr Oberbürgermeister Dattel, bereits ein wenig schief geworden durch langjähriges Sichhindurchschlängeln und Krümmen im Kampf der Meinungen, ließ es sich, wie er sagte, nicht nehmen, Herrn Powenz persönlich die einesteils freilich betrübliche, andernteils aber auch sehr erfreuliche Mitteilung zu machen, daß nämlich ein Verwandter gleichen Namens drüben in Amerika das Zeitliche gesegnet habe, nicht ohne sein gesamtes Vermögen ohne Vorbehalt den lieben Anverwandten in Mössel vermacht zu haben, sofern solche noch am Leben seien. „Gegeben zu New Eastcheap (Kalifornien)“, schloß Dattel, „amtlich gestempelt, ich gratuliere verbindlich.“ Powenz quittierte seine Worte mit stolzer Gelassenheit.

Es war zwar nur eine Art Vorbescheid und auch nicht die Höhe der vermutlich aber märchenhaften Summe angegeben, noch ging daraus hervor, wie es um dieses New Eastcheap eigentlich bestellt war (in Wahrheit ein kleines Goldsuchernest, aus Wellblech und Konservenbüchsen gebaut, dessen in der Nähe besehen höchst zweifelhafter Amtsvorsteher mit Onkel Melchior dick befreundet gewesen war), gleichviel, es hieß noch selbigen Tages in Mössel, dieser unverschämte Glückspilz von einem Powenz sei tatsächlich über Nacht Dollarmillionär geworden!

Wie freute das die lieben Mösseler!

„Da, nun haben wir's“, rief die Quiebus aus, als sie das schier Unglaubliche hörte. „Nun, so Gott will, wird's nicht lange dauern, solche Leute wissen ja doch nicht mit Geld umzugehen.“

Baltus Powenz dankte in einem boshaften Eingesandt für überaus zahlreiche Freundschaftsbeweise, die ihm zu seiner freudigen Überraschung aus Anlaß eines kleinen Vermögenszuwachses zuteil geworden seien. Außerstande, die zu Hunderten eingelaufenen Bittgesuche erfüllen zu können, sehe er sich vielmehr gezwungen, öffentlich mitzuteilen, wie wertvoll diese Fingerzeige für eine mildtätige Verwendung seines nach langjähriger Not doch nun wohlverdienten Geldes seien. Doch habe er zunächst seiner neuen Heimat gegenüber weit dringendere Verpflichtungen.

So, nun geht er nach Amerika, hieß es jetzt allgemein, er verläßt Mössel, sein Vermögen wandert aus, denn nicht anders konnte man Powenz' Worte deuten.

Alsbald machte die Kaufmannschaft eine Eingabe, worin sie in blumenreicher Sprache auf die verzweifelte Finanzlage Mössels hinwies und behauptete, daß die Unduldsamkeit der städtischen Behörden die unaufhaltsame Kapitalabwanderung begünstige. Schleunigste Abhilfe sei das Gebot der Stunde. Denn die Kaufkraft des

Publikums sei der goldene Boden des Gemeinwohls einer Stadt!

Heftige Angriffe richteten sich vor allem gegen Knippfel und Gockeley, deren Kurzsichtigkeit und Dünkel Mössel entvölkere und zugrunde richte, denn man erinnerte sich jetzt wohl der schweren Kränkung, die in der Ablehnung des Powenzschen Baugesuches gelegen hatte.

Es blieb dem armen Oberbürgermeister nun schon gar nichts mehr anderes übrig, als den plötzlich so wertvollen Mitbürger im Namen der Gesamteinwohnerschaft Mössels persönlich zu bitten, dazubleiben. Man müsse sich immer auf den Boden der Tatsachen stellen, erklärte er. Im übrigen seien die Powenze im Grunde ganz prächtige Leutchen, große Kinder, Naturkinder seien es. Eine Deputation begab sich zum Elefantenhaus.

„Bleiben Sie im Lande, mein verehrter, lieber Herr Powenz", rief Dattel am Schlusse seiner Ansprache herzlich aus, „bleiben Sie in Mössel, unterernähren Sie sich redlich!"

Er bringe die Genehmigung des seinerzeit durch ein unliebsames Versehen leider abschlägig beschiedenen Baugesuches und als Geschenk der Stadt, als kleine Wiedergutmachung sozusagen (mit launigem Humor sagte es Dattel) jenen Bauplatz, Frau Quiebus gegenüber.

Powenz, wie stets in seinem feierlichen Schoßrock, aber ohne Kragen auch jetzt, das beinerne, etwas fettige Kragenknöpflein unter dem Adamsapfel, betupfte nun mit einem roten Taschentuch seine natürlich gänzlich ungerührten Augen, nahm mit tränenerstickter Stimme dankend die Spende entgegen und trank auf das Wohl der Stadt. Nachdem er noch voll berechtigten Stolzes den in seinem Heim so seltenen Gästen seine Backsteine gezeigt, verließen diese voller Zuversicht das Haus. Für den geschenkten Bauplatz hatte Powenz bereits einen kapitalkräftigen Käufer an der Hand.

Neuntes Kapitel

Beginnt mit Nun und endet mit einem Punkt

Nun, Powenz ging nicht nach Amerika. Es hatte aber vor nicht allzu langer Zeit die Stadt Mössel die kleine idyllische Bade-Insel (im Volksmund „Powenzinsel"), wie der Stadtrat meinte, außerordentlich vorteilhaft an die kleine Nachbargemeinde Kyps verkauft, nebst dem angrenzenden, sogenannten Pulverwäldchen, auch Paradeis geheißen, wohl die anekdotenreichste Gegend der Umgebung. Denn es war ein fruchtbarer Liebesgarten, reich an Erd-, Schwarz-, Preisel- und Brombeeren, landschaftlich reizvoll und ein Besuch desselben sogar nach Baedeker lohnend.

Dieses märchenhafte Gebiet, jetzt Kypser Grund und Boden, handelte Powenz gegen den geschenkten Bauplatz ein, jenes „bezaubernde Fleckchen Erde"[1] also, der Stadt gerade vor der Nase gelegen, jedoch, was die Gemeindesteuer betraf, leider nicht mehr dazugehörig.

[1] So bezeichnet es treffend der heimatliche Historiograph Knust in seiner tiefschürfenden Beschreibung von Mössel und Umgebung. Selbstverlag. Gebunden 1,50 Mark.

Dort am Rande des Waldes, der historischen silbergrauen Badeanstalt gegenüber, dort gedachte Baltus Powenz endlich „Wurzeln zu schlagen".

Zunächst wurde die erstaunte Bevölkerung durch ein großes, sauber gemaltes Schild darauf aufmerksam gemacht, daß es sich hier um den Neubau des Einfamilienhauses Powenz handle, daß für Entwurf, Bauausführung und Bauleitung ebenfalls Baltus Powenz zeichne und daß Nichtbeschäftigten das Betreten des Bauplatzes strengstens verboten sei. Allzu Neugierige vertrieb Jubal, jetzt ein frecher kleiner Bursche, indem er mit einer Sammelbüchse umherging, deren Ertrag angeblich für den geplanten Andachtsraum der Siebenschläfer bestimmt sein sollte.

Die Anteilnahme der Bevölkerung an dem Entstehen des Powenzhauses war über Erwarten rege; es gab eigentlich immer Zuschauer, und die Powenz ließen sie sich wohlgefallen.

Dem Aushub des Kellergeschosses (denn es war natürlich ein geräumiger Weinkeller vorgesehen) blieb Heinrich fern.

„Es schmerzt mich, oh", sagte er finster, „ihr wißt es, Brüder, diese willkürliche Verwundung der Erde und –"

Er konnte es nun einmal nicht mit ansehen und wäre sicher beständig im Wege gewesen, hier einen Mistkäfer, dort einen Engerling rettend, oder bemüht, einen entzweigeschnittenen Regenwurm zu verbinden und den Verletzten zum Versuch der Heilung in sein seltsames Tierlazarett zu bringen, wo bereits manch arme Schnekke mit beschädigtem Haus, manche halberfrorene Hummel, mancher geprellte Frosch unter des sanften Mannes Pflege genas. Ein Spatz freilich, den er gerettet, ward ihm von einem ebenfalls gesund gepflegten Kätzchen leider aufgefressen.

Es war aber wirklich eine Lust, anzusehen, wie die anderen Powenze schafften, mit silberblanken Schaufeln die schwere Erde aufwerfend oder den rostgelben Sand. Sie bräunten dabei herrlich, und eine Aura von Sonne und dampfender Haut umgab sie. Mutter Sabine und Lilith aber brachten das Essen zu.

Schon nach den ersten Spatenstichen sprang ihnen eine starke Quelle entgegen, wie ein Gruß der Erde. Sie hatten damit ihre eigene Wasserleitung. Am zweiten Tage aber stießen die fleißigen Familienmaurer unerwartet auf zwei rostige Helme und zwei Brustpanzer, offenbar aus dem Dreißigjährigen Krieg stammend. Als die glücklichen Finder die Rüstung aufhoben, klapperten darin die Gebeine der seligen Reiter, die, seinerzeit vermutlich bei einem Scharmützel erschossen, man hier brüderlich verscharrt hatte[1]. Eine Silbermünze mit dem Bildnis Kaiser Ferdinands, die sich bei dieser Gelegenheit fand, wurde nebst zur Zeit gangbarem Geld, je einer Zeitung aller Parteirichtungen (was freilich eine ziemliche Menge bedeutete!), dem gegenwärtigen Stadtplan und einer kurzen Entstehungsgeschichte des Powenzbaues (kurz Powenzei genannt) in einer wohlverlöteten Zinkdose bei der feierlichen Grundsteinlegung eingemauert.

Indessen war der Grund noch nicht völlig ausgehoben, als das verheißungsvolle Testament eintraf, und Bürgermeister Dattel in Begleitung des rechtskundigen

[1] Jetzt im Powenzmuseum; es handelte sich um Pappenheimer Kürassiere (Knust).

Stadtrats Gockeley sich persönlich in die Wohnung des lieben Powenz bemühte, um, so drückte er sich aus, „zur Eröffnung der letztwilligen Verfügung zu schreiten". Er hatte es nicht unterlassen, „der Frau des Hauses" einen Blumenstrauß mitzubringen. Sabine nahm ihn gerührt entgegen. Es sei, meinte sie, das erstemal in ihrem Leben, daß ihr jemand Blumen brächte.

Nach dem Wortlaut des Testaments war Baltus Powenz als Universalerbe seines auf der Jagd nach dem Mammon in Amerika verschollenen Bruders Melchior eingesetzt, was die jüngeren Powenze durch ein ohrenbetäubendes Indianergeheul beantworteten, das aber sogleich kläglich verstummte, als aus dem in blumenreicher Sprache abgefaßten Schriftstück des weiteren unzweifelhaft hervorging, daß es sich nicht etwa um ein Vermögen, sondern um „Verpflichtungen" handelte. Es waren freilich Millionen, aber es waren Schulden, lauter Schulden.

Es wurde still im Zimmer. Herr Gockeley kicherte. Auch Dattel konnte seine Schadenfreude nicht verbergen, wies aber pflichtgemäß darauf hin, daß Powenz ja die Erbschaft ausschlagen könne, wozu er ihm allerdings dringend rate. Er vermute dessenungeachtet, daß nach diesem überraschenden Ereignis die Familie wohl kaum das Bedürfnis haben werde, fürderhin in Mössels Mauern zu weilen.

Zum ersten Male schien der alte Baltus seine Fassung zu verlieren. Man merkte, es ging ihm nahe. Er war ein gebrochener Mann.

Seine Söhne machten lange Gesichter. Sie ballten die Fäuste. Lilith strich ihm übers Haar.

Nur Fabian, der während der Vorlesung ausnahmsweise nicht geschlafen hatte, blieb gelassen. Lächelnd trat er auf den Vater zu und flüsterte ihm etwas ins Ohr. Und siehe, Baltus' Gesicht klärte sich auf. Er nickte eifrig.

„Ja, wenn wir dich nicht hätten, Fabi“, sagte er und schüttelte ihm die Hand.

„Würden Sie vielleicht die Güte haben“, ließ sich nun Dattel ungeduldig vernehmen, „und Ihrem Bürgermeister antworten? Nun, Powenz, nehmen Sie an oder nicht?“

Baltus erhob sich. Er ging auf wie die Sonne. Und obgleich Sabine bettelte: „Tu's nicht, Powenz, ich flehe dich an!“, obgleich Kaspar die Ärmel aufkrempelte und sich anheischig machte, diese Blindgänger, diese Schießbudenfiguren, mit ihren Gesichtern, die in die Hose gehörten – er meinte die Herren Dattel und Gockeley –, hinauszuschmeißen, obgleich Jadup und Zephirin darauf hinwiesen, sie hätten ja noch den Bauplatz, die Ziegelsteine und ihre Hände zum Arbeiten, erklärte Powenz, daß er unter den obwaltenden Umständen keine andere Möglichkeit sehe, als die Erbschaft – anzunehmen.

Dattel und Gockeley blickten ihn entgeistert an. Er glaube nicht recht zu hören, gatzte der Bürgermeister. Powenz möge vernünftig sein. Er meine es wirklich gut mit ihm. Aber Powenz blieb fest.

„Punktum, Dattel, ich nehme an.“

Er öffnete die Türe, die Herren gingen.

Fabian hatte natürlich recht. Viel Schulden sind auch ein Kapital. Denn die Gläubiger wollten nichts verlieren. Es gelang Powenz sogar, bei ihnen eine Anleihe für seine künftigen Unternehmungen herauszuschlagen.

Anderntags schon fand die Grundsteinlegung statt. Diese Feier, zu der man höflicherweise auch den Mösseler Stadtmagistrat eingeladen (er sagte ebenso höflich ab), lockte viel Volks herbei, so daß sich der gut vorbereitete Bierausschank und Würstelbrater (Frau Powenz, von Jubal unterstützt) recht gut rentierte.

Unter den Anwesenden sah man übrigens erstaunlich viel Powenzgesichter, und wenn sie auch nicht alle jenen stolzen Namen tragen durften, so begrüßte sie der Vater doch mit herzlichen Worten und der Ermahnung, seines Stammes immerdar sich würdig zu zeigen: furchtlos, fröhlich und fruchtbar also.

Die drei Hammerschläge klangen hell durchs Waldrevier, und in spontaner Begeisterung ließ man den gerührten Baltus hochleben. Die Mützen flogen in die Luft, Fabian schlug die Pauke und Jadup die Trommel zu einem lauten Tusch, man hörte es in der ganzen Stadt, jedoch vermutlich mit gemischten Gefühlen. Danach wurde getanzt nach Powenzscher Musik, und als nachts das traditionelle Feuerwerk das schöne Fest beendigte, ward einstimmig beschlossen, es alljährlich auf diesen Tag (19. Juni) zu wiederholen.

Bei der Aufführung der Mauern, wozu mit Hü und Hott auf girlandengeschmückten Wagen die numerierten Backsteine angefahren wurden, zeigte sich Heinrich als recht wenig geschickt. Er konnte sich so lange nicht entschließen, welchen der vielen gleichförmigen Ziegel er zuerst nehmen sollte – sie waren ja alle einander so ähnlich –, und hatte er nach langem Überlegen endlich einen in der Hand, zweifelte er von neuem, legte ihn wieder hin, ergriff einen zweiten und dritten, verwarf ihn wieder, besann sich aber dann und versuchte es nun doch mit dem ersten, schüttelte den Kopf und drehte ihn so und wieder so, unentschieden, ob er ihn nicht doch am Ende besser anders herumlegen müsse, die untere Seite zuoberst oder umgekehrt. Schließlich tat er ihn wieder zu den andern und versuchte, traurig lächelnd, von neuem sein Glück. Auch der heftig mauernde Vater hielt zuweilen mit der Arbeit inne, die Nummer eines Backsteins zu lesen und sich zu erinnern. „So ruht nun Wange an Wange", flüsterte er bewegt, indem er Stein zu Stein fügte.

Nicht alle arbeiteten. Meist machten zwei Musik dazu. So lösten sie einander ab.

Sie hatten übrigens ein Geviert von Kiefern stehen lassen, sie gleich als lebendiges Gerüst zu benutzen. Denn dortzulande sind die Stämme nackt bis oben an die kleinen rauschenden Kronen.

Der Grundriß des Hauses bildete ein Viereck, jenem inzwischen stark verbesserten ersten Plane gemäß, danach Herr Knipfel das Haus als „Schachtel" zu bezeichnen für gut befunden hatte. Und es ist kein Wunder, daß jetzt ein diesbezüglicher Artikel im Mösseler Kurier von der „Verschandelung unserer schönen Heimat durch Nichtswürdige" sprach, mit der versteckten Aufforderung, die kunstliebende Bevölkerung sollte sich so etwas doch nicht gefallen lassen und in letzter Stunde nachdrücklich Einspruch erheben. Der törichte Angriff mißlang kläglich und wurde durch eine ebenso lustige wie anschauliche Gegenüberstellung der Knipfelschen Bauten und deren kunsthistorischer Originalvorbilder in einem angesehenen auswärtigen Blatt glänzend abgeschlagen. Der Aufsatz, von Zephirin verfaßt, sprach ganz offen von Knipfels bekannter Durchpausekunst und Nachahmerei. Er wurde von den jungen Baumeistern begeistert begrüßt.

Knipfel zog sich bald darauf tief gekränkt ins Privatleben zurück.

Zehntes Kapitel

Besonders für Liebhaber von Schwarzbeerkuchen

Das Haus der Powenze wuchs.

Schon konnte man die Räume für Vaters künftiges Laboratorium erkennen, ebenso Zephirins Maleratelier und zu ebener Erde Fabians andächtigen Schlafraum, in dem nach seinem genialen Entwurf von der Lagerstatt aus alles zu erreichen war. In einer erst kürzlich erschienenen Schrift des großen Hypnosophen befinden sich unter anderem aufschlußreiche Abbildungen des Fabianschen Patentbettes sowie des ganzen völlig geräuschlosen Schlafkultraums. Hier wird zum erstenmal die patentierte Einschläferungsmaschine veröffentlicht, mittels der auf elektrischem Wege eine von Fabian erfundene monotone Paukenmusik ertönt. Als Anhang findet sich in dem lesenswerten Schriftchen die ganz vorzüglich zusammengestellte Einschlafbücherei, worunter der Autor neben vielen zeitgenössischen Werken gutmütigerweise auch seine eigenen Schriften anführt. Der Titel des an natürlichen, selbsterprobten Ratschlägen überaus reichen, freilich etwas ermüdenden Buches ist: „Wie schlafe ich rasch und sicher ein?"

Da war auch die Erfinderwerkstatt, wo sie gemeinsam

das Auto bauen wollten, bei dem das lästige Motorengeräusch in liebliche Orgelmusik verwandelt wurde, und weiterhin das Regenschirmflugzeug (zusammenklappbar und bequem unter dem Arm zu tragen), für das Entwürfe bereits vorlagen.

Für Heinrich hatte man mit zartem Verständnis für seinen Charakter im Walde eine kleine Tierabteilung vorgesehen. Dort sollte seine schöne Kuh Madeleine mit den großen Kupferseidenhaarenohren wohnen, sein getreuer Hausrabe und was er sonst an Getier jeweils besaß.

Wie oft habe ich mit inniger Genugtuung zugeschaut, wie Vater Powenz baute! Den bilderreichen Oberkörper entblößt, sein rotes Gesicht vom gewaltigen, fast weißen Bart umwölkt, bot er einen herrlichen, unvergeßlichen Anblick. In seinen Händen sahen die Ziegel aus wie Dominosteine. Er baute, und seine trefflichen Söhne trugen ihm zu. Er baute und sang, es war eine Lust, ihm zuzuschauen!

Für den Mörtel endlich war Heinrich gut zu gebrauchen. Er mischte bedächtig und achtete wohl darauf, daß keine Fliege darin ertrank.

War die Nacht schön, so arbeiteten sie auch des Nachts bei Lampionbeleuchtung, und manchmal kamen die Freunde und die natürlichen Söhne von Baltus und Kaspar, freiwillig ein wenig mitzuhelfen.

Fabian hatte noch nie so viel gewacht wie in diesen Zeiten. Und der kleine Jubal, ganz mit Kalk bespritzt, zeigte sich zu allerlei Handlangerdiensten sehr brauchbar.

Große Freude erregte es, als die dankbare Kypser Jugend, der in Baptist (aus Powenzschem Blute) ein zielbewußter Führer erstanden war, den neuen Mitbürgern ein Dutzend großer, weißbezuckerter Schwarzbeerkuchen in feierlichem Zuge (je vier trugen ein Blech auf den Schultern) als Gastgeschenk überbrachte. Einer davon war leider nicht mehr recht zu gebrauchen, da er bei einem ganz heimtückischen, aber im übrigen erfolgreich abgeschlagenen Überfall durch die Mösseler Stadtschlacken arg gelitten hatte.

Auch diese fröhliche Schwarzbeerkuchenfahrt wiederholt sich nun alljährlich und nimmt, wie ich höre, immer festlichere Formen an. Der schönste und größte Kuchen wird prämiiert. Von nah und fern kommen die fröhlichen Kleinen im weißen Kleidchen, blumengeschmückt, um abends blaubefleckt und heulend wieder heimzukehren. Die Kuchenparade wird vom Bürgermeister persönlich abgenommen.

So siegte denn zuweilen auch friedlich Powenzscher Geist, Powenzsche Sitte.

Elftes Kapitel

Beginnt sehr traurig und endet mit herrlicher Aussicht

Bald nach dem Baubeginn zeigte sich, daß Heinrich nicht recht gesund war. Er fror sommers und winters in den wärmsten Kleidern und war weiß von Angesicht. Er lernte im Spital, darin er zur Beobachtung seines Leidens eine kurze Zeit verbrachte, ein zartes Mädchen kennen, das unter gleichen heimtückischen Anzeichen wie er erkrankt war. Beide wurden bald wieder entlassen.

Heinrich und Friederike hatten sich sehr lieb. Sie wandelten zusammen der Sonne nach, immer fröstelnd und nicht fähig, einander zu erwärmen. Denn ihr Blut wurde immer weißer und kälter von Tag zu Tag.

Wenn sie nun aber so warm eingemummt auf der sonnigsten Bank des Tunnelberges saßen, huschernd in all der Stille und Wärme des Mittags und hastig atmend, dann wurden Heinrichs Augen plötzlich ganz groß und dumm. Denn er sah, o seltsam, Mössel, die friedliche Stadt, in Trümmern, sah, wie die Kirchtürme, die mit ihren Helmen frommen, versteinerten Schutzleuten glichen, plötzlich zerbrachen und die Häuser reihenweise hinfielen. Er sah Feuer emporlodern und die Wälder fressen als eine riesige rote Kuh, und er hörte schreckliche Glocken der Angst und das Wehgeschrei der Witwen.

„Was ist dir?" fragte Friederike, denn nichts von alledem geschah.

„Ach Gott", sagte Heinrich, besann sich und hüstelte. „Gehen wir, es wird kühl."

Friederike wußte schon, daß Heinrich immer und überall grauenvolle Möglichkeiten sah: den Baum vom Blitze getroffen, die Sterne aus den Himmeln stürzend und eines Kindes ständige Lebensgefahren.

Der Liebenden Haut glich blauer Milch, und wenn sie sich küßten mit kühlem Munde, zitterten ihre Herzen kaum noch davon. Täglich saßen sie so nebeneinander auf der heißesten Bank, fröstelten und bekamen Nasenbluten. Es war für sie ein kleiner Trost, daß sie es wenigstens zur gleichen Zeit hatten.

So möchte man gewiß denken, daß sie auch gleichzeitig miteinander sterben würden. Aber es gelang ihnen nicht. Friederike tat es zuerst und mußte es allein tun.

Und ob sie gleich ganz „zart und durchsichtig" gewesen in den letzten Tagen, so blieb doch Irdisches genug von ihr, daß Heinrich schauderte, als er sie so sah.

Diesem sanften, törichten Menschen, dessen zarter Herzensgüte und seelenvoller Wohlanständigkeit man in der Familie Powenz mit seltener Geduld, fast mit Ehrfurcht begegnete, blieb es vorbehalten, freilich durch einen fast unwahrscheinlichen Zufall, die wirtschaftliche Zukunft seiner Angehörigen nach menschlichem Ermessen dauernd sicherzustellen.

Der sanfte Heinrich liebte bekanntlich die Tiere mehr als die Menschen, und wir wissen, daß seine Freundschaft mit der jungen Kuh Madeleine, die er aus dem Felde mitgebracht hatte, seinen bösen Brüdern manchmal zu recht derben Anspielungen Anlaß gab. Sein Tierlazarett hatte nun, das mußte auffallen, wirklich ganz erstaunliche Erfolge. Einem Hündchen, das, vom starken Kaspar versehentlich überradelt, an beiden Hinterbeinen gelähmt war, konstruierte er ein Wägelchen, darauf der bewegungsunfähige Teil festgeschnallt war, so daß das Tier mit den Vorderbeinen lustig strampelnd sich gleichsam selbst spazierenfuhr. Einer Eidechse, die vor Schreck den Schwanz verloren hatte, wuchsen unter Heinrichs rührender Pflege gleich drei neue Schwänze nach. Ein Heupferdchen, das er halb zerquetscht am Wege liegend gefunden hatte, genas völlig und erreichte sogar einen Rekord im Springen. Und auch er selbst, seit er sich immer mehr mit diesen kranken Insekten, Eichhörnchen, Igeln und Waldvögelein abgab, erholte sich, so schien es, doch ein wenig.

Er wußte auch die Ursache dieser Wunderheilungen. Doch ward sie erst nach seinem allzu früh erfolgten Ableben offenbar. Heinrich nämlich, der sich schon seit seiner Knabenzeit gerne mit der Abfassung seines Letzten Willens beschäftigte (das ängstliche Bemühen, ja niemanden zu kränken, ließ ihn die testamentarischen Verfügungen jeweils sehr bald wieder verwerfen), hinterließ bei seinem Tode[1] ein umständliches Schriftstück, aus dem hervorging, daß die beim Aushub des Hauses hervorgesprudelte Quelle ein Heilbrünnlein sei, mit dessen Wasser er die Tiere tränkte, und daß es laut der Analyse von Professor Schlegelmilch eine der gehaltvollsten Radiumquellen auf deutschem Boden sei. Falls, so schloß das mit seiner kleinen, sauberen Schrift geschriebene Testament, diese Entdeckung den Erbberechtigten jemals Geld bringen sollte, bitte der Erblasser, ein namhaftes Legat zur Aufrechterhaltung des von ihm gegründeten Tiersanatoriums auszusetzen (wie auch geschah)[2].

Kaum hatte sich die Kunde von der wunderbaren Entdeckung verbreitet, als in sämtlichen Gärten Mössels ein heftiges Graben begann. (Ich habe noch niemand getroffen, der, wenn jemand einen Pfennig auf der Straße fand, nicht sogleich auf den Boden geschaut hätte, ob nicht für ihn auch einer bereitläge.) Gockeleys

[1] Heinrich Powenz starb im Stall, wohin er, sein nahes Ende spürend, sich geschleppt. Man fand ihn neben seiner geliebten Kuh Madeleine, die er kurz vor seinem Tode erstochen, in ihrem Blute liegend. Der Rabe aber saß auf seiner Stirn und rief jämmerlich: Grab, Grab!

[2] So (und nicht anders!) entstand das junge, aber heute bereits weltbekannte und vielbesuchte Bad Heinrichsbrunn bei Kyps (im Besitze der Powenz G. m. b. H.) zum Segen der leidenden Menschheit. Prospekte durch die Kurdirektion.

Ausgrabungen schienen sogar von Erfolg begleitet, es stellte sich aber leider heraus, daß er die städtische Wasserleitung angeschlagen hatte.

O Mössel, wie bist du betrogen, armes, bedauernswertes Städtchen du! Denn des frühverewigten Heinrich Prophezeiung ging vieltausendfältig in Erfüllung.

Zwölftes und letztes Kapitel

Wenn Herr Doktor Gottlieb Gilpin in seinem „Antipowenz" die Behauptung aufstellt, daß es der „Wille zur Zersetzung" sei, der alle Handlungen der von mir in diesem Buche mit unerbittlicher Treue geschilderten Familie bestimme, so muß ich dem mit allem Nachdruck widersprechen. Ich will nicht leugnen, daß viele Taten der Powenze recht ungehörig und ärgerlich, ja zum Teil nahezu verbrecherisch und sündhaft waren. Aber ich muß doch einem Worte unseres Baltus beipflichten, daß die Existenz eben nichts, das geliebte Leben aber alles bedeute.

Einen symbolischen Ausdruck fand diese Auffassung zur Freude aller Powenzialisten anläßlich des, man darf wohl sagen, historischen nächtlichen Richtfestes, der sogenannten Hebeweinfeier. Da nämlich konnten sie alle ihre Künste spielen lassen, und zwar in einer Art Familienrevue, wozu die ihnen von Zephirin überaus geschickt beleuchteten Baugerüste als willkommene, neuartige Bühne dienten, auf der sich eine artistisch ebenso geschickte wie auch rein künstlerisch wertvolle Belustigung eindrucksvoll darbieten ließ.

Die Parodie „Turnen am Gerüst“, bei der halsbrecherische Kunststücke mit allerlei zeitgemäßen Verulkungen des Sports und der Rekordsucht abwechselten, wurde von den zahlreich erschienenen Zuschauern ebenso beklatscht wie die Nummer Zephirins als Schnellmaler (mit köstlichen Karikaturen berühmter Mösseler) und Jadups Gesang zur Harfe (Baltus Powenz). Ausgezeichnet war auch des Violand Sketch, der „stumme Zauberer“, der lediglich durch geistvoll-beredte Handbewegungen seine Hexereien begleitete.

Von dieser unter dem Namen Powenz-Festspiele bekanntgewordenen Veranstaltung redete man noch lange.

Nicht vergessen sei der aufregende Einakter „Gerippe bei Nacht“, eine tolle Komödie mit rasender Musik, Tanz, Mord, Trunkenheit und allerlei Liebe, die in ihrer Art bahnbrechend wurde, da das Bühnenbild von oben bis unten, treppauf, treppab, mit akrobatischem Leben, mit Farbe, Licht, Musik und dichterischem Worte erfüllt war. Durch zwei kreisende Scheinwerfer und allerlei andere magische Effekte wurde zum Schluß „Das verhexte Haus“ dargestellt, ein Schauspiel von fast beängstigender Wirkung, denn Wald und Haus, die Powenzbande und die Zuschauer, alles schien plötzlich zu schaukeln, zu schwanken, zu schrumpfen, zu wachsen, sich zu verwandeln, bis endlich alles Licht erlosch und, von der Menge stehend mitgesungen, der sogenannte große Powenzsche Lachgesang[1] schaurig aus der Finster-

[1] Dieses musikalisch hochinteressante Werk hatte der faule Fabian komponiert (zweistimmig und für gemischten Chor). Es setzt mit einem großen Thema, auf den Text: Hahaha ein, während die Soprane mit einem perlenden Hihihi einfallen. Dazwischen steht die große Baß-Arie und die gewaltige Fuge, wo die Hahas, Hihis

nis empor in die klare Sternenwelt erdröhnte. Alles in allem: ein gelungenes Fest!

Als die Zuschauer endlich sich entfernt hatten und auch ich mich verabschieden wollte, hielt mich Baltus Powenz mit umfassender Hand fest, und nachdem er dem drolligen Jubal, der noch im Kostüm eines Engels war, befohlen, mit einer Fackel voranzuleuchten, bat er, ob er mir das „innere Haus“ zeigen dürfe (so drückte er sich aus). Es ist mir deutlich in Erinnerung, daß er mich mit bewegter Stimme bat. Er trug von der letzten Szene das Kleid eines Königs und hatte die Krone aus Goldpapier auf dem großen Haupt. Er war leicht angetrunken, und obgleich ich sehr müde war, wollte ich ihn, der in seinem weinseligen Zustand stets sehr empfindlich zu sein pflegte, nicht kränken. Ich hatte es nicht zu bereuen.

„Wenn ich Geld hätte, würde ich mir ein Haus kaufen“, sagte der Greis lächelnd. Das war ein Mustersatz aus irgendeiner Grammatik, den er gerne zitierte, und ich vermute heute, daß diese schlichten Worte es gewesen sein mögen, die seinem ganzen Leben die Richtung wiesen.

Ich sehe den Alten noch, den trunkenen Theaterkönig, wie er in den mörtelkühlen Backsteingemächern stand, schwankend zwar, doch mit Würde, und wie er

und Hohos kraftvoll nebeneinanderher laufen, mit dem zwerchfellerschütternden Furioso am Schluß. Es war ein Werk, das, gut aufgeführt, etwa während des Schulunterrichts, hinreißenden Erfolges sicher war. Es gehörte dazu, daß nach dem plötzlichen Verstummen die Sänger in tiefstem Ernst und Schweigen verharren mußten, so daß nun die angesteckten Zuhörer, zum Beispiel die Lehrer, ganz allein haltlos unter Tränen unbändig weiterlachten, von den Sängern mit höchstem Befremden betrachtet.

immer wieder begeistert das Wort sagte: „Herrlich, o herrlich!"

Powenz zeigte mir seine zukünftige Werkstatt, genannt Pyrotechnisches Laboratorium[1], zeigte mir Zephirins Atelier für Kitsch-Bilder-Massenfabrikation und vor allem Fabians originelle Schlafkapelle, darin er von seinem Kultbett aus alles erreichen können wollte. Ein einziges Bild sollte darin hängen: der HERR am siebenten Tage ausruhend von seiner Arbeit. Auch Mutter Sabines bescheidener Wunsch nach Parkettböden war erfüllt worden, deren Wartung und Pflege sie ihr künftiges Leben weihte. Denn der Parkettboden (möglichst hell) ist die Ehre der Hausfrau.

So gingen wir durch das ganze Haus, während der freche Engel Jubal leuchtete, und manchmal zog mich Powenz, mit seiner großen Hand die meine ergreifend, die leise knackte unter seinem Druck, ganz nahe an das Mauerwerk.

„Da", sagte er, auf einen Backstein deutend, „das ist Nummer neunhundertsiebenundsiebzig, ich habe ihn selbst nach Hause getragen, ich weiß es noch wie heute: er fiel von einem Wagen auf der Kypser Landstraße in den weißen Staub. Und hier, den habe ich aus dem Kriege mitgebracht, er stammt aus den Resten der Ferme Trouchy. Das ganze Haus besteht aus solchen Geschichten. Den da hat mir ein liebes Mädchen geschenkt, aus Dankbarkeit. Sie hieß Isabella."

Ich merkte, wie es dem Alten schwerfiel, daß die geliebten Steine nun verputzt werden sollten. Kannte er doch genau jeden einzelnen.

[1] Jetzt Saal I des Museums (siehe Katalog).

Powenzmonument (von Bernauer)
auf dem Baltusplatz in Mössel a. d. Maar
(Kypser Marmor)

Es gibt Dinge, über die man nicht spottet: ich sah den sündhaften Greis in jener Nacht manchen Stein versonnen streicheln wie eine Wange, und einen küßte er sogar. Das griff mir doch recht ans Herz.

Diese Nacht ist mir unvergeßlich, und heute, wenn ich durch die hellen, sauber tapezierten Räume schreite, muß ich oft daran denken, daß jeder dieser wundervollen, nun freilich unsichtbaren Backsteine durch seine großen Hände gewandert war. Und, falls nicht etwa einer seiner prächtigen Söhne sich wieder einmal einen schlechten Scherz erlaubt haben sollte, dann sah ich kürzlich Baltus Powenz' ruhelosen Schatten in eigener Person durch diese Zimmer schwanken, und ich hörte ihn murmeln, lachen, singen und mit seinen Steinen reden.

Es war ihm leider nicht vergönnt, die Vollendung seines Hauses mitzuerleben.

Daß der wunderliche Alte drei Tage nach jenem wohlgelungenen Richtfest durch einen so seltsamen Tod, fast hätte ich gesagt, ausgezeichnet wurde, darin sehe ich Strafe und Gnade zugleich.

Unter welchen Umständen aber Baltus Powenz mit Haut und Haar, mitsamt seinen Bildern und seiner dunklen Vergangenheit, gleichsam durch einen himmlischen Steinwurf aus seiner irdischen Figur ins Unsterbliche zurückverwandelt wurde, das, freundlicher Leser, bitte ich dich im ersten Kapitel nachlesen zu wollen.

Anhang

Handelt vom Innenleben der Powenzbande

Daß die Powenz keine Seele hätten, wird noch immer von vielen behauptet. Zu Unrecht, wie ich glaube, obgleich es sich bei Seele gemeinhin um etwas Unsichtbares und ziemlich schwer Vorstellbares handelt. Unsichtbar? Nicht so ganz, wie mir scheinen will; denn manchmal „in göttlichen Augenblicken leuchtet ihr gläserner Leib auf wie eine Träne". Unhörbar? Nicht doch, denn manchmal tönt sie in den Worten der Unglücklichen, der Dichter und Weisen, und auch die Powenz haben etwas davon. Theologisch gesprochen, gehören die Rubrikanten dieses Aktenbündels kleiner Menschlichkeiten (wenn ich das vorliegende Buch so nennen darf) zu jenen armen Sündern, gegen die den ersten Stein aufheben zu dürfen wir uns leider allzu gerne bereit finden.

Ich bin kein Moralist. Ich will die Powenz nicht reinwaschen[1]. Dennoch behaupte ich: sie haben eine Seele – und also einen Gott.

Manchmal, wenn ich sie so sah, vor allem in der silbergrauen Badeanstalt am Flusse Maar, splitternackt (wie sie wohl ursprünglich gedacht sein mochten), doch in natürliche Bräune gekleidet, dann hatte ich das schöne Gefühl, es seien Tiere oder doch Wesen, den lieben Tieren nah verwandt. Dies soll beileibe keine Herabsetzung sein, im Gegenteil: ich meine den Gott im Tiere, wenn ich an diesen wilden Baltus denke, an seinen rötlichen Pelz, und wenn ich mich der Bilder erinnere, die seinen gewaltigen Körper zierten wie eine Tempelmauer, diese seltsamen Symbole des Lebens, Himmels und der

[1] Metaphorisch gemeint! D. V.

Erde. Wir wissen, daß die Söhne dieses merkwürdigen Mannes ganz von selbst ihren unsteten Onkel Melchior, der der uralten Kunst des Tätowierens kundig, baten, ihnen ein Gleiches zu tun wie ihrem Vater. So finden wir Kaspars muskulösen Körper mit anmutigen Bildern aus dem unsterblichen Märchen von Amor und Psyche geziert. Tierbilder schmückten paradiesisch Heinrichs dünne weiße Haut, während Fabian, ein wandelndes Lehrbuch der Mathematik, allerlei berühmte Formeln (den pythagoreischen Lehrsatz zum Beispiel), aber auch die Themen seiner Lieblingssonaten bläulich-bekennerhaft zur Schau trägt. Jadups schöner Leib blieb unversehrt, und auch Lilith mochte nicht. Zephirin der Maler aber hatte die hübsche Kunst vom Onkel gelernt und wird sie ausüben und weitervererben, bis endlich, sei es aus Gewohnheit oder Erinnerung, die Natur von selbst hervorbringt, was man ihr bisher in mühseliger Nadelarbeit aufimpfte: den Bildermenschen.

„Des Menschen Brust sollt ein Gutzfensterlin haben"[1], lautet ein mittelalterliches Sprüchlein. Versuchen wir hineinzuschauen in unseres Baltus' zottige Brust. Und was sehen wir? Ein Kinderherz! Wahrhaftig, denn es ist voller Spielzeuggedanken. Aber Kaspar, der Vielgeschmähte, Vielgeliebte? Ich habe unter den Frauen, die ihm nähertraten, keine einzige kennengelernt, die ihm etwas Schlimmes nachgesagt hätte!

Sie nannten ihn alle einen guten Jungen. „Man muß ihn gern haben", sagten sie. Seine Seele? Er trug sie unbeschadet in seinem liebesfrohen Herzen. Er hat auf seine Weise viele Menschen nach ihrer Weise vollauf glücklich gemacht.

[1] Ach Gott, freilich!

Ich kann freilich weder meine noch deine, freundlicher Leser, noch der Powenz' Seele beweisen, ich kann sie nur glaubhaft zu machen versuchen. Sicher aber ist, ganz böse sind die Menschen nicht, die so zu lieben und geliebt zu werden imstande sind wie unsre unbändigen, unbotmäßigen, höchst unverantwortlichen Freunde. Man mag einwenden, daß nicht alle Powenze so naturhaft und kosmisch geladen seien, wie ich es behaupte. Jadup zum Beispiel, mögen manche sagen, sei anomal oder degeneriert. Nun, Degeneration ist kein verbrieftes Recht besserer Familien. Sie kommt auch bei Naturvölkern vor. Sie ist eben die weise Schutzmaßnahme der Natur, auf daß die Welt nicht allzu normal werde: „Alles Große ist anomal, und das Gewöhnliche ist des Wunderbaren Feind", singt Karl Butter.

Derb und innig nannte einmal ein bekannter Psychologe die Powenzbande. Sie seien die typischen Vertreter unserer Epoche, jene heidnisch barbarischen Naturen, die den Beginn des Zeitalters des Wortes, des Blechs, des Gummis und der Luft kennzeichnen, jene unverwüstlichen Persönlichkeiten, deren Gott sich so gerne bedient, die Welt zu ärgern und zu beglücken. Denn es wohnt ihnen Porsch[1] inne.

Es scheint daher, daß sich in ihnen ein neues Geschlecht ankündigt, das unvoreingenommen und unbelastet von überalterter Zivilisation Agar-Agar wird für neue Kultur und vielleicht empfänglich für eine neue flammende Religion!

[1] Porsch ist nach dem indischen Mythos der alles durchdringende göttliche Hauch, der Urkeim alles Göttlichen, Geistigen und Irdischen; das Prinzip der Zeugung, der Bildungstrieb, welcher durch Haranguerbeha, den Inbegriff aller Urkeime des Materiellen und Geistigen, geschaffen wurde. D. V.

Nachgelassene Dokumente

Fig. 1
Fig. 2
Fig 3
Fig. 4
Gemeine Tomoffel
(Sol. lycop.-tub. Powenz)

Der Kartoffel-Roman

Eine Powenziade

Herausgegeben und mit zahlreichen
strengwissenschaftlichen Anmerkungen
versehen von

Ernst Penzoldt

Kustos

„Alles Entstehen geschieht aus der Kartoffel. Sie bildet den Übergang aus einem formlosen Bestimmbaren in ein gestaltetes Bestimmtes ...“

Arithmedes von Kos, um 427 v. Chr.

Nebst einer Tafel und Menükarte
sowie dem Stammbaum der Familie Powenz

Der Kartoffelroman[1]

„Alles Entstehen geschieht aus der Kartoffel. Sie bildet den Übergang aus einem formlosen Bestimmbaren in ein gestaltetes Bestimmtes . . ."
Arithmedes von Kos, um 427 v. Chr.

Zum Geleit

Das Powenz-Forschungs-Archiv in Mössel an der Maar, dessen Tätigkeit unter antipowenzialistischem Druck, Verfolgungen aller Art, Kriegseinwirkung und schließlich auch durch die Papierknappheit stark zu leiden gehabt hatte, rechnet es sich zur Ehre an, nach langem Schweigen die neuesten wissenschaftlichen Ergebnisse seiner Bemühungen um eine möglichst lückenlose, historisch einwandfreie Darstellung des Erdenwallens unseres unvergessenen Baltus Powenz (1864–1929) vorzulegen. Sein Name ist längst in die Geschichte eingegangen. Er ist klassisch geworden. An verschiedenen Universitäten sind bereits Lehrstühle für Powenzologie errichtet. Erst heiß umstritten, hat sich die Powenzistentialphilosophie erfolgreich durchgesetzt, die sich auf des Altmeisters Satz gründet: Das Leben ist herrlich, fürwahr, die Existenz aber ist grauenhaft! Ihr Einfluß auf den europäischen Geist ist evident. Sie bestimmt die soziale Struktur unserer Zeit. Des großen Baltus Maxime: Bleibe im Lande, untereernähre dich redlich! ist

[1] Das für die erste Ausgabe verwendete Papier wurde aus den Schalen der von der Familie Powenz verzehrten Kartoffeln hergestellt.

ebenso sprichwörtlich geworden wie der vielzitierte Ausspruch: Mein Heim ist meine Haut. Die Mode und die Wohnkultur zeigen weitgehend powenzisches Gepräge.

Der Auswertung des Gedankengutes dieses herrlichen Mannes verdankt das Institut für Gerüchteforschung seine Entstehung. Die aufsehenerregenden Fortschritte in der pathologischen Geschichtsauffassung gehen auf ihn zurück.

Die vorliegende Arbeit, obwohl sie ein Ereignis aus dem Leben der anfangs verkannten, später aber durch ihre Fruchtbarkeit und Baufreudigkeit in ihrer bevölkerungspolitischen Bedeutung so wichtigen, heute weltberühmten Familie behandelt, das weit zurückliegt, scheint mir dennoch auch heute eine nicht unwillkommene Ergänzung jenes Standardwerkes zu bilden, das unter dem vielleicht irreführenden, weil – zu Unrecht – etwas anrüchigen Titel „Die Powenzbande, Zoologie einer Familie", manchen Lesern bekannt sein mag.

Der Herausgeber hat vor allem dem Präsidenten der Powenzgesellschaft Dr. A. Chauffe und Kommodore Dulk für wichtige Anregungen zu danken.

Die Absicht, für dieses Buch zum ersten Male das von Fabian Powenz erfundene aphanistische Druckverfahren anzuwenden, bei dem das Gelesene jeweils automatisch verlöscht, so daß nach dem Lesen nur noch leere weiße Seiten übrigbleiben, mußte aus technischen Schwierigkeiten diesmal unterbleiben.

Mössel an der Maar, Powember 1947

Der Kustos des Powenzarchivs

Erstes Kapitel

Darin eine ganz große Entdeckung gemacht wird

„Die Kartoffeln[1] sind schuld!" rief Heinrich Powenz[2] eines Nachts.

Wie eine Erleuchtung überkam es ihn plötzlich, den Sanften, nachdem er sich stundenlang vor Schmerzen gekrümmt und leise vor sich hin gestöhnt hatte.

„Brüder", rief er abermals fast glücklich, „ich hab's: die Kartoffeln sind schuld!"

Er saß in seinem Bette auf und sah sich triumphierend um. Aber sogleich wurde er durch die Kopfkissen seiner also aus dem süßen Schlaf gerufenen Brüder zugedeckt. Zuerst schleuderte der starke Kaspar sein Kissen, ein hartes Roßhaarkissen, denn er schlief gerne hart, nach dem zarten Bruder, dann der kunstfertige

[1] Die Kartoffel: solanum tuberosum, auch Erdapfel, Grundbirne, Potacke oder Düfte genannt, ist eine Pflanze, wovon nur die in der Erde an dünnen und rings herum sich ausbreitenden Zäserlein hervorkommenden knolligen Wurzeln benutzet werden können. Diese nennet man eigentlich die Erd-Äpfel, dahingegen gibt man an anderen Orten diesen Namen den sogenannten Erdbirnen und nennet die hier berührten Erdäpfel Erd-Birnen. Genug, wir meinen hier nicht diejenige Frucht, die man anderwärts Erd-Äpfel, sondern die, so man Erd-Birnen nennet, dagegen reden wir hier von den in anderen Gegenden sogenannten Erdbirnen, die wir aber Erdäpfel nennen, und von jenen Erdäpfeln, die man hier Erd-Birnen nennt, ist folgendes zu sagen: Erdbirn sind ein Gewächs wie die Erdäpfel oder auch Tartuffeln, was aber auch etwas anderes ist, und sind eine gute Zukost fürs Gesinde und für die Schweine. Es halten einige diese Erdbirn sowohl als die Erdäpfel für die Amerikanischen Patatas, deren schon Dr. Joh. Joachim Becher in seiner „Närrischen Weisheit und weisen Narrheit" gedenket.

(Allg. Ökonomisches Lexikon 1764.)

[2] Siehe die Stammtafel am Schluß des Buches.

Zephirin mit seiner sicher treffenden Hand. Violand folgte, der lügenreiche, also literarisch Begabte, hierauf der sündhaft schöne Jadup, dessen Liebe sonderlicher war denn Frauenliebe. Fabian endlich, der große Schläfer, warf, ohne sich die Mühe des Aufwachens zu machen, im Schlafe, und auch Jubal würde sich beteiligt haben, wenn er damals nicht noch in der Zeiten Schoße geschlummert hätte. Aber mit der Hartnäckigkeit der Unterdrückten wiederholte Heinrich mit kissengedämpfter Stimme dumpf: „Die Kartoffeln sind schuld!"

Leise, melodisch schwangen und klangen die zu seinen Häupten aus Platzmangel an die Stubendecke gehißten Instrumente des powenzischen Familienorchesters mit: „Die Kartoffeln sind schuld!" Auch Wugg, der Rabe, krächzte es nach.

Lilith, die liebreizende Powenztochter, war aus ihrem Zelte getreten, das sie schicklicherweise von dem Gemeinschaftsraum der Brüder trennte.

„Du Unholder!" rief sie und warf ihr süßes, kleines, geblümtes Kopfkissen nach dem leidenden Heinrich, warf es ungelenk, wie eben Mädchen zu werfen pflegen, das wirre rötliche Haar, das einzige, was noch von ihm zu sehen war, vollends zudeckend. In diesem Augenblick erschien Vater Powenz aus seinem Schlafgemache, aufgeschreckt von dem nächtlichen Aufruhr, im Nachthemd, das ihm am besten stand, besser als irgendein Kleid. Das Nachthemd, in dem alle übrigen Menschen, große Staatsmänner eingeschlossen, etwas Hilflos-Lächerliches haben, Kinder ausgenommen – ihm stand es prächtig. Wenn er erwachte, erwachte die Welt. Wenn er nieste, wackelte ganz Mössel[1]. Er hatte etwas Olym-

[1] Seismographisch nachgewiesen.

pisches: Jupiter omnipowenz würden ihn die Alten genannt haben. Zephirin zückte sofort sein Skizzenbuch, um ihn so im Bilde festzuhalten. Denn alle hatten von je einen ausgeprägten Sinn fürs Biographische.

Baltus zu zeichnen, lohnte sich. Er sah aus, wie man noch vor hundert Jahren aussah, als es noch Gesichter gab, als man von bedeutenden und berühmten Menschen noch verlangen durfte, daß sie wirklich bedeutend aussahen und selbst weniger bedeutende sich sehen lassen konnten. Das gehörte sich damals so.

Sabine, sein Weib, hielt ihn von hinten umfaßt, mit mageren braunen Armen, damit er sich nicht zu Tätlichkeiten hinreißen lasse. Denn er war furchtbar in seinem Zorn.

„Was gibt's?" fragte Powenz. „Was ist dir, Heinrich, entarteter Sprößling? Was störst du uns aus der Ruhe?"

„Die Kartoffeln sind schuld!" antwortete bockig der Knabe.

„Woran, wenn ich fragen darf?"

„An allem!" antwortete Heinrich, aus den Kissen tauchend, „an fast allem!" und warf die Kopfkissen der Brüder, nachdem er sie berochen, lässig auf ihre gehörigen Plätze zurück. Denn er unterschied sie unfehlbar nach ihrem Geruch. Er bot einen kläglichen Anblick, während er seine sommersprossigen Hände auf den schmerzenden Magen legte, der arme Gastropath.

„Ich tue ihm nichts!" sagte Powenz, indem er sich aus Sabinens Umklammerung befreite. Eine unheilverkündende Milde lag in seinen Worten. „Sei unbesorgt, Weib!"

„Ich bin um meinen Schlummer"[1], fuhr er fort, „sei's

[1] Don Carlos: III. Akt, 1. Szene.

drum! Obwohl ich ihn bitter nötig habe. Gleichviel. Er ist dahin. Die Kartoffeln also, meinst du, Heiner, mein Sorgenkind, sie seien schuld?"

Er lächelte, wie er nur zu lächeln vermochte, wann er trunken war von Ideen.

„Die besten Gedanken kommen immer bei Nacht. Wohlan, laßt uns diesen glorreichen Einfall feiern. Ihr kennt meinen Standpunkt: Genie kommt von Genießen!"

Die Söhne staunten. Powenz löste von seinem Hals mit einer fast anmutigen Wendung seines Bartes das Band, an dem der Kellerschlüssel hung[1], und händigte ihn dem Jadup ein, daß er ein paar Flaschen heraufhole. Jadup, der Hübschling, der einzige übrigens, der einen modischen, verführerischen Schlafanzug trug, aus nachtblauer, fast schwarzer Chinaseide mit weißem Chrysanthemenmuster, glitt leichtfüßig aus seinem Bett, um den Wunsch des Vaters zu erfüllen. Der aber rief ihm noch nach: „Vom Roten!" Denn er wußte, zartfühlend wie er war, daß Heinrich mit seinem kranken Magen den Roten besser vertrug.

„Sine Baccho friget Venus", scherzte der Alte und küßte galant Sabine auf die Nase.

Ziemlich lange dauerte es, bis Jadup mit den Flaschen wiederkam. Er hatte noch etwas anderes besorgt nach der Powenzschen Hausregel: gut gesch ... ist halb gefrühstückt.

Während nun Mütterchen Powenz fürs Essentielle sorgte, bemühten sich die Brüder, den guten Fabian zu wecken, denn sein Wort galt viel im Familienrat. Sie

[1] sic! In diesem Augenblick wäre hing blaß. (D. H.)

riefen im Chor: „Fabian, erwache!“ Aber er antwortete nur mit Wonnegrunzen und schlief lächelnd weiter. Also kippten sie ihn aus dem Bette, mit Hilfe des durch Zephirin nach Art einer Lore konstruierten Weckapparates, womit man dem philosophischen Schläfer noch am besten beikam, falls er nicht auf der Fleckerlteppichbettvorlage ruhig weiterschlief. Aber diesmal gelang es.

„Ihr armen Wachen, Aufrechtwandelnden“, grollte er, „ihr Bedauernswerten! Ich wollte, alle Menschen schliefen nur.“ Denn er war bekanntlich für die Horizontal-Politik des Schlafes[1], von der er sich viel für den Frieden der Welt versprach. „Ich fürchte nur das Aufwachen“, war sein Wahlspruch. Er vermißte in der deutschen Sprache Worte für bequeme Sitz- und Liegegelegenheiten, wie Sofa, Diwan, Ottomane, Couch. Ja selbst die herrlichste Erfindung aller Zeiten und Völker, das Bett – klingt es nicht verteufelt ähnlich wie „Brett“? Es ist ein hartes Wort.

Als sie, nachdem sie ihre Zigaretten gefrühstückt, nun alle beim Wein versammelt waren, Freiburger Brezeln dazu knabbernd, die Sabine aus ihrem eisernen Bestand gestiftet, hob Powenz, der Prächtige, also zu reden an:

„Wir wollen einmal ehrlich sein ...“

„Ach, Baltus“, wandte Sabine ein, „ob uns das bekommt?“

„Es kommt auf den Versuch an, liebe Frau!“ erwi-

[1] Vergleiche sein aufsehenerregendes Buch: „Mein Schlaf“, das voraussichtlich im Lauf der nächsten Jahre als Po-Po-Po-Druck (Powenz-Poeta-Potator) erscheinen wird. Ferner: „Gleich wie ich meines Theils nicht gern spat schlaffen gehe / also stehe ich doch gern spat auf. Ist also gegeneinander aufgehoben und verglichen!“ (Grimmelshausen).

derte ihr Gatte. – „Mein Sohn Heinrich: sie nennen dich, sit venia verbo, den Dummen. Dummheit ist nicht powenzisch."

„Ich bin dumm", sagte Heinrich sanft. „Ich weiß es. Stört es dich sehr, Papa?"

„Wenn Dummheit weh täte ...", warf Jadup ein.

„Sie tut nicht weh", fuhr Heinrich fort, „im Gegenteil, sie tut wohl. Verstand tut weh und ..."

„Lassen wir das!" hob Baltus unlieb unterbrochen wieder an. „Nun: manchmal legt auch eine blinde Henne ein Ei. Du hast, wenn ich recht verstand, gesagt, die Kartoffeln seien schuld. Eine kühne, eine umstürzlerische Behauptung, fürwahr! Ihr wißt, ich frage bei allem zuerst: ‚Was bringt es?' Ist es nur der verzweifelte Stoßseufzer eines Schmerzgeplagten oder ist es mehr? Ich sehe ungeahnte Möglichkeiten für uns!"

Noch immer verwunderten sich die Powenzsöhne, vor allem Heinrich, der nicht im entferntesten begriff, was er mit seinem Schmerzensruf angerichtet hatte, staunte. Nur Fabian verstand sogleich die hochfliegenden Pläne des Altmeisters Powenz. Er rief: „Nieder mit der Diktatur der Kartoffeln!"

„Alaf", sagte Vater Powenz und trank ihm zu, zuzzelte seinen weinfeuchten Schnurrbart aus, damit nichts umkomme, und fuhr also fort:

„Wenn mir recht ist – aber ich kann mich irren, ich bin kein Gelehrter –, so ist die, bzw. der Kartoffel[1] ein Gewächs, das in Südamerika heimisch ist und Mitte des sechzehnten Jahrhunderts etwa nach Europa kam.

[1] Beides ist richtig. Es kommt lediglich auf den Gesichtsausdruck an.

Im Anfang des siebzehnten Jahrhunderts soll sie – ich war nicht dabei – als eine große Seltenheit am königlichen Hofe in Paris verspeist worden sein. In Deutschland zunächst im Vogtlande angepflanzt, erreichte ihr Anbau erst im neunzehnten Jahrhundert allmählich den Umfang, den er heute besitzt. Die Kartoffel aber, das ist für uns wichtig, gehört zu den Nachtschattengewächsen, die meist giftige Stoffe enthalten. Merkt ihr, wo ich hinaus will? Es ist bekannt, daß die Franzosen par exemple sich seinerzeit der Einführung der Kartoffel heftig widersetzten, von der man behauptete, daß sie den Aussatz hervorrufe."

„Hört, hört!" riefen die Söhne.

„So unglaublich es klingt, daß diese furchtbare Krankheit in Verbindung, sagen wir, mit Kartoffelklößen stehe, sollte nicht doch ein Körnchen Wahrheit dabei sein? Man hat, wenn sie auch unschädlich sei, vor ihrem unmäßigen Genusse gewarnt. Vielleicht hat Heinrich so unrecht nicht, selbst wenn die ahnungslose Menschheit bisher völlig dem Kartoffelwahn verfallen war... Lausbub!" unterbrach er sich, als er Zephirin mit den Fingern in den Zähnen stochern sah, „wozu hat man denn sein Messer? ...

Unser Heinrich hat das erlösende Wort gesprochen: ‚Die Kartoffeln sind schuld!' Er meinte damit: an seinem garstigen[1] Leiden, an seinem schmerzhaften Ulcus. Er fügt hinzu: ‚An allem'. Vielen Dank, Heinrich, ich finde es eine ausgezeichnete Idee von mir. Wie, frage ich, der ich selbst nicht ungern Kartoffeln zu mir nehme – mein Kartoffelbäuchlein legt ein beredtes Zeugnis dafür

[1] Soll wohl „gastrisch" heißen.

ab (Lachen) –, wie, die scheinbar so biedere, menschenfreundliche, ja menschenähnliche Feldfrucht soll an allem schuld sein? Ich frage weiter: ja, warum eigentlich nicht?

Wir werden freilich auf einigen Widerspruch stoßen, fürchte ich, mit unserer, für die leidende Menschheit in ihren Folgen nicht abzusehenden Entdeckung."

„Wir werden keine Anhänger finden", warf Heinrich ein.

„Ich mache mich anheischig, für jede Idee, und wäre sie noch so irrsinnig, begeisterte Anhänger zu finden und, was für uns vielleicht noch wichtiger ist, fanatische Gegner. Und unser zweifelhafter Ruf? Eine gewisse Anrüchigkeit bedeutet in der Politik bekanntlich einen nicht zu unterschätzenden Kredit.

Harmlose Gemüter werden einwenden, daß die Kartoffeln ja schließlich ein beliebtes, erprobtes, unentbehrliches Volksnahrungsmittel seien.

Gewiß, doch lassen wir uns nicht mit solchen lächerlichen Redensarten abspeisen. Die liebe, arme, unschuldige Kartoffel – ich sage ihr den Kampf an auf Leben und Tod. Die Kartoffeln sind unser Unglück!"

Powenz hatte sich in Feuer geredet und mehrmals sein Glas geleert. Der Wein zischte auf seiner heißen Zunge. Rauschender Beifall durch Trampeln, Händeklatschen und Schenkelpatschen belohnte den Sprecher. Nur Heinrich schwieg belämmert. Es lag in seiner sanften Natur, daß ihm die Kartoffeln leid taten. Wie oft war er ausgelacht worden, wenn er es nicht übers Herz brachte, eine Kartoffel zu schälen, wenn sie ein Gesicht hatte, eine Nase zum Beispiel und Äuglein, und ihn so ansah, gleichsam um ihr Leben bittend.

„Veto[1]!" sagte er daher. „Es war mir nur so herausgerutscht, es war nicht so gemeint!" Aber niemand hörte auf ihn in der begeisterten Runde. Nun erkannten sie des Vaters Absicht und freuten sich im Vorgefühl der unübersehbaren Folgen.

Die Stadt Mössel[2], auf ihren Poststempeln, in allen Werbeschriften stolz als „die Stadt der größten Kartoffeln" bezeichnet, liegt in einer Gegend, in der diese bisher unangefochtene Frucht besonders gut gedeiht. Die Mösseler sind leidenschaftliche Kartoffelesser. Ihr Nationalgericht sind die wohlbekannten rohen Klöße, in deren Bereitung sie sich von niemand übertreffen lassen. Und hier nun wollten die Powenze ihre Antikartoffel-Politik im großen betreiben?

Die denkwürdige Sitzung fand übrigens beim kostenlosen Licht des Vollmonds statt, eines Gestirns, das die Familie besonders liebte[3].

Fabian, der gute, dicke, dem Vollmond nicht unähnlich, erhob sich nun, dem Vater zu danken. Er wolle, wenn es erlaubt sei, einige Anregungen zu dem Vorhaben geben, nämlich, wie man die Sache aufziehen müsse. Ein Name müsse gefunden werden, natürlich ein Fremdwort, unter dem sich die Menschen nichts vorstellen können und das darum, propagandistisch gesprochen, um so größere Wirkung haben würde.

„Ich", sagte Fabian, „teile die Welt künftig in Solani-

[1] Russisch, soviel wie: wir sind in diesem Punkte mit unseren ehrenwerten Freunden leider nicht ganz kominform.

[2] Siehe Anmerkung Seite 229, unten.

[3] Die Behauptung, daß der Mond eine deutsche Erfindung oder doch von einem Deutschen zuerst entdeckt worden sei — angeblich durch Matthias Claudius (?) — und nur in Deutschland schiene, ist nicht haltbar.

sten, worunter ich die Kartoffelesser verstehe, und in Antisolanisten: das sind wir. Unser Parteiorgan soll, schlage ich vor, ‚Die Giftknolle' heißen. Violand wird die Güte haben, die Schriftleitung des Blattes zu übernehmen."

„Gut, gut!" unterbrach ihn Violand. „Aber wer finanziert die Sache?"

„Die Bestechungsgelder natürlich", erwiderte trokken der faule Fabian, „die uns von den Gegnern geboten werden, wenn wir beginnen, die Welt zu entkartoffelfizieren!"

Dieses Wort verletzte gröblichst das bekanntlich überaus empfindliche Sprachgefühl der Powenze, doch um der guten Sache willen ließen sie es diesmal durchgehen. Nun aber ließ sich Sabine hören, die treubesorgte Mutter und Magd der Familie. Tränen liefen ihr über die Wangen, als sie sprach:

„Soll ich nun nie mehr Kartoffeln schälen dürfen? Ach, das überleb ich nicht! War es doch stets meine liebste Beschäftigung und willkommene Abwechslung neben dem Strümpfestopfen und Abspülen. Nehmt es mir nicht! Ich weiß nicht, wie viele ich schon geschält habe in all den Jahren, für den Vater und euch, wie viele wohl, rechnet's euch selber aus."

Sogleich begann im Kreise ein lustiges Rechnen, wieviel die Gute in ihrem Leben bisher Kartoffeln geschält. Sie nahmen den Tagesdurchschnitt an bei neun Personen, erwogen die Zahl pro Kopf, schätzten die Vertilgungskapazität der einzelnen ab, denn es war klar, daß Baltus mehr verkraftete als Lilith, und kamen approximativ auf das runde Sümmchen von guten vierhundertsechsundsiebzigtausendneunhunderteinundzwanzig Stück, die, in beiläufig zwanzig Jahren, Sabine geschält hatte, also fast eine halbe Million.

Rührend war es nun anzusehen, wie Baltus behutsam Sabines abgearbeitete Kartoffelhände in die seinen nahm, sie tätschelte und ritterlich küßte. Selbst Jadup, der herzlose, wandte sich ab[1]. Es griff ihnen allen ans Herz, dem Heinrich ganz besonders, der aber infolge einer unerforschlichen Verirrung der Natur mit der Nase weinte, statt mit den Augen.

Er müsse der Mutter beipflichten, begann er gequälten Angesichts mit weinerlicher Stimme – seine Nase weinte noch immer –, und ob sie auch nie wieder Kartoffeln essen würden, in der lyrischen Form des geschmeidigen Breis oder als heroische Klöße oder goldbraun gebraten in Butter, in Scheiben gemünzt? Nie wieder?

Herzlich mußten da doch die anderen lachen.

„O du Naivling!" rief Jadup. „Was bildest du dir denn ein? Wir sind doch die Funktionäre. Für uns gilt das nicht."

„Ach so, natürlich!" pflichtete Heinrich bei und setzte sich schleunigst.

„Meine Lieben, ich schließe die Diskussion", lallte der Vater. „Seid eingedenk unseres Schlagwortes: ‚Die Kartoffeln sind unser Unglück!' Oder sind sie es vielleicht nicht, welche Kriege verlängern? Was mich betrifft, ich konnte nie einen Haufen Kartoffeln sehen, ohne an eine Volksversammlung zu denken. Wohlan denn: ans Werk!"

[1] Hierzu: Sei auf der Hut vor Menschen ohne Tränen und nimm dich in acht vor denen, die leicht weinen. (B. Powenz, Igelgedanken.)

Zweites Kapitel

In memoriam Heinrich Powenz

Wenn es gilt, ein Unrecht gutzumachen, so soll man es tun. Ich meine das Unrecht, das die bisherige Forschung dem frühvollendeten Heinrich Powenz angedeihen ließ. Zugegeben, er war etwas aus der Art geschlagen, sozusagen zweckentfremdet, und steht im Schatten etwa jenes, bekanntlich infolge der Vertrauensseligkeit und voreiligen Gutmütigkeit der Powenzmutter Sabine[1] antizipierten Kaspar. „Hochzeit kommt von hohe Zeit. Manchmal ist es auch die höchste[2].“ Heinrich, ehelich geboren, von seinem Vater scherzhaft als sein Blitzkind bezeichnet, da er wunderbarerweise bereits am Morgen nach der Hochzeit das Licht der Welt erblickte und dieses ihn, verdient durchaus, daß man sich etwas mit ihm beschäftigt. Er galt als dumm, weil er fromm war. Er glaubte an die Gerechtigkeit in der Welt. Politisch trat er für die Herrschaft der Guten ein. Der Haken war nur: ein guter Mensch will nicht herrschen. Aber soll man einen Menschen dumm nennen, nur weil er etwas wunderlich ist? Seine Brüder verlachten ihn, als er mit dem ihm eigenen Zartgefühl neben eine einsame Tanne eine andere pflanzte mit der ausdrücklichen Absicht, damit jene nicht so allein sei. Er glaubte an das zärtliche Empfinden der Bäume, wenn, vom Wind bewegt, ihre Wipfel sich küßten oder ihre Zweige sich berührten, an ihre Zwiesprache. Es ist so dumm nicht, will mir scheinen,

[1] Sie lebt noch allverehrt als hundertjährige Matrone in Mössel.
[2] Aus „Igelgedanken“, nachgelassene Aphorismen von B. Powenz.

wenn er feststellte, daß auf dem Mond kein Mond scheint, was er bedaure[1]. Und sein Vorschlag: für Brillengläser elektrische Scheibenwischer zu konstruieren, winzige natürlich, aber sonst nach der Art der bei den Automobilen verwendeten, so nützlichen Apparate – ist er so dumm? Beileibe nicht! Ich finde die Idee ganz allerliebst.

Gewiß, seine übertriebene Reinlichkeit, die ihm den Beinamen „steriler Heinrich" eintrug, wurde von den Brüdern als deplaisant empfunden. Aber war es nicht nett von ihm, wenn auch etwas wunderlich, daß er allmorgendlich sein Nachthemd fein säuberlich ins Bett breitete, ausgestreckt, die Ärmel behaglich zusammengelegt, und auf den Spott der Brüder erwiderte: ein Hemd sei doch schließlich auch ein Mensch! Von ihm stammt der Einfall, die doppelte Null auf gewissen Türen Nullzig zu nennen, und wenn es der Erste, der Zweite und so fort gab, so doch wohl auch der Nullte. Nicht zu folgen vermag ich ihm in seinen mathematischen Hirngespinsten, womit er seine Lehrer zur Verzweiflung brachte, um so mehr, als es ihm bitter ernst damit war. Tapfer griff er den Satz an, daß sich Parallelen, so hatte er es gelernt, im Unendlichen schneiden. „Wenn ich mich", sagte er, „an den gedachten Ort im Unendlichen versetze, dann sind sie doch auch dort parallel, oder etwa nicht?" Die obenerwähnte Null lehnte er überhaupt ab. „Null ist keine Zahl", sagte er, „und selbst bei der Eins bin ich noch skeptisch. Zwei, das lasse ich mir eingehn, allenfalls." Für seine Herzensgüte

[1] Ich bin astronomisch zu wenig bewandert, um festzustellen, ob auf dem Mond nicht die Erde scheint.

spricht, daß niemand so viel nach dem Weg gefragt wurde wie er. Bettlern und Hausierern gegenüber war er machtlos.

Ein blinder Hausierer wollte ihm Schuhbändel verkaufen und suchte auf Heinrichs bescheidene Frage, ob er braune habe, in seinem Kram, merkte aber, wie er sich damit verriet und sagte: „Ja so, ich bin ja blind!" Aber Heinrich kaufte ihm trotzdem etwas ab. So war er! Mit einem Jungen, der an Veitstanz litt, einem hübschen Burschen übrigens, war er lang befreundet. Es war wahrhaftig kein Vergnügen, sich mit dem armen Menschen auf der Straße zu zeigen. Auch das spricht für sein gutes Herz.

„Da habe ich mir kürzlich notiert", sagte er einmal zu mir, „Gras drüber wachsen lassen! Und jetzt weiß ich nicht mehr worüber."

Es gab viele Dinge in der Welt, deren Anblick dazu angetan war, unseren Heinrich tief traurig zu machen, Kühe zum Beispiel, Menschenaffen, Militärmärsche, Säuglinge, dressierte Elefanten, Politik, Kasperltheater und Zirkus.

Heinrich litt an chronischer, fieberhafter Phantasie[1], eine Krankheit, die für den, der von ihr befallen ist, und für seine Umgebung sehr lästig werden kann. Er war ein ausgemachter Pechvogel. Wenn er einen besonders schönen Gedanken hatte und ihn notieren wollte, war sicher sein Bleistift abgebrochen. Er war nicht glücklich, wenn er nicht unglücklich war. Er gehörte zu denen, die vierblättrigen Klee suchen und darüber ihr

[1] „Wen Gott lieb hat, läßt er phantasielos sein!" (B. Powenz, Igelgedanken.)

Glück versäumen. Sein Mitgefühl bezog sich aber nicht nur auf Menschen[1] und Tiere, sondern vor allem auch auf die Sprache. Er gründete insgeheim ein Asyl für heruntergekommene und kranke Worte, solche, die ihren Sinn zu verlieren drohten oder in Vergessenheit gerieten. Es verdroß ihn, daß im Alphabet der Buchstabe „m" vor dem „n" steht. Umgekehrt wollte es ihm richtiger erscheinen. Hartnäckig, doch ohne Erfolg trat er für eine Änderung dieses unleidlichen Zustandes ein. „Und", dieses kleine, verachtete Wörtlein, das zwischen den großen Worten geht wie ein Kind zwischen Erwachsenen, sie an den Händen haltend, liebte er besonders. Wenn es den „Bund" gab oder das „Rund", warum nicht auch das große „Und"? Im Und sah er einen Begriff, die Affinität schlechthin. Das Und war es, was das Ich mit dem Du, Romeo mit Julia, Hermann mit Dorothea, Etienne mit Luise verband, ein soziales Wort, ein Wort des Friedens. Ich bin darin durchaus gleicher Ansicht mit ihm. Eines Tages sahen die lustwandelnden Mösseler im Pulverwäldchen einen Stein aufgerichtet, darauf in goldenen Lettern UND stand, und sie verwunderten sich sehr.

In diesem Zusammenhang darf nicht vergessen werden, daß von seinem sechsten Lebensjahre an Heinrich stündlich seinen Tod erwartete und sich redlich vor ihm fürchtete, auch wenn er, was freilich selten vorkam, ganz gesund war. Zudem litt er an der Zwangsidee, sich jeden Menschen tot im Sarge vorzustellen, und leider sagte er es den Betreffenden zuweilen, was diese nicht gern hörten.

[1] Bekanntlich geht die Gründung des Vereins gegen Menschenquälerei auf ihn zurück, dessen einziges Mitglied er war.

Einer besonderen Eigenheit Heinrichs muß noch gedacht werden: er war ein Zahnfetischist, ein Odontomane. Es gibt eine kleine Schrift von ihm: „Tempel aus Elfenbein im Rosenhag“, darin er sich in seiner spintisierenden Art eingehend mit dieser Materie befaßt und auch die Frage der Odonterotik untersucht. Er darf als der Lavater der Zähne gelten. Denn er beurteilte den Charakter der Menschen vor allem nach der Stellung, Substanz, Form, Farbe, Größe und dem Zustand ihrer Zähne und las in ihnen, wie andere aus den Linien der Hände weissagen, Vergangenheit und Zukunft[1]. Alljährlich wird an seinem Geburtstag aus der Heinrich-Powenz-Gedächtnisstiftung für das schönste, untadeligste und am besten gepflegte Gebiß bei der heranwachsenden Jugend die goldene Zahnbürste verliehen sowie einige Trostpreise.

Fälschlicherweise lange Zeit dem Zephirin zugeschrieben war ein liebenswürdiger Einfall: die Zugglocke an der Haustüre in Form eines Hampelmannes. Er stammte aber, wie ich stilkritisch einwandfrei nachweisen konnte, von unserem Heinrich[2]. Ich habe oft daran gezogen und mich jedesmal daran höchlichst belustigt. Der Gedanke, den Stadtplan von Mössel auf Taschentücher zu drucken, ist dagegen uralt. Schon Dickens erwähnt es. Echt Powenz, doch vermutlich nicht von Heinrich herrührend, ist der freilich etwas schlüpfrige,

[1] Heinrich Powenz: „Leitfaden der Odontomantik“, mit vielen Abbildungen im Text und einer Farbtafel.

[2] Vergleiche meinen Aufsatz: „Zephirin oder Heinrich?“ Blätter des Powenzarchivs, XIII. Jahrgang, Seite 175 ff. A. Chauffe hält den Glockenzug noch immer für zephirinisch. Dulk schreibt ihn sogar Jadup zu!!

wohl politisch gemeinte, ziemlich billige Scherz, ein gewisses nocturno-keramisches Erzeugnis gleich einem Globus mit der Weltkarte zu zieren, was übrigens, wie ich gern einräume, sich gar nicht so übel machte[1].

An einem kleinen Beispiel erweist sich wohl am besten Heinrichs wunderliche Natur. Sein Blick fällt auf ein Schild: „Amtsräume". Angstträume liest er in aller Einfalt, doch nicht ohne tieferen Bezug. Übrigens war er ein vorzüglicher Märchenerzähler, und die Kinder der Nachbarschaft liebten ihn sehr. Er hockte dann zu Füßen der Bodentreppe, und die Stufen hinauf saßen die Kleinen, deren Haare sich freilich manchmal vor Entsetzen so sträubten, daß sie ihre Mützlein hochhoben, oder es passierte ihnen ein kleines Malheur, so aufregend waren seine Geschichten. Er fürchtete sich manchmal selber dabei, obwohl er sie doch selber erfand! Laßt uns nun wieder zu den Kartoffeln zurückkehren.

Drittes Kapitel

Worin es nichts gibt, was nicht geglaubt wird

Schlagartig hatte der wohlvorbereitete große Propagandafeldzug gegen die Kartoffelesser eingesetzt, nachdem einige Zeit vorher die aufsehenerregende Nachricht durch die Presse gegangen war, daß Professor

[1] Fehlt in Baltus' schmutzigem Phantasiebüchlein. Ein Exemplar in recht gutem Zustand befindet sich dagegen im Powenzmuseum, doch wird es nur zu wissenschaftlichen Zwecken gegen Ausweis gezeigt.

Whittington B. Cruchley aus Massachusetts (USA) wissenschaftlich einwandfrei nachgewiesen habe, daß der in der Kartoffel enthaltene Virus Solaninus Ypsilon nicht nur in hohem Grade gesundheitsschädlich sei, sondern vor allem auch das kürzlich erst erkannte und unter dem Namen Solanitis epidemica rasch in Mode gekommene Krankheitsbild einer psychischen Infektion hervorrufe. Ferner seien auf den Kartoffelgenuß Idiotie, die Karies der Zähne, auch die Paradentose und vor allem zahlreiche Magen- und Darmerkrankungen (Magenulcus, Gastritis, Duodenitis, Jejunitis) zurückzuführen. Die Nachricht war sofort von namhaften Wissenschaftlern als geradezu lächerlich dementiert und ins Reich der Fabel verwiesen worden.

Doch hatten die Gelehrten nicht mit der Reizempfindlichkeit der leidenden Menschheit gerechnet. Viele wollten es schon immer gedacht haben. Ein lebhafter Streit um die Priorität der epochemachenden Entdekkung setzte ein. Ein deutscher Arzt namens Benignus Lamm hatte angeblich schon Ende des achtzehnten Jahrhunderts seine warnende Stimme erhoben, war verlacht worden und im Elend gestorben. Es war klar, daß Professor Cruchley auf Lamms Entdeckung fußte usw.

Sämtliche Meldungen, sowohl für als wider, stammten aus Violands Feder. Der Boden war bereitet. Eines Morgens sah man in Mössel allenthalben Plakate angeschlagen, auf denen ein Totenkopf als Blickfang abgebildet war, der sich bei näherem Zusehen als Kartoffel entpuppte. (Idee: Fabian, Ausführung: Zephirin Powenz.)

Die Schlagzeile lautete: „Wir leben falsch!“ Dann folgte obgemeldete Notiz über den großen Forscher Professor Cruchley, den Wohltäter der Menschheit.

Darunter folgte ein Aufruf: „Werdet Mitglieder des Weltbundes der Kartoffelgegner (W.D.K.)!" Zugleich erschien die erste Nummer der „Giftknolle" mit vielen Bildern. Im Leitartikel wurde darauf hingewiesen, daß die Menschen durch den verwerflichen zweihundertjährigen Genuß der Kartoffeln diesen zusehends immer ähnlicher würden (siehe Abbildungen). Man sehe Kartoffelgesichter und denke Kartoffelgedanken. Das müsse anders werden mit jedem Tag. Es folgten Statistiken mit eindrucksvollen Tabellen, darin nachgewiesen wurde, daß in solanfreien Gegenden die Sterblichkeitsziffern der Menschen wesentlich niedriger seien. Das war überzeugend. Wer lebt nicht gern auf dieser schönen Erde, solang als nur irgend möglich? Wie mancher ist auf einer Kartoffelschale ausgeglitten und hat sich ein Bein gebrochen! In den Anzeigen wurde natürlich ein Präparat angeboten, Dr. Flaums „Antisol"[1], wirksames Spezificum gegen die verheerenden Folgen der Solanitis tuberosa epidemica, das die Familie Powenz in Heimarbeit aus schmackhaften und völlig unschädlichen Drogen sehr billig herstellte, woran sie klotzig verdiente. Auch einen Briefkasten gab es, mit Fragen und Antworten, die natürlich frei erfunden waren. Baurat K-l., M. a. d. M., fragte, ob gewisse Nasenauswüchse auf den Genuß der Kartoffeln zurückzuführen seien, was in der Antwort leider bejaht werden mußte, und niemand zweifelte, daß damit nur Herr Knipfel, der alte Widersacher der Powenze, gemeint sein konnte. Nur Knipfel selbst wußte nichts davon.

[1] In allen Apotheken zu haben. Täglich 1 bis 2 Tabletten nach den Mahlzeiten. In Zweifelsfällen frage man den Arzt.

Der Zeitpunkt der Aktion war richtig gewählt, denn damals herrschte (wie heute) ein gefährlicher Lebensmittelmangel. Man war auf die Kartoffeln angewiesen.

Bürgermeister Dattel, damals noch ein eingefleischter Gegner des Baltus Powenz, später aber der mutige Vorkämpfer eines konstruktiven, gemäßigten Powenzialismus, derselbe, von dem Kaspar in seiner rauhen, aber herzlichen Art behauptete, er, Dattel, halte sich eigens ein Lineal, um, wenn er die Hosen gestrichen voll habe, den Überhang säuberlich abstreifen zu können, Dattel sah mit dem politischen Weitblick, der eine unausrottbare Eigentümlichkeit aller Deutschen ist, die Gefahr für Mössel, Europa und die Welt. Da mußte etwas geschehen, und sogleich. Er wußte bloß nicht was[1]. Dattel war übrigens kein Dummkopf, wie man es bei seiner Stellung hätte erwarten können. Er hielt sich zum Beispiel einen eigenen Pressechef, der lediglich dafür zu sorgen hatte, daß nichts über ihn in die Zeitungen kam.

Es geschah etwas, doch ohne sein Zutun. Die Plakate hatten zu einer öffentlichen Demonstration gegen die Kartoffelhörigen aufgerufen. Ganz Mössel war auf den Beinen. Der Zug der Demonstranten bewegte sich auf das Rathaus zu, wo Dattel, das historische Lineal für alle Fälle bei der Hand, durch die Vorhänge spitzte.

„Lächerlich", sagte er, „der Umzug ist ja polizeilich gar nicht angemeldet." Er benachrichtigte daher den Polizeiwachtmeister Potzmader, den Demonstrationszug aufzulösen.

Potzmader sagte: „Zu Befehl!", während er sich etwas ganz anderes dachte[2], aber – das ehrt ihn – er machte

[1] Ich weiß es auch nicht! (Der Verfasser.)
[2] Was mag er sich wohl gedacht haben?

wenigstens den Versuch, zunächst mit Güte. Er hatte es gewiß nicht leicht, da ihm auf der Stirne eine kartoffelähnliche Balggeschwulst wuchs, die den Spott der Antisolanisten herausforderte.

„Liebe Mösseler, seid doch vernünftig und geht nach Hause!" sagte er, kam aber nicht weiter, da man ihm sofort eine Kartoffel auf die Helmspitze seiner Pickelhaube[1] spießte. Denn naturgemäß hatten sich die Tumultuanten die Taschen mit den verachteten Feldfrüchten vollgestopft, für alle Fälle. Mit Recht erbost, warf sich Potzmader der Menge mit ausgebreiteten Armen entgegen, da sie Anstalten machte, ins Rathaus einzudringen. Zephirin und Violand aber benutzten ihn gegen seinen Willen zu einem parterreakrobatischen Kunststück, indem sie sich, sportgewandt wie sie waren, auf seine Schultern schwangen und unter dem heiteren Beifall der Menge, indem sie dem schlanken Jadup zu sich emporhalfen, was er mit großer Anmut ausführte, eine kunstgerechte Pyramide zeigten. Das geschah schneller, als Potzmader zu denken vermochte, und ebenso leichtfüßig sprangen sie wieder herab.

„Ich weiche nur der Gewalt!" rief der Wachtmeister.

„Hier haben Sie die Gewalt!" ertönte es aus der Menge, und die meist faulen Kartoffeln flogen.

„Ein Mann, ein Wort!" sagte Potzmader und wich.

Unter dem Absingen des Kartoffelliedes zerstreute sich die Menge. Denn es war Essenszeit, und die Klöße zerfielen sonst.

Doch hatte der Aufmarsch die Folge, daß mancher Mösseler an diesem Tage das aufgetragene National-

[1] Mittelalterliches Rüstungsstück, heute nicht mehr gebräuchlich.

gericht zurückwies. „Man kann nicht wissen", sagten sie, „vielleicht ist doch etwas Wahres daran!"

Dr. Flaum, der Powenzbande als einer der wenigen Mösseler wohlgesinnt, konnte seine Praxis kaum bewältigen. Auch des großen Baltus Erzfeindin, Frau Quiebus, erschien aus purer Neugierde in der Sprechstunde, um sich einmal wieder gründlich untersuchen zu lassen.

„Sie glauben doch hoffentlich nicht an den Mumpitz mit der Kartoffelkrankheit?" meinte sie überlegen lächelnd, während sie der schöne Arzt abhorchte, durch die Bluse natürlich. „Das ist wieder so eine kurzlebige Modesache wie mit den Bazillen."

Flaum machte ein besorgtes Gesicht. „Hochgradige Solanitis tuberosa!" stellte er fest. „Ich selber leide daran. Schlimm, schlimm!" Und er schrieb das Rezept: „Antisol forte, dreimal täglich nach den Mahlzeiten."

Mit dem Gefühl, plötzlich schwer leidend zu sein, auf ihren Schirm sich stützend, mit schonungsbedürftigem Gesichtsausdruck, ging Frau Quiebus von ihm.

Viertes Kapitel

Darin Heinrich eigens in den Keller geht, um die Kartoffeln um Entschuldigung zu bitten

Der sanfte Heinrich – so nannten ihn seine robusteren Brüder, was ihn, so gutherzig er auch sein mochte, manchmal fuchsteufelswild machte – wollte dem Umzug nicht einmal zuschauenderweise beiwohnen.

„Willst du nicht aufstehen, Heinrich?" scherzte Kaspar, der sich von dem Gedränge der Demonstration artige Erlebnisse versprach. „Komm mit uns, Sterilissimus!"

„Du sei ganz still!" erboste sich Heinrich. „Du bist ja überhaupt illegitim!"

Das saß. Die Brüder gingen.

Längst hatte Heinrich Reue gepackt, als er die Folgen seines leichtfertigen nächtlichen Stoßseufzers sah. Großes Mitleid ergriff ihn mit den armen Kartoffeln. Was hatten sie vom Leben? Im Dunklen, in der Erde herangewachsen, kamen sie ans Licht der Welt, wurden zu einem Haufen aufgeschüttet, willkürlich kamen sie nebeneinander zu liegen, ob sie einander mochten oder nicht, bis sie eines Tages bei lebendigem Leib geschält oder gekocht wurden, getötet also. Das mußte ihnen doch weh tun. Eine Kartoffel zu sein, erschien Heinrich fast so traurig, wie Mensch zu sein. Und während die Brüder die Aktion gegen die Freunde der Kartoffel e. V. (denn diese Vereinigung war sofort ins Leben gerufen worden) anfeuerten, stieg der Gute in den Keller, wo hier der Wein lagerte, dort die Kartoffeln, hier, wenn man will, die besitzende Klasse, dort das Volk. Jede Flasche hatte ihr eigenes Bett, alle waren hübsch gekleidet, sie hatten sozusagen Uniform an, während die Kartoffeln in Massenquartieren lagen.

War es nicht bezeichnend, daß ein Sklavenhändler, der Kapitän John Hawkins, die ersten Kartoffeln nach Europa einführte[1]?

Andächtig betrachtete sie und reuigen Herzens Heinrich, und sie, die schwermütig in sich Gekehrten, die

[1] Anno 1565 p. Chr. n.

heiter Schmunzelnden, Zornigen oder sehr Komischen erwiderten seinen Blick aus verschmitzt-verschlafenen Äuglein. Er nahm eine, die aussah, als könne sie nicht bis drei zählen, aber besonders hübsch war, in die Hand, strich ihr über den Kopf und legte sie wieder zurück. „Liebe Kartoffeln", sagte er dann, sich an sie wendend, wie ein Pfarrer an die Gemeinde, „ich habe es nicht gewollt, es war mir nur so entschlüpft, daß ihr solltet schuld sein an meinen Schmerzen und allem Übel der Welt. Seid mir nicht böse. Es tut mir herzlich leid. Ich bitte vielmals um Entschuldigung!"

Und siehe, die Kartoffeln antworteten: „Keine Ursache, guter Heinrich, du bist schon recht. Bleib, wie du bist!"

Nun doch ein wenig verdutzt, um so mehr, als ihm die hübsche kleine Kartoffel nachkollerte, wobei sie ihren Mund öffnete wie ein Fischlein und „ich liebe dich!" rief, rannte Heinrich die Kellertreppe nach oben. Den Brüdern verschwieg er das Erlebnis, weil er fürchtete, sie würden es ihm am Ende doch nicht glauben, daß die Kartoffeln geredet hätten[1].

Noch kein Sterblicher hat sich, soviel ich weiß, in eine Kartoffel verliebt. Heinrich blieb es vorbehalten, diese in den Annalen des Eros bisher unbekannte Neigung zu fassen. Der Amor tuberosus traf sein zärtliches Herz mit seinem Pfeil. Die liebliche, kleine Kartoffel hatte es ihm angetan. Gewiß, sie war reizend, sie war im wahrsten Sinne des Wortes zum Fressen. Aber sie war schließlich nur eine arme, kleine Kartoffel, eine unter Millionen, von denen freilich, wie bei den Menschen,

[1] Für die Zuverlässigkeit von Heinrichs Erlebnis kann ich mich verbürgen. Eine Kartoffel, die dabei war, hat es mir selbst erzählt.

keine der andern völlig glich. Warum liebte er gerade sie? Unerforschlich sind des Eros Wege. Aber weil ein Gott im Spiele war, wird es wohl in der Ordnung sein. Ich war noch nie in eine Kartoffel verliebt, weiß also nicht, wie einem dabei zumute ist. Heinrich mußte es wohl wissen. Der liebeserfahrene Kaspar mutmaßte sehr bald, daß Heinrich in zarten Banden liege, und sagte es ihm auch, worauf der Arme tief errötete. Kaspar war von Heinrich, was die Liebe betraf, sozusagen hetärogen verschieden. Es ist bekannt, daß er der Bequemlichkeit halber sich einen Gummistempel für die drei Worte: „Ich liebe dich!" hatte anfertigen lassen. Längst schon hatte er aufgehört, ehrenamtlich zu lieben, und sich daran gewöhnt, eine kleine Umlage bei seinen Mädchen zu erheben. Er stellte sich dabei nicht schlecht. Das nenne ich sachlich. Nun hätte er gar zu gern gewußt, wer die Bewußte sei. Denn Liebe geht stehlen. „Daß du nicht bloß nur Verse machst, wie so viele Dichter", scherzte er, „die dann meinen, damit sei der Leidenschaft Genüge getan!"

Es entzieht sich meiner Kenntnis, ob Heinrich, der tatsächlich eine poetische Ader hatte, wirklich Gedichte auf das kleine, herzige Geschöpf gemacht hat, denn ein Geschöpf war sie ohne Zweifel, wenn auch keine Rose, doch rosenhäutig, und da Heinrich kein Glück bei den Menschenfräulein hatte, warum sollte er das hübsche Kartoffelmädchen, das ihm gewogen schien, nicht liebhaben? Wegen des Größenunterschiedes vielleicht? „Alle Dinge sind gleich groß", sagt der chinesische Weise Phang-Hoangh Ju[1]. Demnach lag Heinrich viel daran,

[1] „Die Sonne ist einen Fuß breit", meint doch auch Heraklit.

seine heimliche Freundin vor aller Welt zu legitimieren. Niemand wird es ihm übelnehmen, wenn er sie sich größer wünschte, handlicher zum mindesten. Zunächst brachte er sie in seinem Tierlazarett unter, richtete ihr dort ein nettes Stübchen ein, sorgte rührend für sie und behandelte sie vor allem mit das Wachstum fördernden Mitteln. – O Wunder! Durch den Zauber seiner Liebe wurde sie immer menschenähnlicher, ohne doch den Reiz des Kartofflichen einzubüßen, bekam Ärmchen und Beinchen und Brüstlein – denn sie war ja ein Knollengewächs. Wer gönnte nicht Heinrich sein Glück? Die Kleine brachte ihn auf den Einfall, ob er, da ja auch die Tomate, der Liebesapfel, zu den Nachtschattengewächsen gehöre, ja des Erdapfels nächster Verwandter sei, nicht eine Kreuzung der beiden Gewächse versuchen solle, die unterirdisch biedere Kartoffeln, überirdisch köstliche Tomaten hervorbringen würde, die man beide vielleicht sogar herzförmig züchten könnte. Das mußte doch gehen! Und sogleich entschloß er sich, diesen kulinarisch reizenden Einfall zu verwirklichen.

Er ließ sich nicht abschrecken durch die vielen Sorten, die milchweiß blühenden, die himmelblauen, aschfarbigen, rosenfarbenen und pfirsichblütigen, die Laurentii-Kartoffeln, die Jakobs-, Schiffs-, Gurken-, Biskuit- und Herren-Kartoffeln, die pommerische Nudel, die Sidonische Kartoffel, Arakatsche (wobei er an Indianer denken mußte) und endlich die Mäuschen. Er konnte sich gut vorstellen, wie die chinesischen Kartoffeln aussehen würden: gelb, schlitzäugig und vielleicht mit Zöpfchen. Die Brüder verspotteten Heinrich wegen seiner Kartoffelromantik. Aber er schwieg beharrlich über sein hohes Ziel: die Tomoffel.

Fünftes Kapitel

Darin der Kartoffelkrieg gefährliche Formen annimmt

Wie immer in solchen Fällen waren die Powenzleute zwar die Drahtzieher der Ereignisse, aber sie hielten sich mit ihrer Person aus der Sache, besonders wenn sie brenzlig zu werden begann, wie in dem nun anhebenden, so leichtfertig angezettelten Kartoffelkrieg.

In den ersten Tagen hielten viele Mösseler[1] das Ganze für einen Scherz, für typisch Powenz, aber schon bald sollte die schwergeprüfte Stadt erfahren, daß es tierisch-politischer Ernst wurde. Verantwortungsbewußte Freunde der Kartoffel, Solanisten also, beschlossen, sich in Wort und Schrift tapfer gegen die unsinnige, ja verbrecherische Parole: „Die Kartoffeln sind schuld!" zur Wehr zu setzen. Sie brachten eine Resolution im Stadtrat ein, die sich scharf gegen den Unfug des Kartoffelboykotts wandte. Sofort zerfiel das bis dahin friedliche Stadtparlament in drei sich heftig befehdende Gruppen, in Solanisten, Antisolanisten und gemäßigte Solanisten, die sich stolz als das Zünglein an der Waage bezeichneten und nicht den geringsten Einfluß hatten. Nach einer heftigen Debatte kam es zu weiteren Spaltungen (eine Partei nannte sich christliche Kartoffelvereinigung), und schließlich konnte man die verschiedenen Richtungen nur noch an der Qualität der mehr oder minder plutokratischen Aktenmappen unterscheiden und an der Größe und Art der darin enthaltenen Thermosflaschen und Pausebrote. Doch gab es nicht wenige, die überall dabei waren.

[1] Siehe Anmerkung Seite 211 unten.

Dattel, der nach allen Seiten begütigende, führt das vorzeitige Ergrauen seines spärlichen Haupthaares auf diese bewegten Zeiten zurück. Bewegt? Mehr als das. Ich stehe nicht an, sie als stürmisch zu bezeichnen.

Die Bauern weigerten sich, künftighin die giftige Kartoffelfrucht anzubauen. Boshafte Menschen hatten freilich behauptet, sie würden durch den täglichen Umgang mit den Kartoffeln diesen immer ähnlicher mit ihren Kartoffelköpfen. Das mußte die ehrliche, stets hilfsbereite Landbevölkerung bitter kränken. Andererseits warf man ihnen Volksvergiftung im großen vor.

Die Arbeiterschaft in der Stadt war wepsig geworden durch eine scheinbar harmlose Bemerkung in einer historisch-botanischen Abhandlung über die Kartoffel in der „Giftknolle", wo es hieß, sie sei eine gute Zukost fürs Gesinde und für die Schweine. „Unternehmer, freßt eure Giftknollen selber!"

Ein völlig unschuldiges Bäuerlein, das mit einer Fuhre Kartoffeln ahnungslos durch Mössel fuhr, wurde vom Bock gerissen und verprügelt, die Fuhre umgeworfen, worauf die Kinder ein allgemeines Kartoffelschussern begannen.

Gaststätten, die etwas auf sich hielten, versprachen „garantiert kartoffelfreie Küche". So weit war es gekommen.

Heimliche Kartoffelesser getrauten sich nicht mehr, die Schalen in die Abfalltonne zu werfen, aus Angst vor Denunziation.

Regelrechte Kartoffelschlachten waren an der Tagesordnung, und wenn es auch verhältnismäßig humane Wurfgeschosse waren, so gab es doch blutige Nasen, die vorübergehend knollengewächsartige Formen annahmen. Ein bekannter, nicht genannt sein wollender Wissenschaftler entwickelte eine neue Abstammungslehre. Nach seiner biologisch gestützten Theorie haben wir in der Kartoffel die Urwuchsknolle zu sehen, von der auch die Menschen abstammen. Auf diese Entdeckung fußt die Powenzistential-Philosophie Professor Höllmüllers (auch Nonsensualismus genannt), die besonders die Kunst entscheidend beeinflußte. Die durch Zephirin Powenz angeregte „sphärische Malerei" geht auf Höllmüller zurück. Die sphärische Schule bricht, roh betrachtet, mit der jahrhundertealten Tyrannis des viereckigen Tafelbildes. Die Sphäristen malen auf Kugeln, von der richtigen Überlegung ausgehend, daß ja auch das menschliche Auge rund sei wie die Erde, der Mond und die Sonne. Die erste Sphäristen-Ausstellung war eine große Sensation. Die Kugelgemälde hingen von der Decke herab, und man ging zwischen ihnen auf und ab und konnte sie von allen Seiten bequem betrachten. Auch Plastiken sah man, zum Beispiel „Bildnis eines Steins" (Bronze) und „Das eherne Zeitalter" (Wachs).

Die Sekte der Kartoffel-Anbeter, die glaubten, daß die Seelen der Verstorbenen in die Kartoffeln führen, hatte starken Zulauf[1].

[1] Das bekannte okkulte Phänomen der plötzlich, wie von Geisterhand geworfen, durch die Luft fliegenden Kartoffeln läßt sich vielleicht jetzt enträtseln.

Sechstes Kapitel

Darin der Kartoffelstreik proklamiert wird

Schlagworte wie „Kartoffelkollektiv“ und „Pommes-de-terror“ wurden geprägt. Straßenredner traten auf, die ihre Zuhörer aufforderten, sich nicht zu täuschen. „Täuschen wir uns nicht!“ riefen sie, erwähnten etwas am Rande, verloren den Glauben an die Menschheit, machten aus der Not eine Tugend, erklärten abschließend, daß das letzte Wort noch nicht gesprochen sei, daß sie eine geschworene Gemeinschaft bildeten und darin eine Chance erblickten (Bravo!).

Es gab Redner, die heute mit dem gleichen Brustton der Überzeugung für und morgen gegen die Kartoffel sprachen. Übrigens wurden in jenen Tagen der Kartoffelpsychose mehr Kartoffeln als je zuvor verzehrt. Sehr bald wurde der angebliche Anlaß zu den Streitigkeiten nur noch ganz nebenbei erwähnt und schließlich ganz vergessen. In dieser unübersichtlichen Lage konnte nur noch eines helfen: der Streik. Die Metallarbeiter beschlossen, in Ausstand zu treten, die Transportarbeiter erklärten sich solidarisch, ebenso die Textilarbeiter, die Konditoren traten in den Sympathiestreik, und schließlich folgten Elektrizität, Gas und Wasser, die Ärzte streikten, die Lehrer, die Hebammen, die Büroangestellten, Bäcker, Metzger, alle Behörden, die Polizei, die Schwarzhändler und endlich sogar die Schriftsteller. Sie waren sehr stolz darauf, obwohl es kein Mensch merkte.

Das siebente Kapitel

Das wegen des vom Zaune gebrochenen Streiks der Schriftsteller bedauerlicherweise ungeschrieben bleiben mußte

Achtes Kapitel

Darin vom Paradiese auf Erden die Rede ist

Als geborener Mösseler erinnere ich mich noch genau an jenen historischen Lust-Streik. Nachts, 24 Uhr, sollte er, so verkündeten allerorten Lautsprecher, beginnen. Ein Streik, das weiß jeder Mensch, ist eine herrliche Sache, wenigstens am ersten Tag. Eine überaus wohltuende Stille herrscht in der Stadt. Alle Menschen feiern. Sie schlafen sich alle erst einmal gründlich aus. Aufstehen? Das war schon Arbeit. Waschen, Rasieren, Zähneputzen – bourgeoise Angewohnheiten. Natürlich streiken mit Wonne auch die Hausfrauen. Und die Liebenden? Natürlich! Liebe ist Arbeit. Alle Maschinen stehen still, nur das Menschenherz arbeitet weiter, und die Sonne geht auf und unter, die große Streikbrecherin, die Vögel singen, und die Bäume wachsen.

Heinrich erwachte um Mitternacht, von Magenweh geplagt; denn sein Vater war der Schmerz und seine Mutter die Schlaflosigkeit. Heinrich erwachte und sagte: „Zu denken: auch Gott würde in Streik treten und ...“

„Schweig! Denken ist Arbeit!“ unterbrach ihn Jadup, der gerade wach war.

„Auch die Notdurft, die du eben verrichtest, ist

Arbeit!“ sagte Heinrich ernst. Aber Jadup ließ sich nicht stören. Das gälte nur für die Städtischen Wasserwerke, aber nicht für ihn.

Wie gesagt, ein Tag völliger Arbeitsenthaltung stand bevor, ein Tag der Stille, des Ausruhens, des fabianischen Friedens – das war köstlich.

Neuntes Kapitel

Darin etwas völlig Unvorhergesehenes geschieht

Als die Mösseler am Morgen erwachten, stellten sie mit Verwunderung fest, daß es Nacht war. Die Sonne streikte. Sie ging nicht auf, und der Mond ging nicht unter. Unbeweglich stand er am Himmel, nicht leuchtend wie sonst, sondern einer großen Kartoffel ähnlich. Die Natur, die sonst so geduldige, war in Sympathiestreik getreten. Die Maar hielt inne in ihrem Lauf, der Wind schlief, die Vögel sangen nicht mehr. Blätter, die eben von den Bäumen fallen wollten, fielen nicht weiter, sondern hingen regungslos, wie von unsichtbaren Reißzwecken an die Luft genagelt, sinnlos in der Gegend umher. Es war recht unheimlich. Wie aber, wenn, was zu befürchten war, auch der menschliche Blutkreislauf streikte, die Herzen verstummten, ein totaler Streik des Lebens einsetzte? Vielleicht wäre das die beste Lösung gewesen[1]. Allein der Tod streikte, und das Leben mußte wohl oder übel weitergehen. Zwar fanden Verhandlungen zwischen Tod und Leben statt, wer den Vorrang

[1] Laut Quellen der DENA, der AP und eigener Meldungen.

habe, doch konnte eine Einigung nicht erzielt werden, weil auch die Verhandlungen, Konferenzen und Sitzungen, nachdem sie diese Tätigkeit als Arbeit ansahen, sich dem Streik anschlossen. Alle diese Ereignisse fanden im Dunklen statt, und wenn es auch keinen Tod gab, so war es doch auch nicht das wahre Leben. Es gab weder Wonne noch Schmerz, also auch glücklicherweise keinen Hunger, aber eben auch kein Lustgefühl, kein Lachen, keine Tränen, keine Wärme und keine Kälte und keine Liebe. Bei dem fahlen Schein des stehengebliebenen Mondes sahen alle Gesichter käsig[1] und kartoffeln aus. Sie waren völlig ausdruckslos und, da auch die Individualität streikte, alle ohne Unterschied einander gleich, weder schön noch häßlich, sondern gradan, fade, leer, ohne Ich – ein grauenvoller Anblick, das könnt ihr mir glauben.

Zehntes Kapitel

Darin alles ein gutes Ende nimmt

Gott sah es, und es jammerte ihn. Also ließ er die Sonne wieder scheinen, die Flüsse strömen und die Vögel singen. Da waren die Menschen doch recht froh und dankbar, für kurze Zeit wenigstens. Der Streik wurde beendet. Denn die Kranken sagten, die Ärzte müssen natürlich arbeiten, das verlangt die Menschlichkeit. Und die Müller müssen natürlich mahlen, die Bäcker backen, die Bauern säen und ernten und die Metallarbeiter

[1] Der bekannte Forschungsreisende Dr. Hans Baltus Powenz, ein Enkel des Verewigten, berichtet von seiner Reise auf den Mond: „Als wir den Mond betraten, stellten wir fest, daß er aus Käse bestand und auch so roch."

Pflüge schmieden und die Maler malen, die Schuster schustern. Das ist doch selbstverständlich, sonst geht es ja nicht. Und die Bergleute und und und ...

Und die Schriftsteller? Sie hungerten weiter still vor sich hin[1].

Baltus Powenz, nach dem ein Stern benannt wurde[2], zahllose Schiffe, Berge, Straßen und Plätze, eine Stadt sogar[3], Rasierklingen, Heringe und Zigaretten, hatte sich, als die solane Lage sich zuspitzte, weise zurückgehalten. Aber da alles darniederlag und das Gemeinwesen Mössels zusammenzubrechen drohte, ja die Gefahr eines Übergreifens auf Europa, wenn nicht die ganze Welt, bevorstand, nun griff Baltus ein. Er ließ durch den gut eingespielten Nachrichtendienst seiner Söhne die Einwohnerschaft wissen, daß er am Soundsovielten um soundso viel Uhr von der Rathaustreppe aus sprechen werde.

Der Menschen Drang zum Gedränge ist groß. Der Marktplatz bog sich vor Menschen, als Powenz erschien und, nachdem der Begrüßungsbeifall verrauscht war, folgendermaßen zu reden anhub:

„Mösseler und die übrige Menschheit, aus Lehm Geschaffene! Doch nicht liebe und verehrte Mösseler. Durchaus nicht. Glaubt nicht, daß ich Süßholz rasple und eure Tugenden rühme, Mösseler Frauen, Mösseler Treue, Mösseler Wein[4] und Mösseler Sang. Das sei ferne. Wenn ich euch so anschaue, ihr Kartoffelgesichter, dann

[1] „Hunger ist zwar der beste Koch, aber kein guter Schriftsteller." (Baltus Powenz, Igelgedanken.)

[2] „Baltus" im Sternbild der Fliege, der zweite Stern oben links mit dem Karfunkelfeuer.

[3] „Powenzgrad" in Sibirien.

[4] Anspielung auf Adams Weinstube.

frage ich mich, woher habt ihr den Mut, bei Tage auszugehen? Was bildet ihr euch eigentlich ein? Haltet ihr euch für besonders schön? Hoffentlich nicht, ganz wenige ausgenommen. Der Mensch ist häßlich von Angesicht und Gestalt, und böse ist sein Gemüt. Seht euch doch bloß das zweibeinige Gestell an! Oder eine Nase mit den zwei Knopflöchern unten. Sind die Tiere, Gazellen zum Beispiel, nicht tausendmal schöner als wir? Ihr gefallt mir gar nicht. In keinster Weise. Schaut euch doch unvoreingenommen in den Spiegel. Solche Gesichter dürften nicht in Umlauf sein. Sie müßten aus dem Verkehr gezogen werden. Was habt ihr für mißgestaltete Füße, was für Kloaken von Mündern, welch unreine Haut. Ich kenne Mösselerinnen, die kaum noch ein Dutzend Zähne im Munde haben und ihre Lippen knallrot malen, als führten sie zur Seligkeit und nicht auf einen aufgelassenen Friedhof. Ich kenne Eheleute, die einander gegenseitig vor Haß ihre falschen Gebisse ins Gesicht werfen. Oh, und wie ihr angezogen seid! Menschenskinder: diese lächerlichen Hosen, diese komischen Hüte. Merkt ihr nicht, wie geschmacklos ihr seid? Nein, mit eurem Äußeren ist es nichts, aber mit eurem Innern, ehrliche Mösseler. Ihr seid so klug, so friedfertig, daß es keinen Krieg in eurer Mitte gibt.

Ach, ihr tut ja doch alle mit, weil ihr glaubt, vielleicht siegen die Unsern und es geht uns auf Kosten der Besiegten besser. Ihr sagt dann natürlich: für eine gute Sache. Aber eine Sache, die zum Krieg führt, ist nie gut. Ihr seid zufrieden, wenn ihr nicht schlechter seid als andere, und wunder wie stolz, wenn andere schlechter sind als ihr. Ihr seid ein erbärmliches Pack und solltet euch schämen!“

Dies und vieles andere sagte er ihnen. Kein anderer außer dem göttlichen Baltus hätte es wagen dürfen, die Mösseler so abzukanzeln. Sie klatschten Beifall, denn sie bezogen es nicht auf sich. ‚Beifall?' dachte der Alte, ‚also scheine ich etwas sehr Dummes gesagt zu haben.' Und dann klärte er sie auf, wie er sie genasführt hatte und sie auf alles blindlings hereingefallen waren.

„Das ist die Wahrheit", schloß er seine Strafpredigt. „Nun wißt ihr's: helfen tut's ja doch nichts. Aber mir kann's ja gleich sein. Ich bin sowieso nicht mehr lang da!"

„Und die Kartoffeln?" rief die Menge.

„Die laßt euch schmecken! Ich esse sie selber leidenschaftlich gern."

Wie gut, daß Violands hübsche Broschüre „Die Kartoffelpostille", mit fünfhundert Rezepten und zahlreichen Zeichnungen, eben auslieferungsbereit war. Sie fand reißenden Absatz.

Wohlstand und Friede herrschten wieder in Mössel, der reinlichen, kleinen Stadt. Nur Frau Quiebus mißtraute auch fürder den Kartoffeln. Vielleicht war doch etwas Wahres an Heinrichs nächtlicher Erkenntnis: „Die Kartoffeln sind schuld!"

Heinrich hatte jedenfalls den Ruhm, nach mancherlei Mißgeschick die Tomoffel[1] gezüchtet zu haben[2], die bald im großen gepflanzt, für Mössel zu einem wirtschaftlichen Faktor ersten Ranges wurde.

[1] Solanum powenz, doppelerntig, in ganz Europa heimisch.

[2] Zuerst allerdings züchtete er eine Pflanze, die über der Erde die Eigenschaften der Kartoffel und unter der Erde die der Tomate besaß.

Der rettende Einfall

(Aus den Blättern des Powenzarchivs)

Im Dreißigjährigen Krieg lebte ein munterer Kesselflicker, namens Hokus Powenz, also vermutlich ein Ahne jenes nachmals durch seine geniale Erfindungsgabe, wenn leider auch durch seinen lockeren Lebenswandel sprichwörtlich gewordenen Geschlechts. Doch schien er aus der Art geschlagen, war redlich geworden und brachte es daher auf keinen grünen Zweig. In seinem bescheidenen Gewerbe, worin er große Geschicklichkeit bewies, vermochte er jedoch in jenen unruhigen Zeiten, da die feindliche Soldateska brandschatzend und plündernd allerorten das Land unsicher machte, kaum sein Dasein zu fristen. Die verängstigten Bewohner, die ihr bißchen Hab und Gut zu retten trachteten und schon ihr Silber zu vergraben begannen, hoffend, daß vielleicht doch einmal wieder geruhsamere Zeiten kämen, baten in ihrer Not den allezeit hilfsbereiten, findigen Kesselflicker um Rat: Was er wohl an ihrer Stelle tun würde, wenn die Schnapphähne und Marodeure kämen?

„Was ich tun würde“, sagte er schlau, „nun ich würde einfach so tun, als wären sie schon dagewesen.“

Die guten Leute machten erst dumme Gesichter, aber allmählich ging ihnen doch ein Licht auf. Sie müßten dabei freilich, fuhr der Kesselflicker fort, einige kleine Opfer und Schäden in Kauf nehmen. Gegen ein kleines Douceur wolle er ihnen aber gern aus der Patsche helfen. Des waren sie zufrieden.

Er begann zunächst damit, Latten aus dem Zaun zu

reißen, Fensterläden halb auszuhängen und Zug um Zug ein täuschendes Bild malerischer Devastierung zu schaffen. Mit schwarzer Farbe malte er jene wohlbekannten Rußzungen über die Fenster, als hätte es gebrannt, ließ ein Feuerchen machen, um verkohlte Balken herzustellen, die er aus den leeren Fensterhöhlen schauen ließ, arbeitete mit Glasscherben und zerbrochenen Dachziegeln, stellte altes Gerümpel vor das Häuschen, auch umgestürzte Kisten, aus denen Weinflaschen (geleerte natürlich) kollerten und streute dazwischen verfaultes Gemüse, Rüben und Weißkohlblätter, Hühnerbeine und ausgerupfte Federn, als hätten hier die Räuber ein Mahl gehalten. Auch vergaß er nicht, dem Bild künstlicher Verwüstung einen rührenden Akzent zu geben, indem er eine Puppe mit halbabgerissenem Kopf, daraus Sägemehl quoll, gut sichtbar auf den Weg legte; er stürzte im Hause, doch behutsam, Tische und Stühle um, hängte die Bilder schief, zog die Schubladen aus den Kommoden und rief den Eindruck gründlicher Durchgewühltheit hervor.

Die Bewohner fanden schnell Geschmack an dem scheinbaren Zerstörungswerk, und vor allem die Buben überboten sich in Einfällen, so daß Hokus Powenz nur noch das Amt der künstlerischen Überwachung übte, indem er da und dort eingriff, um die Echtheit zu gewährleisten, den Zipfel eines aus einer Truhe hängenden Lakens natürlicher drapierte, um so dem Ganzen den rechten Schick zu geben.

Ein toter Hund, meinte er zum Schluß, während er durch die hohle Hand, wie durch ein Fernrohr blikkend, sein Werk nicht ohne Stolz überprüfte, würde sich gut machen, oder noch besser, fügte er mit freundlichem Grinsen hinzu, woran zu merken daß er's so ernst nicht meinte: falls sie irgend jemand wüßten, den sie gern aufgeknüpft sähen, hier an dem Apfelbaum beim Gatter vielleicht, das würde Wunder wirken, dann würden die Mordbrenner sagen: O weh, da waren schon welche von uns! und enttäuscht des Weges ziehen (wie denn auch wirklich geschah).

Also bewies der redliche Kesselflicker, daß doch bestes Powenzblut in seinen Adern rollte, wanderte mit seinem neuen Gewerbe landauf und landab, bis der höllische Spuk endlich vorüber war, und brachte so sein Schäfchen ins Trockene.

Nachspiel zu den „Räubern"

5. Akt, 3. Szene (nicht bei Schiller)[1]

Vor einer ärmlichen Hütte in Franken. Ein Taglöhner, Besen bindend. Kinder in allen Größen bis zu sechszehn Jahren teils spielend, teils gärtelnd. Es ist gegen Abend.

DER RÄUBER MOOR *tritt auf:* Guten Abend, Besenbinder.

DER TAGLÖHNER. Grüß Gott, Herr Räuber.

MOOR. Ihr kennt mich also noch.

TAGLÖHNER. Ei freilich! Auch wenn ich Euch neulich nicht gesehen hätte, da Ihr des Wegs nach dem Schloß Eurer Väter vorüberkamt, so wüßt ich's doch, wer Ihr seid. Hängt doch Euer wahrhaftiges Konterfei hierzulande in allen Stuben. – Kommt Kinder, macht dem Herrn Hauptmann einen schönen Diener. *Sie tun's ohne Scheu.*

MOOR. Sie fürchten sich nicht vor mir, dem Räuber und Mordbrenner?

TAGLÖHNER. I wo! Sie spielen ja den ganzen Tag nichts anderes als Räuber und Schandi. Ich tue selber zuweilen mit. Nur – –

MOOR. Nur?

TAGLÖHNER. Komisch: es will partout keiner Gendarm sein.

[1] Dem Kustos ist es gelungen, die schmerzlich vermißte 3. Szene zum 5. Akt der „Räuber" in den Archiven von Mössel an der Maar zu entdecken. Es bleibt noch aufzuhellen, wann Schiller in Mössel weilte. Wir legen diesen wertvollen Fund unseren Zeitgenossen vor — zu deren Nutz und Frommen.

EIN BUB, *mit Schlapphut und Federn darauf:* Ich bin der Hauptmann. Der da ist der Schweizer, der ist der Roller und der der Spiegelberg.

EIN ANDERER *heult:* Ich mag doch aber nicht der Spiegelberg sein. *Sie trollen sich.*

TAGLÖHNER, *weiterarbeitend:* Macht's Euch bequem, Hauptmann. Was führt Euch zu uns?

MOOR *wirft sich ins Gras:* Ich habe ein Geschäft mit dir.

TAGLÖHNER. Ein Geschäft? Ich bin ein armer Mann. Mit mir ist kein Geschäft zu machen.

MOOR. Vielleicht doch. Es ist ein Preis von tausend Louisdor auf meinen Kopf gesetzt.

TAGLÖHNER. Gott verdamm mich! Ein hübsches Sümmchen.

MOOR. Du kannst es dir leicht verdienen, Mann, und alle Not hat ein Ende.

TAGLÖHNER. Tausend Louisdor! Das ist kein Pappenstiel. Es ist sündhaft viel Geld! Was muß ich dafür tun?

MOOR *legt seinen Säbel und seine Pistolen ab:* Mich den Gerichten ausliefern.

TAGLÖHNER. Ich? Euch? Den Gerichten? Was denkt Ihr von mir? Das – verzeiht – das ist nicht schön von Euch.

MOOR. Überleg's dir wohl! Du bist ein armer Schelm. Du hast, wenn mir recht ist, elf lebendige Kinder.

TAGLÖHNER *kratzt sich hinterm Ohr:* Mit Verlaub: Elfeinhalb. Eins nämlich ist noch unterwegs.

MOOR. Um so mehr bist du's bedürftig.

TAGLÖHNER. Bedürftig! Weiß Gott, das sind wir wirklich. Obwohl – die Großen helfen schon recht wacker verdienen. Wenn nur die unruhigen Zeiten nicht wären.

MOOR. Und die unruhigen Köpfe, nicht wahr?

TAGLÖHNER. Ganz recht! Wir könnten ein Paradies auf Erden haben. *Zu einem Kind:* Melk die Ziege, Hannchen. Hörst sie nicht plärren? Es ist gar nicht das Hannchen. Es ist das Lieschen. Ich kann sie schier nicht mehr auseinanderhalten. Aber: Man merkt's halt doch gleich, wenn einmal eins fehlt. – Ihr habt keine Kinder, Hauptmann?

MOOR. Ich? Nein.

TAGLÖHNER. Dacht ich's doch! Ich habe schon öfters darüber sinniert, ob nicht, ich meine, ob so manches Abenteuer in der Welt –

MOOR. Sprich dich nur ruhig aus, Freund.

TAGLÖHNER. Zum Exempel: Ob Ihr wohl der große Räuber Moor geworden wäret, wenn Ihr Kinder hättet. Es müssen ja nicht gerade elf sein.

MOOR. Unter diesem Aspekt habe ich die Weltgeschichte noch nicht betrachtet.

TAGLÖHNER. Tut es, Hauptmann, tut es!

MOOR, *einen Grashalm pflückend:* Ich fürchte, es ist zu spät. – Du kennst meine blutigen Taten?

TAGLÖHNER. Aber freilich! Von den Bänkelsängern auf den Jahrmärkten.

MOOR. Bis zuletzt?

TAGLÖHNER, *leise:* Ja, bis zuletzt.

MOOR. Sag, hab ich nicht wie einer den Tod verdient? Ich habe Amalien, –

TAGLÖHNER. Ach, ich weiß, ich weiß. Das war bitterer als der Tod.

MOOR. Hör zu. Nach Petrus Lombardus gibt es sieben Todsünden: Superbia, das ist die Hoffart, Avaritia, die Habsucht, Luxuria, die Wollust, Ira, der Zorn, Gela, die Völlerei, Invidia, der Neid, und Acedia, das ist die Trägheit des Herzens.

TAGLÖHNER. Diese dünkt mich von allen die schlimmste und häufigste zu sein. Welche aber habt Ihr begangen? Ich finde Rauben, Morden und Brennen nicht darunter.

MOOR. Die Beweggründe sind's, nicht die Taten, die Gesinnung ist's, die als Sünde wiegt.

TAGLÖHNER. Ich bin nicht Euer Richter, Hauptmann. Doch laßt sehen: War es nicht Hoffart, die Euch zum Räuber werden ließ? Anmaßung der Gerechtigkeit? Ruhmsucht, Undemut, Großartigkeit und Eure grenzenlose Ungeduld? Wolltet Ihr nicht mit diesem Säbel und mit diesen Räuberpistolen etwas in Ordnung bringen, was nur durch unendliche Liebe gutgemacht werden kann? Vielleicht wäret Ihr der einzige Mensch gewesen, der es vermocht hätte. Denn Ihr seid tapfer und zieht die Herzen an.

MOOR. Mann, glaubst du das wirklich im Ernste?

TAGLÖHNER. Wenn einer, so hättet Ihr es vermocht. Es wäre auch, wie ich die Menschen kenne, nicht weniger lebensgefährlich gewesen. Und — war es nicht auch Hoffart, daß Ihr nun nach soviel Irrtum meintet, Ihr brauchtet nur zum Besenbinder zu gehen, und der arme Hund wüßte nichts Eiligeres zu tun, als Euch an den Galgen zu liefern und das Sündengeld einzusackeln? Und Ihr glaubtet noch dabei wunder wie großherzig zu handeln!

MOOR, *fast etwas gekränkt:* Aber ich meinte es doch wirklich nur gut mit dir.

TAGLÖHNER. Oh, über die Toren, die immer so leicht bereit sind, für sich anzunehmen, sie hätten es gut gemeint. Diese sogenannte „gute Meinung“, ist das nicht am Ende die achte Todsünde?

MOOR. Was soll ich aber tun, denn ich sehe, armer Mann, dir kann nicht geholfen werden.

TAGLÖHNER, *gutmütig:* Wieso? Ihr hättet Euch die ganze Zeit schon beim Besenbinden nützlich machen können, anstatt an einem Grashalm zu kauen. – Was Ihr tun sollt? Ihr wollt sterben. Gut, das kann ich verstehen. Stellt Euch den Gerichten, aber seht Euch vor, daß Ihr unterwegs niemandem Gelegenheit gebt, die tausend Louisdor zu verdienen und einen Sünder mehr zu machen. – Und wenn sie dich aufs Rad flechten, Hauptmann, in deinem letzten Stündlein, will ich bei dir sein und dich immerzu ansehen.

MOOR, *indem er seinen Säbel überm Knie zerbricht und die Stücke hinwirft:* Verlaßt Euch auf mich, Besenbinder, lebt wohl! *Er geht.*

TAGLÖHNER. Mach's gut! Und Friede werde deiner armen, unruhigen Seele!

Ahnentafe

Stammeltern:

Adam Powenz ∞ Eva, geb. Ripperl

(nicht völlig gesichert)

Höhlenpowenz (um 5000 v. u. Zeitrechnung)

B. Poventius Mosselinus, Soldat (um 80 n. u. Zeitrechnung

Wenzel Pohwentz, Bauer (um 1300)

Utz Pohwentz, Raubritter † 1499

Hanske Powentz † 1546
Matrose

Blasius Powentz †
Landsknecht

John Powens
(engl. Linie)

Lord Powens
* 1892

Pierre Povence
(franz. Linie)

Maurice Povence
* 1902
Schauspieler

Po-weng-si
(chin. Linie)

?

Fabulus Pow
† 1601 Pfe

Florin Powenz † 1
Töpfer

Till Powenz † 1703
Puppenspieler

Karsten Powenz † 173
Goldmacher

Dominikus Powenz † 17
Scherenschleifer

Nikolo Powenz (gen. Povencini)
Seiltänzer

Hokus Powenz † 18
Zauberer

August Powenz, genannt Powo †
Clown

Quirin Powenz † 1839 ∞ Resi Dubbergast
Harfensänger

Hieronymus Powenz
* 1860 † 1924 Reisender

Baltus Powenz ∞ Sabine Schwan
* 1864 † 1929

Kaspar Fabian Heinrich Lilith Violand Zephirin Jadup J

ilie Powenz

Paulke Powentz † 1559
Handelsmann

Hans Peter
Powensen
ndinav. Linie)

Rochus Powentz
Reitknecht

Iwan Pawlowitsch Powenzoff
(russische Linie)

ry Baron Powenzl
(Wiener Linie)

Yadam Povenski
(poln. Linie)

Bogumil Pwnc
(böhm.-mähr. Linie)

Melchior Powenz * 1866 † ?
Bettler

Der Höhlen-Powenz
powenz primigenus
Rekonstruktion/Wandgemälde im Powenzmuseum

Ernst Penzoldt
Der Herr Verfasser der »Powenzbande«

Nach Herkunft, Kinderstube und Erziehung war von Ernst Penzoldt alles andere eher zu erwarten als der Schelmenroman »Die Powenzbande«. Der am 14. 6. 1892 geborene Verfasser stammt aus einer Umluft, die man gemeinhin als gutbürgerliche Familie bezeichnet, Pfarrer und Ärzte sind seine Ahnen und Verwandten.

E contrario – vom Gegenteil aus, so lernt man in der Schule – könnte man die Einleitung eines Aufsatzes gestalten, wie es hier versucht wird. Man darf sich den Verfasser der »Powenzbande« in seiner Kindheit durchaus als verzärteltes Muttersöhnchen vorstellen, das im Matrosenanzug artig an der Hand seiner Frau Mama durch seine Geburtsstadt Erlangen ging, das durch ein Kinderfräulein und später auch mit Rücksicht auf seine mangelhaften Erfolge in der Schule (Mathematik und Latein) durch Hauslehrer beaufsichtigt war und wie als Bub zeitlebens alles andere als ein »Powenz« war und ist, übrigens auch in den sehr zarten Anfängen seiner literarischen Versuche. Ja, es ist in der Tat ein literar-psychologisches Rätsel, wie dieser lyrisch-romantische Mensch urplötzlich und in wenig Wochen, man darf es so ausdrücken, diesen stellenweise ziemlich derb-komischen Roman von sich gibt, um sich darnach, als wäre nichts geschehen, wieder wesentlich zahmeren Themen zu widmen. Es ist nicht uninteressant, daß das Buch keineswegs in einer Zeit des Übermutes, sondern im Gegenteil einer clownischen Melancholie entstanden ist. Der Verfasser behauptet, daß es ihm später bestimmt nicht mehr gelungen wäre, diesen Stoff zu gestalten.

Ungläubig stehen wir vor diesen Tatsachen und fragen uns, wie es geschehen konnte, daß ein von Natur aus anscheinend für sein Unterfangen völlig ungeeigneter Autor eine so merkwürdige urwüchsige Figur wie Baltus Powenz erfand, die heute ein Begriff ist, daß man sagt: der oder jener sei ein Powenz.

Und doch, wer sich, wie ich, eingehender mit dem Verfasser beschäftigt hat, bemerkt nicht weniger erstaunt, daß die Bausteine, deren das Buch bedurfte, in ihm bereitlagen wie die Backsteine, aus denen Baltus Powenz und die Seinen ihr Haus bauten. Penzoldt sagte einmal von sich, daß er sich nie langweile.

Seine Mutter rühmte schon dem Knaben nach, er könne sich so gut beschäftigen. Er hat für sich selbst ein Problem gelöst, das vielleicht zur Zeit das wichtigste soziale Weltproblem darstellt: die Kunst, sich beschäftigen zu können (nicht beschäftigt zu werden!) und sich nicht zu langweilen. Die böse Macht der Tyrannen aller Weltanschauungen lebt hauptsächlich von diesen Mängeln. Betrachtet man ein sogenanntes autoritäres Regime, so wird man zugeben müssen: Es ist so langweilig.

Der Verfasser der Powenzbande langweilt sich nie. Es ist bekannt, daß er ein zwar nicht bedeutender, aber nicht ganz unbegabter Bildhauer, Maler, Graphiker ist, daß er sich in allen Techniken wie Holzschnitt, Radierung, Hinterglasmalerei betätigt hat und in der Literatur, die er anfangs nur so nebenher betrieb, Gedichte (wenige nur, aber ganz gute), Erzählungen, Romane, Dramen, die sogar aufgeführt wurden, und zahllose Betrachtungen, ernste und heitere, auch Theaterkritiken schrieb, Bücher illustrierte, ein paar recht gute Plakate und Werbezeichnungen lieferte und dergleichen mehr (wo aus jeder Art andere einen eigenen Beruf machen), ja es eigentlich nötig hätte, zu dritt oder gar zu viert zu sein, wollte er sein kleines Talent richtig nutzen. Aber das ist es ja, daß er eigentlich nichts »industrialisierte«, sondern bei allem, was er tat, nie »ans Geld« dachte (und wenn, dann glückte es nicht).

Der Arme war viel krank (darum heißt auch eines seiner Bücher »Der dankbare Patient«), ist glücklich mit seiner Familie und seinen Freunden und wird sich bemühen, das Wort: vita dum super est, bene est (solange noch Leben in mir ist, ist es gut) zu erfüllen.

Man sieht, eine Powenz-Eigenschaft – die Vielseitigkeit und die wunderbare Gnade, Einfälle zu haben – brachte der Autor mit und darüber hinaus das Glück einer mit dem Alter noch zunehmenden Genußfreudigkeit an allem Schönen, wie ich sie so stark nur bei wenigen gefunden habe.

Die Powenzbande übrigens beruht auf einer wahren, völlig frei erfundenen Begebenheit, wie jeder freundliche Leser ohne weiteres feststellen kann.

Dr. Karl Butter junior,
Mössel an der Maar,
im Januar 1955

Nachweis

der zu dem vorliegenden Werke verwendeten hauptsächlichen Literatur:

Knust, Valentin, Poetische Beschreibung von Mössel und Umgebung, mit einem Stadtplan und vielen Abbildungen im Text. Mössel 1906. 97 S. 8⁰. Selbstverlag. Offizieller Führer des Fremdenverkehrsvereins.

Derselbe, Das alte Moselinum, ein geschichtlicher Versuch.

Powenz, Baltus, Gesammelte Reden, herausgegeben vom Powenzarchiv, mit Porträt.

Bruder Fabian, Vom Segen gerechten Schlafes, eine Mahnung. 1919, Siebenschläferverlag.

Derselbe, Kurzgefaßte Lehre vom gottgefälligen Schlaf. 1920, ebenda.

Derselbe, Deutsches Traumbuch für Anfänger. 1920, ebenda.

Dattel, Max, Oberbürgermeister a. D., Weißbuch der Stadt Mössel an der Maar. 1928.

Gilpin, Dr. phil., Gottlieb, Der Antipowenz, eine Vernichtung. Thersitesverlag, 122 S., hübsch gebunden.

Blätter des Powenzarchivs, 1. Jahrgang, 1929, herausgegeben vom Verfasser.

Derselbe, Katalog des Powenzmuseums, mit 6 Tafeln und zahlreichen Abbildungen im Text (zur Zeit vergriffen).

Derselbe, Powenz-Monuments, Aufruf zur Schaffung eines Sonderdruck aus den Blättern des P.-A. (zum Besten des Denkmalfonds).

Druckfehlerverzeichnis

Seite 7, Zeile 18: Impowenz – Impotenz.
Seite 96, Zeile 14: kulinarisch – katilinarisch.

Inhalt

Buch der Hoffnung

Buch der Heimsuchung

Buch der Erbauung

Nachgelassene Dokumente

Zeittafel

1892 am 14. Juni als Sohn eines Arztes in Erlangen geboren.

1901–1911 humanistisches Gymnasium; schreibt mit neun Jahren seinen ersten »Roman« in Fortsetzungen *Bernhard, der kleine Jäger* und sein erstes »Stück« *Der Ring des Polykrates* für ein selbstgefertigtes kleines Theater mit Papierfiguren

1911–1913 nach dem Abitur Kunstakademie in Weimar
erste Veröffentlichung: Silhouetten zu einem Lautenliederbüchlein von Waldemar von Baussnern

1913–1914 Kunstakademie Kassel. Penzoldt malt, modelliert und schreibt, vor allem Gedichte

1914–1918 als Kriegsfreiwilliger in einem Feldlazarett

1915 *Allerlei Humore,* eine Mappe mit Scherenschnitten von Ernst Penzoldt, erscheint bei Georg D. W. Callwey, Geleitwort von Avenarius

1919 nach dem Krieg lebt Penzoldt in München
erste schriftstellerische Veröffentlichungen in der Zeitschrift *Jugend*

1920 Penzoldt lernt Ernst Heimeran kennen, seinen späteren Schwager und lebenslangen Freund

1921 Penzoldt illustriert *Robinson Crusoe,* erschienen bei Franz Hanfstaengl, München
gemeinsame Kollegbesuche mit Ernst Heimeran, vor allem bei Wölfflin
Italienreise mit Ernst Heimeran

1922 Hochzeit mit Friedi Heimeran
handelsgerichtliche Eintragung des Ernst Heimeran Verlages. Als erstes Buch erscheint Penzoldts Gedichtband *Der Gefährte*

1923 Geburt des Sohnes Günther Penzoldt

1924 *Der Schatten Amphion* erscheint bei Heimeran
Gründung der literarischen Gesellschaft »Die Argonauten«

1925 Entstehung von Penzoldts Fresken in der Mensa Academica und in der Buchhandlung Mencke in Erlangen, Arbeit an der Platen-Büste
Tommaso Cavalieri, eine Michelangelo-Novelle, und die *Novelle in Weiß* entstehen

1926 *Christiane und Vier.* Entstehung von Penzoldts Kruzifix, Engelschnitzereien und vier Evangelistenbildern für die Waldkirche in Planegg. Nach 1933 als »entartet« entfernt

1927 *Der Zwerg* erscheint als erster Roman bei Philipp Reclam jun., Leipzig. Die Neufassung des Buches unter dem Titel *Die Leute aus der Mohrenapotheke* erscheint 1938 bei S. Fischer, Berlin
Geburt der Tochter Ulla Penzoldt

1928 *Der arme Chatterton* wird von Katharina Kippenberg für den Insel Verlag, Leipzig, angenommen und erscheint im Herbst (englische Ausgabe 1931); bei einer Lesung aus dem *Chatterton* erste Begegnung mit Thomas Mann

1929 *Etienne und Luise* erscheint nach einem Vorabdruck in der *Vossischen Zeitung* bei Reclam

1930 *Etienne und Luise*, adaptiert zu einem Trauerspiel, erscheint bei Arcadia, Berlin
Die Portugalesische Schlacht entsteht (Bühnenfassung und Novellenform)

1932 *So war Herr Brummell* (Kammerspiel) entsteht und *Kleiner Erdenwurm.* Bei einer privaten Lesung aus *Kleiner Erdenwurm* beginnt die Bekanntschaft mit Peter Suhrkamp
erster Verlagsvertrag mit S. Fischer, auf Anregung Suhrkamps

1933 Penzoldt malt, zeichnet, modelliert unter dem Pseudonym Fritz Fliege

1934/35 *Idolino* entsteht

1936/37 *Der dankbare Patient* entsteht und erscheint mit Zeichnungen und einem Umschlag des Autors bei S. Fischer

1938 Arbeit in der Werbeabteilung des S. Fischer Verlags in Berlin bis zum Herbst

1939 Reise nach Dalmatien mit Ernst Heimeran
im August als Sanitätsfeldwebel eingezogen. Operationshelfer im Lazarett für polnische Verwundete in Lodz

1940 *Korporal Mombour* entsteht in einem Reserve-Lazarett, wohin Penzoldt wegen eines Magengeschwürs eingeliefert wurde; Vorabdruck in der *Neuen Rundschau*

1941 *Zugänge* beendet; Peter Suhrkamp erwirbt das Buch,

das vorwiegend in Lazarett und Klinik entstanden ist. Es kann jedoch der Kriegsereignisse wegen nicht erscheinen

1942 angeregt durch die Rheinisch-Westfälische Zeitung, beginnt Penzoldt *Theaterbriefe* für Münchner Aufführungen zu schreiben (bis 1944, mit Unterbrechungen)

Episteln erscheint

1943 erneut zum Militärdienst eingezogen

1944 als untauglich aus dem Militärdienst entlassen, nachdem wieder Magenbeschwerden auftraten

1946 *Die verlorenen Schuhe*, Komödie, Uraufführung in München und Nürnberg. In München führt Harry Buckwitz Regie

Zugänge erscheint. Entstehung der Erzählungen *Mit Kindesaugen* und *Floris*

Tröstung erscheint bei Suhrkamp in der Reihe »Beiträge zur Humanität«

Die *Theaterbriefe* erscheinen wieder (–1949) im »Münchner Tagebuch« und den »Hessischen Nachrichten«; später (–1951) in der »Süddeutschen Zeitung«

1947 *Olifant* entsteht, angeregt durch das Bildnis eines jungen Mannes von Botticelli (in Washington)

1948 Wahl in die Bayerische Akademie der Schönen Künste

Die Perle und *Der Delphin*, Erzählungen, entstehen während eines Aufenthaltes in Suhrkamps Autorenhaus in Kampen auf Sylt (*Der Delphin* nach einer Fabel von Plinius dem Jüngeren)

Kunstpreis für Literatur der Stadt München

1949 *Causerien* erscheint als Band I der »Gesammelten Schriften in Einzelausgaben« bei Suhrkamp

1950 *Der gläserne Storch;* Uraufführung in Hamburg

1951 *Süße Bitternis,* Band II der »Gesammelten Schriften«

1952 *Drei Romane.* Der arme Chatterton. Die Powenzbande. Kleiner Erdenwurm. Band III der »Gesammelten Schriften«

1952/53 arbeitet Penzoldt mit Unterbrechungen an *Squirrel.* Die erste Fassung war die dramatische Form (Uraufführung 22. 12. 53)

1953 Kurt Horwitz, der Intendant des Bayerischen Staatstheaters, gewinnt Penzoldt als »dramaturgischen Berater«

1954 Immermann-Preis der Stadt Düsseldorf
1955 am 27. 1. stirbt Ernst Penzoldt in München an einem Herzinfarkt
1958 *Die Liebende* und andere Prosa aus dem Nachlaß erscheint bei Suhrkamp
1962 *Dramen.* Band IV der »Gesammelten Schriften« erscheint aus Anlaß des 70. Geburtstags von Ernst Penzoldt bei Suhrkamp, des weiteren eine Neuausgabe der *Powenzbande* und die *Prosa eines Liebenden* sowie *Leben und Werk von Ernst Penzoldt,* Ein Brevier, zusammengestellt von Ulla Lentz-Penzoldt

Alphabetisches Gesamtverzeichnis der suhrkamp taschenbücher

1/1/8.86

1/2/8.86

1/3/8.86

1/4/8.86

1/5/8.86

1/6/8.86

1/7/8.86

1/8/8.86

1/9/8.86

1/10/8.86

1/11/8.86

1/12/8.86

1/13/8.86

1/14/8.86

1/15/8.86

1/16/8.86